Max Mirow

På Havet växte Blommorna

© 2024 Max Mirow

Illustration: Max Mirow
Korrekturläsning: Max Mirow
Ytterligare medverkande:

Förlag: BoD · Books on Demand, Stockholm, Sverige
Tryck: Libri Plureos GmbH, Hamburg, Tyskland

ISBN: 978-91-8080-056-3

Del 1

Kapitel 1: En trygg plats, År 2373

Theo hade alltid längtat efter äventyret. Det stora äventyret som skulle ta honom ut till havs. De argsinta vågorna utanför hans fönster lockade honom till havet likt en gammal vaggvisa. Han hade levt på ön i tjugotre år, och de morgnar som inte kantades av skvalpande vågor mot öns steniga kant kunde han räkna på en hand. Han visste att havet var mystiskt och farligt, men det fanns någonting som gjorde att han kände sig dragen till det. Det som fanns bortom horisonten, förbi de kraftfulla vågorna, förbi det oändliga havet, var minst lika farligt som havet. Det visste han. Ön var säker. Ändå hade han de senaste åren spenderat otaliga nätter och morgnar, likt denna, stirrandes upp i det halmklädda taket och drömt sig bort från ön. Bort från det säkra. Bort från hans familj. Bort från henne. Hon som han var osäker på om hon ens visste att han existerade.

Hans tankar under dagarna driftade inte sällan i väg till hur det såg ut där borta förbi horisontens kant. Han älskade de berättelser han hört från de äldre öborna, berättelser som gått i arv från deras förfäder, som de i sin tur ärvt från sina egna förfäder. Nu var de själva ansvariga för att föra vidare deras kunskap till de yngre generationerna. Theo hade, redan innan han kunde läsa, suttit och ivrigt väntat runt elden när Mikos, eller Helena eller någon annan av de äldre berättade om världens historia. Mikos var hans favoritberättare. Inte så mycket på grund av vad han berättade, då de alla berättade samma historia i det stora hela, men snarare hur han berättade den. Det var med en stor inlevelse som Mikos höjde och sänkte rösten, härmade vrålen, de fasansfulla morrläten, skriken på hjälp, mammornas snyftande röster och till slut de högljudda pistolskotten. I det förflutna hade han fått jobb som en mycket känd skådespelare, det var Theo säker på. Det fanns ingen lik honom.

Berättelserna slutade alltid på samma sätt. 350 år sedan kom deras 843 förfäder hit på ett stort fartyg. Theo visste vad de hade flytt från, men en stor del av honom hade alltid känt ett agg mot hans förfäder för att de fört honom till ön. Den känslan följde oftast av en lika stark känsla av skam. Hade hans förfäder inte varit med på fartyget hade hans lik legat kvar borta i den gamla världen och ruttnat. Eller ännu värre, han hade kunnat vandra runt som en av dem som för evigt var förbannade till den gamla världen. Det hade börjat som en sjukdom, inte olik den vanliga förkylningen som han och många andra på ön ofta blev drabbade av. I öns skola hade han blivit undervisad i den gamla världens politik. Theo kunde ändå inte förstå hur någon kunde anklaga den gamla världens ledare för att vara de som spred sjukdomen. En ledare var någon som skyddade sitt samhälle. En person att lita på, någon som brydde sig. Varför en ledare frivilligt skulle sprida en sjukdom, förstod han inte. Sjukdomen, K-12, visade samma symptom som den vanliga förkylningen, och den verkade gå över lika fort utan några efterföljande effekter. Det var åtminstone vad man hade trott under de första dagarna när folk insjuknade. Efter att de första dagarna gått fanns det två olika scenarion för sjukdomens förlopp. Det första scenariot, det mycket mer skonsamma scenariot, var att individen somnade, för att sedan aldrig mer vakna upp. Det andra scenariot, och det som hade drivit Theo och Mikos förfäder till den ö som de nu bebodde, var betydligt värre och någonting som öns barn ofta fick höra som en avskräckande berättelse för att de skulle stanna kvar på ön. När de smittade personerna somnade så vaknade de upp. Deras uppvaknande förändrade dem. De vaknade inte längre upp som sitt vanliga jag med en förkylning som passerat. Nej, de hade blivit någonting mycket värre. Det sägs att ett lila sken kunde ses över deras hornhinna, och att de ådror som tidigare knappt var märkbara längs kroppen bultade med en skrämmande blodröd färg. Deras tänder hade formats om och var märkbart mer vassa. Stämbanden som tidigare hade producerat deras normala röst fungerade nu endast för att utgöra ett dovt morrande ljud. Ett ljud som Mikos kunde härma mycket väl, till barnens stora skräckblandade förtjusning. Det var inte endast kroppsliga förändringar som drabbade de smittade personerna. Med förvandlingen medförde även en blodlust som ingen tidigare kunde ha förutspått. De som insjuknat i K-12 kunde inte längre få näring av vanlig mat. Den gamla världens forskare lyckades ofta samla in smittade individer som de kunde utföra experiment på. Experiment som visade sig vara förgäves. Det enda de kunde livnära sig på var kött, och inte vilket kött som helst. Mänskligt kött var det enda som de var ute efter. Oturligt nog för den mänskliga rasen var det via en individs saliv som K-12 spred sig, och då de som insjuknat bet allting i deras närhet, spred sig sjukdomen fortare än någon annan tidigare sjukdom.

När de första personerna hade vaknat upp som detta nya väsen hade kaoset redan hunnit bryta ut. Världens ledare stod handfallna och lamslagna inför vad de skulle göra. Panik, tumult och kaos utbröt. 99% av jordens befolkning blev antingen smittade eller mördade under de första tre veckorna efter att sjukdomen brutit ut. De som klarade sig längst var de små grupper som hade tagit sig till bergen där de lyckades isolera sig från de sjuka. Trots isolation och utan någon K-12-sjuk som bet dem, blev även dessa individer till slut sjuka. Enligt legenden, som Mikos och de äldre berättar vidare, var en grupp på 843 personer immuna mot sjukdomen. Trots ett flertal nära interaktioner med de smittade verkade det som att sjukdomen helt enkelt inte var intresserad av dem. De blev förvisso lika sjuka som de smittade, men sjukdomen grep aldrig tag i dem, och efter ett par dagar var de återigen friska. Dessa personer var de 843 förfäder som hade tagit sig, via ett skepp, till den ö som nu Theo, Mikos och 4353 andra individer bebodde. De som bodde på ön visste att de var de sista som levde på denna jord, och de kände ett kollektivt ansvar för att föra mänskligheten vidare. Den gamla världen var sedan länge förlorad, och det hopp som hade funnits under öns första år om att det fanns överlevande kvar i den gamla världen var sedan länge som bortblåst. K-12 hade inte följt med deras förfäder på fartyget för 350 år sedan, och ingen på ön hade någonsin drabbats. Under alla omständigheter var ön den plats där Theo skulle växa upp, ha ett normalt liv, föra sitt arv vidare, och till sist dö. För honom var det inte ett tillräckligt liv. För honom var ön säker. Och i säkra saker fanns det ingenting som lockade honom. Han hade vetat det i hela sitt liv, och han visste det nu. Han behövde bort från den ö de kallade sitt hem, Sklero.

Kapitel 2: Havets utmaning, år 2373

Trots de ständigt stora, skvalpande vågor och det ursinniga havet som omringade Sklero så hände det att ytterst få, enstaka män på ön beslutade sig för att bege sig ut på havet. Det var inte en vanlig händelse, snarare tvärtom. Det var inte tillåtet att lämna ön, det visste de alla. Det var lika mycket för deras egen säkerhet som för säkerheten för dem på ön. Theo hade endast hört om någon som försökt fly ön två gånger under sitt liv. Det som började som en nyfikenhet om världens storhet blev snabbt en besatthet med dödlig utkomst. Aldrig någonsin hade dessa män kommit tillbaka från deras äventyr till sjöss. Någonting som dock kom tillbaka var deras kläder och det hopsnickrade trä som männen använt som flotte. Vad som hänt dem kunde man endast spekulera i, men de spillrorna som till sist flöt tillbaka till dem på ön fungerade som en god avskräckare för andra nyfikna individer att utmana havets tålamod. Theo kunde inte hindra sig från att i största hemlighet betrakta dessa män som modiga, och han såg ofta upp till dem, trots hans pappas tydliga tillsägningar. Hans pappa, Liam, arbetade som vattenbehandlare på ön, och hans uppgift var att förse invånarna med drickbart vatten. Detta skedde genom en komplicerad process som han själv inte förstod, trots Liams långa förklaringar, inuti en av de större byggnaderna på öns utkant. Det han dock förstod var att hans pappa betraktade havet som både livgivande och livsfarligt. "De som ger sig ut på havet frivilligt är fullkomliga idioter, vi borde istället utnyttja den otroliga gåva havet har givit oss" brukade han säga. Det Liam inte visste om var att hans försök att hålla sonen borta från havet endast fungerade som en katalysator för hans äventyrslust. Hans intentioner om att hålla sonen borta hade kommit från en god plats. Att ens diskutera havsfärder var som sagt straffbart med fängelse, piskslag eller i värsta fall, döden. Tanken om att dödsstraff var ett överdrivet straff var ingenting som Skleros invånare gav någon större tanke till. Att ge sig ut på havet var redan ett dödsstraff, vilket de var väl medvetna om. Och att motivera öns yngre bosättare till att ta sig an detta frivilliga dödsstraff som var en havsresa, var ingenting en majoritet av invånarna ville.

Trots allt detta hade Theo alltid varit ivrig över att själv sjösätta en flotte. Han visste inte när, hur, var eller vad hans egentliga mål skulle vara. Han visste bara att havet för evigt skulle locka honom, och det enda botemedlet han visste om mot denna lockelse var att själv se vad som fanns där ute. Han hade mycket goda kunskaper om det mesta på denna jord. Han behärskade matematik, språk, historia, religion, och mycket mer, allt tack vare den skola som fanns på ön. Den kunskap som Theo själv var smärtsamt medveten om att han inte besatt var kunskapen om hur långt borta, och i all verklighet faktiskt var de befann sig i relation till den övriga, gamla förlorade världen. Han och hans klasskamrater hade läst om begreppet geografi, men skolans geografi täckte främst vad som hände i de olika länderna, och ingenting om hur världen såg ut. De hade haft otur i turen, och på det ursprungliga skeppet som tog dit Skleros 843 första bosättare befann sig skollärare av olika slag. Ett fåtal för matematik. Några andra som undervisade i historia. Men inga geografilärare. Med sig hade de inte heller haft någon slags ritning eller bild på hur världen såg ut, och Theo och de barn före hans tid hade fått nöja sig med den allmänna geografiska som öns bosättare passerade ned i arvsledet. Som med allting annat som utstår tidens prövningar så försvinner stora delar av kunskapen bort, tills det till sist är oklart vad som är kunskap, och vad som är gamla felaktiga minnen, berättade av en förvirrad gammal man. Med det sagt visste Theo att hans mål var att ta sig bortom vågorna, bort i riktning mot ett land som han var medveten om skulle försöka mörda honom den sekund han satte sin fot på dess mark. Men det gjorde honom inget. I hans tankar var han odödlig där bortom horisonten, så länge han hade besegrat vågorna.

Han hade ingenting att fly från, det visste han. Tvärtom, han hade en kärleksfull familj, en plats att sova, ett jobb han trivdes med. Det enda han inte hade på ön var hon. Det enda som kunde förbättra hans redan bortskämda liv. Han mindes första gången han hade sett henne. Det var ett minne från tiden innan han visste vad ett minne var. Hon hade stått i dörrkarmen till pappans jobb, hållandes hand med en äldre, redan då rynkig man. En man som såg ut att ha genomlevt det mesta. Hans hår var sedan länge försvunnet. Rynkorna i hans panna formade ett uppochnedvänt leende som Theo inte kunde rå sig för att le åt tanken av. Hans hud var lika orangebrun som de tegelstenar öns invånare använde sig av för att bygga sina hus. Mannen var hennes farfar, Mikos. Trots att han hade föredragit att lyssna på Mikos berättelser om världens historia över de andra äldre bosättarna, så hade det alltid funnits ett annat motiv med att befinna sig nära honom. Runt Mikos visste han att hon skulle finnas. Hon. Azalea.

Kapitel 3: Azalea, år 2373

Vinden visslade igenom hennes eldröda hår där hon hukade sig ned på en av öns gräsklädda kullar, omringad av både jämngamla och äldre kvinnliga kollegor. Ovanför gruppen kunde ljudet av en skriande fågel höras. Havet var, för ovanlighetens skull, måttligt stilla. Det var den tiden på året då solen sken extra starkt med sina strålar, och öns invånare tacksamt tog emot dess värme. För den solskygga var skuggan aldrig svår att hitta, och många av de äldre invånarna som inte längre arbetade, hade för vana att förbli lika bleka året runt. De unga hade inte samma lyx, och deras hud förvandlades snabbt till en mörkare nyans. Men inte hennes. Hon förblev lika vit som den utdöda blomman vars namn hon bar, trots att han lika ofta såg henne ute i solen som han själv var. Hans egen hud hade, precis som hans tidigare 23 år på ön, genomgått den sedvanliga förändringen från vit till ljusbrun till en ännu mörkare nyans av brun. Den grupp av kvinnor, men framförallt Azalea, som Theo inspekterade arbetade som herbalister på ön. För länge sedan, när de först hade kommit till ön, hade de haft med sig moderna mediciner. Tabletter som kunde ta bort värk av alla slag, såväl huvud- som magvärk. Kort därpå, dock, tog deras lager av medicin slut, och de var tvungna att hitta andra sätt för öns invånare att hålla sig friska. Det hade inte varit en enkel uppgift, brukade Mikos berätta. Ett dussin av de första bosättarna fick betala med sitt liv för att experimentera med medicinernas verkningsgrad. Efter många försök hade deras förfäder funnit en växt som ingen av dem tidigare sett. Den var klädd med blåa, skimrande blad med en grön, hård stjälk som kunde växa upp till knäskålarna på öns invånare. Deras förfäder hade kallat den för *caeruleum*, ett gammalt ord för att beskriva dess blåa färg. Växten tycktes kunna bota det mesta som öns invånare led av. Magvärk? Mal ner dess blad och drick vätskan. Värk i lederna? Samma procedur. Theo var ofta förundrad över hur en växt som växer i sådant överflöd kunde besitta alla dessa läkande egenskaper, men han insåg det bäst att inte ifrågasätta det allt för mycket. Det var trots allt inte hans jobb att samla ihop växterna. Det var jobbet som öns herbalister hade fått i uppdrag.

Att plocka *caeruleum* kunde vid första anblick verka som ett otacksamt arbete. Herbalisterna arbetade långa timmar ute i solen med ett viktigt, men monotont, arbete, ständigt på deras knän, plockandes växten. Redan vid en tidig ålder förstod dock öns invånare att så var inte fallet. Trots växtens överflöd på ön så

18

fanns det även ett överflöd av andra växter, snarlika i utseende, men med en ofta motsatt, dödlig effekt. Att få i sig bladen från dessa andra, lika skimrande blåa som *caeruleums*, resulterade ofta i en utdragen och plågsam sjukdom, som i värsta fall slutade med döden. På grund av detta betraktades herbalisterna i mycket högt anseende. Och de ca. 20 kvinnorna som var anförtrodda detta prestigefyllda arbetet tog det på största allvar. I deras arbetsuppgift ingick även att förbereda blommorna för konsumtion. Konsumerade du för mycket av den helande växten var den minst lika farlig som de andra växterna, och förde med sig effekter som huvudvärk, svimning, och i värsta fall, döden. Folket på ön visste bättre än att göra sig ovän med den lilla grupp som förberedde deras medicin åt dem.

Han hade aldrig sett Azalea som en allvarlig person. Under årens gång hade han tänkt många tankar om henne, men aldrig den. Faktum är att han visste mycket lite om henne. I det klassrum de delade hade de utbytt enstaka blickar, men medan hennes blick var sällsynt och flyktig, var hans egen betydligt mer bestående. Theo undrade ofta om hon ens visste hans namn. Även nu när han stod på den hårda, stenlagda marken i öns centrum, tittandes upp mot den mjuka gröna kullen hon befann sig på, misstänkte han än starkare att den attraktion han kände för henne endast gick åt hans håll. Och varför skulle hon vilja ha honom? Hon kom från en högt uppsatt släkt med många högt ansedda äldre bakåt i hennes förfäders led. Ryktet gick att hennes släkt även varit mycket mäktig under den tid då de levde på fastlandet. Hans egen släkt däremot, var raka motsatsen. Det var sällan någon av hans förfäder hade levt förbi 60 års ålder. Han hade aldrig träffat hans farmor eller farfar, och enligt Liam hade de båda dött av feber och sjukdom tillsammans när Theo var nyfödd. Han ifrågasatte inte varför de inte kunde botas av den blåa växten, han antog att det var ett sällsynt fall där även dess helande krafter inte hade räckt till. Även om de hade levt tills de var i Mikos ålder var sannolikheten att de hade accepterats som respekterade äldre på ön, mycket liten. Från vad Liam hade berättat för honom, och han gillade inte att prata om sin egen pappa, var han en kall och hänsynslös individ som sedan barnsben plågade honom, fysiskt såväl som psykiskt. Theo visste bättre än att inte fortsätta fråga om sina förfäder och varför de hade behandlat deras son så illa, och han fick därför nöja sig med att inte besitta någon större kunskap kring sin släkthistoria. Just när han var som mest förlorad i sin fantasi om Azalea hörde han pappans distinkta, raspiga röst, ropandes från nära håll.

-Theo! Det var hans pappa som ropade på honom.

-Jag har stått här och ropat på dig den senaste minuten, var i dina tankar var du någonsta-. Liam avbröt sig själv när han la märke till vad som förtrollade sonen.

-Hon igen? undrade han suckandes, sedan länge medveten om den effekt Azalea hade på sonen.

-Va? J- Nej. Ska vi gå? frågade Theo, märkbart generad över pappans vetskap om hans trånande efter Azalea. Trots hans ljusbruna hud var han smärtsamt medveten om att hans kinder bytt till en rosa nyans.

-Du måste släppa henne. Du vet att såna som hon inte har ögon för såna som oss.

Theo svarade inte. Han visste att Liam hade rätt.

-Varför låter du inte mig para ihop dig med granntjejen, Mikaela? Du är 23 år gammal och du har aldrig haft en kompis över till oss, ännu mindre en kompis av det kvinnliga könet. Vill du inte ge oss barnbarn? Jag är mycket måna om du ska föra vidare vårt arv, men det lär inte hända i denna takt, Theo. Jag vet att din mamma inte är ivrig med att få barnbarn, tvärtom, om jag ska vara helt ärlig, men jag vet inte hur länge till jag har ork att fortsätta i den här takten utan att veta att du för vårt namn vidare, sa Liam med en dyster min i ansiktet.

Theo var van vid hans pappas tal vid det här laget. Han hade självklart rätt i det han sa, men det var ingenting som han ville erkänna.

-Mikaela är mycket vacker. Och hon kommer från en fin familj. Inte för fin för oss - men fin. Och hon har bra gener. Har du sett hennes höfter? sa Liam och slog till Theo på axeln.

-Pappa, suckade Theo, vars ansiktsfärg hade skiftat från sin tidigare smickrande rosa nyans till en knallröd, eldliknande färg.

-Jag ska sluta, men lova mig att du har Mikaela i åtanke, okej? Kan du lova mig det?

För att göra sin pappa nöjd svarade Theo kort, fullt medveten om att han gav sin pappa en vit lögn.

-Ja, pappa. Jag lovar.

-Då går vi tillbaka. Min rast är över. Och om min huvudräkning är vad den en gång var, tror jag att du borde skynda dig till ditt jobb.. Pappan hann knappt prata färdigt innan det enda han såg av sonen var hans bakhuvud, ivrigt rusande i väg till sitt jobb. Liam kunde inte låta bli att le. Han visste att hans tal inte skulle få hans son på andra tankar, men det var allt han kunde göra. För många år sedan hade han inte heller lyssnat på sin pappa när densamma höll ett liknande tal för att få honom på andra tankar än att jaga efter Alex, och han var säker på att Theo skulle avfärda hans råd precis som han hade avfärdat sin pappas. Det Liam inte visste, det ingen kunde veta, var att Theos kärlek till Azalea skulle visa sig vara mycket värre än någon av dem kunnat föreställa sig.

Kapitel 4: Arbete ger dig liv, år 2373

På ön Sklero blev man redan vid tolv års ålder tilldelad en arbetsuppgift som man förväntades börja uppfylla det år man fyllde arton. Den som hade i uppdrag att dela ut arbetsuppgifterna till var enskild individ var öns borgmästare, Peter Helheim. Hans släkt, Helheim, hade fyllt funktionen som borgmästare sedan deras förfäder först steg i land på ön, och skulle med största sannolikhet fortsätta fylla denna funktion tills den dag då öns sista invånare dött. Invånarna på Skleros var väl medvetna om att detta inte var hur det gamla sättet gick till, där varje enskild individ fick rösta om vem som skulle styra, och varje röst vägde lika tungt. Trots detta hade de redan vid deras ankomst unisont bestämt att Peters släkt för evigt skulle besitta den högsta positionen på ön, och på det viset hade det varit sedan dess. Protester kring öns styre var inte ett vanligt förekommande fenomen, vilket Theo alltid hade funnit märkligt. Han själv hyste en del kritiska tankar om det strikta förbud som rådde kring ett försök att planera ett havsäventyr. Det föll sig naturligt att Theo och de andras förfäder, de första som steg iland på ön, ockuperade diverse yrken som inte skulle komma att bli nödvändiga på ön, och de fick helt enkelt falla in i ledet. Det fanns trots allt ingen nytta för en bilmekaniker på en ö som inte hade bilar.

Theo var tillfreds med det jobb han fått av borgmästare Helheim. Redan som barn hade han varit längre och mer muskulös än de andra barnen på ön, och det förekom naturligt att han skulle bli tilldelad ett av öns mer utmanande yrken. Runt omkring på ön växte det stora träd i paritet med den stora kvantitet av *caeruleum* som växte. Dessa träd skulle redan vid deras förfäders ankomst på ön visa sig livsviktiga för invånarnas överlevnad. Varje hus som fanns på ön var byggt av samma material som Theo nu hade i uppdrag att hugga ned. Träden hade en distinkt rödbrun färg, och på toppen av träden satt det en krans av löv som var lika grön som de grästäckta klipporna på ön. För en person med hans fysiska attribut var uppgiften enkel, men utmattande. Hugg ned trädet. Hugg trädet i åtta lika stora delar. Lasta på delarna på vagnen. Theo och hans kollegor hade, som tur var, inte i uppdrag att frakta bort träden, den arbetsuppgiften föll på någon annan på ön. På det sättet fyllde de alla en viktig roll i öns eviga ekosystem.

Med svetten drypandes i pannan och tung andning anlände han tillbaka, med några minuters försening, till dagens arbetsplats som endast låg en kort bit från en av de mer centrala platser på ön där flertalet av invånarna bodde.

-Och var har du varit? hörde han en röst bakom honom fråga. Det var en röst han hade kommit att både frukta och älska. När hans chef var glad fanns det ingenting som kunde röra honom i ryggen. Regnet kunde ösa ned och han var ändå först med att bjuda in till skratt. Theo hade lärt sig att förstå vilket humör Karl var på genom att lyssna på den ton han använde. En långsam, monoton ton innebar att Theo var i skottlinjen.

-Har du varit och latat dig igen medan vi andra har slitit? Karl snäste ut orden.

-Herr Karl, jag var bar-, sa Theo, men hann inte få ut sin ursäkt innan han blev avbruten.

-Sätt igång och arbeta.

Karls ton var lika monoton och stum som tidigare. Det här skulle inte bli en enkel arbetsdag, tänkte Theo, och lovade sig själv att han inte skulle begå samma misstag i morgon. Ovetandes om denna önskan visste dock Karl varför han hade varit sen idag igen. Det hörde inte till ovanligheten att han lät honom gå iväg på rast med ett löfte om att han skulle skynda sig tillbaka, för att sedan komma tillbaka efter bestämd tid. Han hade arbetat som arbetsledare sedan hans egen pappa, som besatt samma roll många år tidigare, dött i en plötslig sjukdom för ett antal år sedan. Det kändes som för många år sedan, men han fick påminna sig själv om att det egentligen handlade om endast nio år. Karl suckade, arbetet vägde tungt på honom, och han drog ingen lycka av att disciplinera Theo. Han var trots allt hans pappas närmaste vän, och det var via Liam som han visste om anledningen till de ständiga förseningarna. "Se till så att min pojk arbetar hårt. Han behöver släppa sin löjliga tanke om den där Azalea tjejen. Såna som hon och han fungerar lika bra som en slö yxa mot trä." hade Liam beklagat sig till Karl. Det var en beklagelse han hört många gånger förut, och han hade lovat, lika hederligt varje gång, att han skulle se till så att Theos fokus var på arbetet. Karls breda axlar sjönk ned från hans nacke när han iakttog Theo som kvickt satte igång med sitt arbete igen. Han drog sin grova hand genom sitt hår. Det var oljigt av dagens svett. Han hade inga egna barn och kunde inte förstå varför Liam, och för den delen sin egen pappa, hade varit så hård mot sina söner. Han ville tro att det berodde på att de ville deras bästa, men han hade sina tvivel om sin egen fader. "En faders kärlek är oförståelig", muttrade Karl för sig själv.

Kapitel 5: Att vakna upp, år 2373

Theo hade levt på ön hela sitt liv i tron om att hans farfar var en dålig man, någon man inte var ledsen över att ha förlorat. Det som hade börjat som vilken annan kväll som alla de andra på ön skulle sluta på ett mycket mer minnesvärt sätt. Trots att han aldrig stått lika nära sin mamma, Alexandra, eller Alex som de alla kallade henne, som sin pappa, så var de en kärleksfull familj. Han hade egentligen inga klagomål på sin mor, men för honom föll det naturligt att en pojke oftare tydde sig till sin pappa, och på den vägen var det även för honom. Det var inte förrän en regnig kväll då han hörde ett febrilt bultande på dörren som han insåg hur det osäkra liv han längtade efter var mindre glamoröst än han kunde tänka sig. Han öppnade sin dörr för att se sin mamma, Alex, med regndropparna tungt droppande från hennes bruna axellånga hår. -Det är din pappa, kom, fort, följ mig! skrek Alex medan hon greppade tag i hans handled och drog med honom ut från hans varma, trygga hem ut i det kalla piskande regn som väntade dem utanför huset. Theo blev förvånad över hur en äldre kvinna som knappt nådde upp till hans bröstkorg kunde besitta en sådan styrka. Vägen till hans föräldrars hus var inte lång, men denna kväll kunde det lika gärna ha varit ett lopp runt ön han sprang.

Han hade inte sett sin mamma springa med denna fart någonsin, och om ärligheten skulle tala så visste han inte att hennes åldrande kropp kunde röra sig så fort. Till slut kom de fram till föräldrarnas hus där den rödbruna dörren stod på glänt.

-Theo? hörde han sin pappa väsa inifrån huset. Trots att han hört sin pappas röst dagen innan hade han stora svårigheter med att känna igen den. Den vanligtvis kärleksfulla men bestämda ton hans pappa talade med var utbytt mot en svag, bräcklig röst.

-Jag är här pappa! ropade Theo tillbaka och gjorde sitt yttersta för att inge hopp och förtroende. Han hade förstått hur illa det var på sättet hans mamma hade sprungit, men ingenting kunde ha förberett honom på vad han skulle se. Inne i huset låg en mycket mager man, likblek i ansiktet och med tydliga blodådror vars färg liknade havets mer än vad de liknade eld. Han kände inte igenom honom först, och det tog några sekunder innan hans hjärna insåg att det var hans pappa, Liam, som låg framför honom. Han hade ju sett honom igår, hur kunde ett sådant förfall ske på en dag? Till hans förvåning vände Alex ryggen till och gick iväg, de två männen ensamma i föräldrarnas sovrum. Med en sammanbiten min stegade han fram till Liam och sjönk ned bredvid honom. Innan han fick ut ett ord hade Liam börjat prata.

-Jag vet inte hur mycket tid jag har kvar, men jag behövde prata med dig innan det var över, lyckades Liam få fram mellan hoptryckta tänder. Det syntes att talandet tog hårt på honom, och han ville inte att hans pappa skulle lida.

-Pap-, Theo hann inte säga mer innan Liams finger flög upp till hans mun.

-Tyst och lyssna. Din mamma kan förklara resten när jag är borta. Just nu har jag någonting du måste höra. Du måste få höra det jag kommer att berätta, inte bara för vår skull, men för mänsklighetens skull, sa Liam och gestikulerade åt Theo att sätta sig ned på den utslitna och halvt trasiga stol som var placerad precis intill sängens huvudkant. Lika tyst som han blev av tankarna på Azalea var han nu när han satt bredvid sin döende pappa, redo att lyssna på den berättelse som, vid tillfället ovetandes för honom, skulle förändra hans liv, och alla Skleros invånares liv.

-Din farfar var en mycket stor och modig man.. började Liam, och chocken på Theos ansikte uppenbarade sig lika snabbt som de arga blixtarnas nedslag på ön. När han hade vaknat denna morgon kunde han aldrig ha anat det hans pappa just nu berättade för honom. En stor man? Han hade levt i tron om att hans farfar hade varit en dumdristig idiot som alla på ön gjorde bäst i att glömma bort.

-Lyssna på mig, hörde han en allvarlig, men märkbart försvagad Liam säga. Theo drogs snabbt ut ur den chock han befann sig i.

-Att din farfar inte var den du trodde han var är den minsta chock du kommer att få i kväll, och jag behöver att du fokuserar på allting jag säger, oavsett hur otroligt det än må låta.

Theo nickade till svar.

-Okej. Som jag sa, din farfar var en mycket stor man. En av de mest mäktiga och kunniga män som någonsin levt på ön. Han var den som berättade sanningen för mig, det jag nu måste berätta för dig. Han stannade till i berättelsen och hostade ansträngt innan han fortsatte.

-Det finns de på ön, de som vill vår släkt och vår familj illa.

-Men varför? utbrast Theo plötsligt, oförmögen att hålla det tystnadslöfte han givit Liam.

-Tyst, och lyssna. Du lovade, sa Liam besviket.

Theo nickade skamset, arg på sig själv för att han inte kunde hålla tillbaka orden.

-Din farfar var ute på havet. Inte bara en gång. Inte två gånger. Han var ute på havet fler gånger än vad du har fingrar att räkna med.

Theos ansikte kunde inte dölja chocken av detta, men på grund av hans tidigare löfte om tystnad inför sin pappa lyckades han hålla orden inom sig.

-Det du har hört hela ditt liv har bara varit en saga, en noggrant uttänkt saga. Jag vet att det är mycket att ta in, men du måste lyssna mycket noggrant. Den enda som vet den riktiga sanningen om varför vi är på denna ö är Helheim-släktet, men det din farfar fick reda på, och anledningen till att han gav sig ut till havs, var att det aldrig hade existerat en sjukdom som hette K-12. Det har aldrig funnits någon förödande sjukdom som utplånade mänskligheten. Mänskligheten lever fortfarande vidare, någonstans där långt ute bortom havet. Och din farfar var fast besluten att ta reda på varför vi har varit fast på den här ön de senaste 350 åren.

Theo satt stum och stirrade på Liam med stora ögon, oförmögen att förstå den vidd av vad hans pappa berättade. Det måste vara ett skämt. Ett tråkigt skämt från en döende man. Hans pappa hade aldrig varit den roliga typen, han kunde inte minnas den senaste gången han hade hört honom skämta. Hans tankar drevs iväg.

-Theo! röt Liam med all sin kvarvarande kraft.

Han återvände tillbaka till verkligheten av pappans kämpande, men förvånansvärt högljudda rop.

-Din farfar dog inte av naturliga orsaker. Han blev avrättad i hemlighet av de som arbetar för borgmästarens släkte. Hans kropp, dumpad i sjön innan vi kunde begrava honom. Så har det alltid varit med de som närmat sig sanningen. De som styr över oss vill inte att vi ska lämna ön, lika lite som de vill att folk ska få veta att det är mycket möjligt att en hel civilisation fortfarande lever utanför ön. En civilisation med ofattbart mycket människor, med hus som sträcker sig upp till molnen, olika nationer och länder med folk från olika slags bakgrund.

Theo märkte att hans pappas röst tappade kraft efter varje mening. Han visste att han inte hade mycket tid kvar för att få svar på sina frågor.

-Men hur vet du?! Hur kan du vara så säker på att det aldrig har funnits någon sjukdom? Hur kunde farfar slösa sitt liv på den drömmen, och varför har du inte berättat någonting för mig tidigare? I alla dessa år har jag drömt om att ge mig ut på havet och du har alltid stoppat den drömmen, frågade Theo med en desperat röst.

-Theo..-, försökte Liam innan han blev avbruten av sin son.

-Nej, jag tror dig inte! Varför skulle Helheim ljuga för oss? Vi har det bra på ön, vi är omringade av bra människor, våra vänner, vår familj. Du har fel! Tårarna hade fyllt hans ljusblåa ögon och hans pappa var inget mer än en suddig figur som låg stilla i sängen framför honom. Plötsligt skrattade Liam mellan hostningarna. Theo torkade bort sina tårar med baksidan av sin ena hand.

-Det är alltså sant det de brukar säga: Sådan far, sådan son. Din reaktion är identisk med den reaktion jag hade när din farfar berättade det här för mig, för många år sedan, sa Liam och sträckte sig mot undersidan av den beige byrålådan som stod bredvid sängen. Fastklistrad på undersidan av den drog han fram en pappersbunt som såg ut att vara från långt före hans levnadstid. Papper var en sällsynt vara på ön, men Theo hade sett det tidigare och visste vad det var han tittade på. Det papper som fanns kvar var det som förts med från det ursprungliga fartyget de anlänt med.

-Den här är din nu, precis som den var din farfars före den var min. Läs den. Läs, och du kommer att få svar på de frågor du söker,sa Liam och räckte över den hopsatta bunten med papper till Theo.

-Jag beklagar att... Jag beklagar mycket. Jag beklagar att jag inte berättade sanningen för dig tidigare. Jag beklagar att jag inte fick spendera mer tid med dig och din mamma. Men kanske mest av allt beklagar jag att jag aldrig fick se världen. Jag hade inte modet för det. Men du, Theo. Du har det. Jag har sett det i dig sen barnsben. Trots mina och mammas varnande ord har du alltid velat ge dig ut på havet.

Theo tittade på sin pappa och kunde inte undgå att känna den kittlande känslan på hans kinder av tårar som föll. Det fanns så mycket att säga, men hans mun ville inte längre samarbeta. Han visste inte hur han skulle få ut allting han ville fråga, allting han ville berätta. Han var inte redo för ett liv utan sin pappa. Han hade varit en galning som drömt om ett osäkert liv. Theo förbannade sig själv. Ord fanns inte att beskriva för vad han skulle ge för att göra sin pappa frisk igen.

-Pappa.., var allt han till sist fick fram. Liams ögon stirrade upp mot taket, men hans mage hade slutat att röra sig i takt med andningen. Hans pappa fanns inte längre.

Oförmögen att röra sig av den chock hans pappas plötsliga bortgång orsakat, och den mängd information som han precis blivit delaktig i, tittade han ned på bunten med papper han nu höll i. På den övre delen av pappret, med stora svarta bokstäver, kunde han genom sina tårar urskilja orden: "**New York, Nyheter**". Och precis nedanför, i mindre, lika svarta bokstäver, "**21a juli, år 2194**".

Kapitel 6: En ö av lögner, år 2373

Hans pappa var borta. Theo hörde sin mammas tysta snyftningar från andra sidan av dörren, men ändå var det inte pappans plötsliga bortgång eller mammans tårar som ockuperade Theos tankar. Framför honom låg bunten med papper, Liams sista gåva till sin son. Han visste knappt var han skulle börja, allting hade gått mycket fortare än han var beredd på. Det agg han haft mot sin farfar hade han haft i onödan. Ett nytt agg började blossa upp inom honom. Ett agg mot hans pappa, för att han undanhållit detta för honom hela hans liv. Varför hade han inte sagt någonting tidigare? Kanske hade han kunnat vara till hjälp och samarbetat med honom. När han var liten hade de varit oskiljaktiga och han hade ofta följt med Liam till hans jobb. I skolan skröt han om sin pappa, vattenarbetaren. Lärarna och de andra barnen blev till slut trötta på hans skryt och han lärde sig att hålla sin mun tyst om sin pappa. Allt efter att åren gick växte han upp och blev äldre. Det han inte var beredd på var att hans pappa åldrades i samma takt som han själv, och Theo kände ofta att han hade försummat de bästa åren i sitt liv med honom. Han skulle ha njutit mer, han skulle ha tagit vara på varje sekund med sin pappa. Tårarna forsade i takt med att ilskan växte inombords honom, både mot sig själv och mot sin pappa. Theo visste att hans ilska inte tjänade någonting till, hans pappa var borta, för alltid. Inga tårar eller klagomål ändrade på det faktumet. Försiktigt började han treva med händerna längs pappersbuntens skrynkliga sidor. Han visste vad New York var, det var en populär turistort där människor från alla världens håll möttes. Theo hade hört namnet komma upp ofta när Mikos berättade sina historier. Mikos hävdade att hans förfäder ofta hade besökt New York och testat exotisk mat som både de lokala invånarna och turisterna fört med sig. "Och där fanns hus, så högt byggda så att toppen av dem går igenom molnen!" brukade Mikos säga. Theo hade suttit storögd och ofta drömt sig bort till en tid då han skulle få besöka New York. Och nu satt han här, med en bunt av papper med orden "New York" tydligt skrivna. Men varför stod det år 2194 på framsidan av pappret? Kunde det vara någon av öborna som spelat ett spratt på hans pappa? Theo insåg att det inte var någon på ön som skulle slösa på varken papper eller en droppe av deras sista bläck för att lura en så pass insignifikant person som hans pappa. Pappersbunten var äkta.

Han började bläddra. Försiktigt förbi det första pappret, noggrann med att inte förstöra eller skapa en reva i det. Det han höll i sina händer var dels svar på alla hans frågor och samtidigt det mest farliga objektet på hela ön. Tanken hade alltid gnagt i honom, var de verkligen ensamma? Men om de nu inte var ensamma, varför hade ingen försökt kontakta dem? Hans tankar gav honom en bultande huvudvärk samtidigt som han ögnade igenom den andra sidan i pappersbunten.

"*Extra Extra! Två jackor för priset av en! Endast fram till december!*" stod det tydligt och stort. Medföljande texten var en bild på en blond kvinna som höll upp två jackor, en röd och en svart. Kvinnan var inte lik de kvinnor som bodde på ön. Hennes midja var som ett barns midja, och hennes ansikte pryddes av ett par läppar som var större än han någonsin tidigare sett. Theo förstod inte vad som hänt kvinnan och kunde inte rå sig för att tycka synd om henne. "*Just nu - två unga män häktade i sin frånvaro för planering av terrordåd.*". Den betydligt grövre nyheten fyllde upp en fjärdedel så mycket plats som förslaget om att köpa jackorna. Den värld som fanns bortom hans egen verkade så olik hans egen och han kände sig själv bli besviken när han läste vidare. Hans tankar snurrade och hans hjärta klappade fortare än han någonsin tidigare upplevt. Svettdropparna rann nedför hans panna och fuktade ned pappret där de landade. Han ryckte snabbt bort pappret för att inte förstöra de värdefulla sidorna. *"Tänk om.."*. Han behövde inte avsluta tanken för sig själv för att veta svaret. Både hans farfar och hans pappa hade varit säkra på att det fanns en civilisation utanför deras. Alla dessa år som de levt på ön i tron om att de var de sista överlevande på jorden, bortkastade. Någonting inombords hade alltid lockat honom ut till havet. Kunde det vara det här? Var det här hans öde? Var det meningen att just han skulle vara den som lyckades trotsa vågornas vrede? Just när han kände att hans tankar började lugna ned sig och han kände sig redo för att läsa vidare i pappersbunten svängdes dörren öppen. Han hann med nöd och näppe gömma bunten under sin tröja.

-Är han död nu? frågade Alex. Hennes röst darrade, men det var någonting mer än sorg som Theo anade i hennes röst. Ilska? Nej, det han hörde var rädsla. Hur mycket visste hon egentligen? Det var av ren reflex han hade gömt pappersbunten för sin mamma, och han lekte med tanken om att inkludera henne i deras familjehemlighet. Precis när han skulle ta fram objektet från under sin tröja högg det till i hans mage. Han stoppade sig själv och mötte istället mammans blick, pappersbunten fortfarande tryggt i förvar.

-Ja, mamma.. Han är borta, svarade Theo till sist.

-O-Okej.. Vi sa hejdå innan du kom.. Jag.. Jag visste att han var borta. När man har varit med varandra så länge som vi har så vet man när det är dags att släppa taget, och när man måste hålla sig kvar. Med Liam var det dags att släppa taget..

-Ja, mamma, upprepade Theo plikttroget. Han misstänkte att hans mamma tolkade hans något dystra, men till stora delar apatiska uppsåt som lika delar chock och sorg över pappans plötsliga bortgång, och därför chockade inte hennes nästa ord honom.

-Vill du att jag ska följa dig hem? Det börjar bli sent, sa hans mamma kyligt. Hade det inte varit för hans iver och nyfikenhet kring det oväntade han lärt sig denna kväll hade hans mammas ord förvånat honom. Hon tog Liams död bättre än någon förväntade sig av henne. Under hans uppväxt hade hon aldrig haft långt till gråt, men ändå verkade dessa tårar ha ett annat ursprung än sorg.

-Nej, mamma. Stanna du, var med pappa. Jag ordnar med upphämtningen av hans kropp i morgon. Var vid hans sida ikväll. Jag behöver.. jag behöver vara ensam ändå.

Han ljög inte, han hade ett behov av att vara ensam. Men inte för att sörja. Han var ivrig att läsa vidare i pappersbunten.

Promenaden hem gick snabbare än springturen till hans föräldrar. Det var som att en låga som han länge haft inombords exploderat och blivit till ett inferno. Han visste att han borde känna mer sorg över pappans bortgång i detta ögonblick, men han misstänkte att de känslorna skulle komma sköljandes över honom när spänningen över pappersbunten försvunnit. Han drog av sig den tjocka tröja han hade på sig och tog försiktigt fram pappersbunten och la ned den på sängen. Hans hjärta började återigen bulta hårdare och snabbare än någonsin förr, trots hans bästa ansträngningar att andas lugnt. "Just nu..". Theo öppnade upp pappersbunten och fortsatte läsa. På sida 3 läste han om en utbytesstudent från Australien som hade blivit avrättad efter att ha mördat en skolkamrat. Tanken om att mörda någon, och ingen mindre än en vän man gått i skolan med, chockerade honom. De hade inte många mord på ön. Inga någonsin, när han tänkte efter. Efter många timmar och noggrant granskande bläddrade han till den sista sidan, besviken av att inte ha funnit någonting kopplat till deras ö, bortsett från det långt förflutna datumet och möjligheten av att det fanns en hel värld utanför hans egen, var han tvungen att påminna sig själv om. Plötsligt såg han någonting på baksidan av det sista pappret. Sidan var fylld av bilder med folk som verkade sälja någonting. Ur myllret av diverse bilder på berg och hav kunde han urskilja en bild med tillhörande text. Text som skulle komma att förändra hans liv för alltid. I text så liten att de äldre människorna på ön hade haft svårt att läsa det, såg han det mest intressanta sedan han börjat läsa tidningen - *"Jakten på den försvunna ön fortsätter, anmäl dig till detta nummer om du har information som kan hjälpa oss!"*.

Kapitel 7: Den första kontakten, År 2373

Två veckor hade passerat sedan hans pappas död och Theo hade ännu inte kunnat sörja hans död ordentligt. Varje gång han tänkte tillbaka för att minnas Liams liv drog hans tankar snabbt tillbaka honom till bunten med papper. Hans arbetsmoral de senaste två veckorna var inte att tala om. Trots att han gick dit varje dag så var han ändå inte närvarande, hans tankar var ständigt på en annan plats. Och vem kunde egentligen klandra honom? Karl klandrade honom inte, det märkte han. Liams gamla vän och hans egna chef hade erbjudit honom ett hårt handslag när Theo var tillbaka på jobbet. För de som inte kände Karl måste gesten ha verkat synnerligen kall och meningslös för någon som precis förlorat sin pappa. För Theo var handslaget värt mer än de hundratals kondoleanser han fått av de förbipasserande invånarna på ön som han varken kände till vid namn eller vid utseende. Det var första gången sedan hans pappa dog som han kände tårarna blöta ned hans kinder. Så fort hans chef märkte tårarna hade han släppt handslaget, harklat och hastigt vänt sig om. Både Liam och Karl var från en äldre generation som inte visade känslor utåt. Inte ens på hans dödsbädd hade Liam sagt att han älskade sin son, men

Theo brydde sig inte. Han visste vad hans pappa kände för honom.

Theo hade ofta känt en hopplös känsla de senaste två veckorna över att inte kunna släppa tankarna på pappersbunten. Ändå kunde han inte motstå att tänka på hur långt det Liam berättat sträckte sig. Kanske visste Mikos redan om innehållet i pappersbunten - kanske var det hans förfäder som hade placerat den för att bli upphittad av någon på ön? Kunde Azalea vara inblandad? Tankar likt dessa och andra fortsatte att fördunkla Theos logiska tänkande, och det var med stor möda han oftast lyckades trycka undan dem, innan de gick för långt. Det som bäst förhindrade dessa tankar var de få stunder som Azalea fanns i hans vy. Hennes hy, lika vit som topparna på havets vågor, blänkte i solens varma strålar. Hennes hår hade tagit sig an en ännu rödare nyans än tidigare, och han hade inte klandrat de som misstog hennes hår för en eldsvåda där hon stod och plockade de helande blommorna på ängen. Kanske var det hennes hår, eller hans nyfunna vetskap om en potentiell omvärld, eller så var det hans pappas bortgång. Han visste inte den exakta anledningen, men han visste att han behövde prata med henne, medan han fortfarande hade tid. Vägen till den grönklädda ängen där herbalisterna arbetade verkade längre än någon annan väg han tidigare gått på, och trots hans ivriga steg tyckte han att en evighet hade gått innan han till sist nådde fram till henne.

-Hej, lyckades Theo få fram med en mer stabil ton än han förväntat sig.

Några av de herbalister som stod närmast Azalea tittade hastigt upp mot honom. När de mötte hans blick kände han igen blicken mycket väl. Den påminde om de blickar han ofta fått från de få blickar han fått från folket i Helheim släktet. Han kunde praktiskt taget läsa deras tankar, *"varför stör denna svettiga och smutsiga pojke oss i vårt arbete?"*. Och han kunde inte klandra dem, hade rollerna varit ombytta hade han säkerligen tittat på honom med samma avsmak. Blicken förvånade honom inte, men det som förvånade honom var det som han fick höra kort efter att alla herbalister tittat ned igen, alla förutom en.

-Hej Theo!

Det var hennes röst han hörde. Azaleas. Hennes röst var som en tvål för själen. Plötsligt fanns där inga tankar på pappersbunten eller hans pappa eller på havet. Det enda som fanns var den varma känslan inombords, en känsla som inte var sig lik någonting annat han tidigare känt. Hon visste hans namn. Och hon verkade lyckligt överraskad över att se honom? Vad skulle han säga härnäst? Under den, i hans tankar, eviga promenad fram till henne hade han inte tänkt ut vad han skulle säga. All möda hade gått åt till att mana fram modet till en hälsning. Nu stod hon upp, en korg full av *caeruleum* i ena armen och ett kärl med vatten i den andra. Hon drack en stor klunk av vätskan och Theo insåg att han skulle behöva förklara varför han gått fram till henne. Till slut lyckades han stamma fram orden.

-Ehh.. hej Azalea!

Azalea log och svarade honom.

-Hej igen, Theo. Vad kul att få se dig här. Jag har inte sett dig på nära håll sen vi gick i skolan tillsammans. Ibland ser jag dig vid träden, men då är du för långt borta från ängarna och kullarna, och du märker säkert inte mig, sa Azalea, ovetande om hur fel hon hade i sitt antagande.

-Jo, utbrast han fortare än han hade tänkt sig, innan han fortsatte.

-Jag har märkt dig, men jag måste erkänna att jag inte trodde att du märkte mig. Det var så länge sen vi gick i skolan, och då pratade vi inte särskilt mycket med varandra.

Azalea fnissade.

-En sån kille som du glömmer man inte, sa hon och tittade på honom med en blick han ofta sett i sina drömmar.

Theo höll på att tappa hakan. Under alla dessa år som han trånat efter henne utan att göra ett försök till kontakt, och så svarar hon såhär vid deras första samtal på åratal? Han blev snabbt pinsamt varse om att hans kinder matchade den eldröda färgen på hennes hår.

-Detsamma, fast alltså, jag menar, en tjej då alltså, lyckades Theo ansträngt stamma fram efter att han hade harklat sig. Hans tarvliga försök till komplimang möttes av ett fortsatt fnissande från Azalea, och ett högljutt stön av missunnande från en av de äldre herbalisterna som han endast kände igen vid hennes sura anlete. Han lyckades ignorera stönen och valde att fokusera på Azalea.

-Vet inte om du hört.. men Liam, min pappa, han gick bort för två veckor sen. Därför har jag inte varit ute lika mycket på sistone, sa han med en sorgsen röst. Det han sa stämde endast delvis. Egentligen hade han varit nedsjunken i sina tankar på papperna, och mindre på grund av sorgen över sin döda pappa.

Azaleas blick föll ned till marken.

-Jag hörde det. Farfar berättade. Han kände inte Liam, men visste vem han var. Han- jag menar, jag och han, n-nej. Vi, vi beklagar sorgen, fick hon till sist fram. Det var uppenbart att hon kände sig obekväm, och det var det sista han ville att hon skulle känna sig i hans närhet. Theo sträckte på sig och försökte ta kontroll över den pinsamma situationen.

-Eh, t-tack! Och hälsa tack till Mikos. Det hela gick så fo-, fick Theo fram innan han blev avbruten av ropet från den äldre surtanten som nu stod med händerna på sina höfter, bara meter från dem. Hennes näsa var krokig och fylld med svarta små prickar. Han visste inte om det var för att hon verkade ogilla honom eller för att hon alltid var sur, men Theo hade aldrig tidigare skådat en fulare kvinna.

-Azalea! Kom hit och hjälp oss! ropade hon, och hennes gälla röst skar genom luften. Azalea vände sig kvickt mot henne och sedan tillbaka till Theo samtidigt som hon himlade med ögonen.

-Oj, förlåt! Jag måste springa, men lova mig att vi pratar igen, okej? Jag har inte riktigt några vänner att umgås med, och det var så länge sedan jag pratade med någon i min egen ålder.

Theo tyckte att det hela kändes som en önskedröm, kusligt lik de han tidigare haft under många sena nätter. Ville hon faktiskt umgås med honom? Om än bara som en vän, för tillfället, men en vänskap som kunde blomstra fram till en relation, om han bara spelade sina kort rätt.

-Absolut! Jag lovar, nästa gång jag ser dig så kommer jag fram direkt. Men bara om du lovar att komma fram till mig när du ser mig, sa Theo leendes, ovetande om var han fått sitt nyfunna mod från.

-Toppen, ropade Azalea tillbaka till honom med ryggen vänd, snabbt springande bort tillbaka till ängen, sida vid sida med den sura tanten. Han förbannade sig över att tanten hade snott henne iväg från honom, men det var svårt att känna negativa känslor när han precis haft sitt första genuina samtal med sitt livs största kärlek. Vid det här laget visste han att hans kollegor skulle vara arga på honom för att han plötsligt försvunnit från sitt jobb, men det brydde han sig inte om. Just nu brydde han sig inte om någonting annat. Inte ens om pappersbunten.

Kapitel 8: En trasig familj, år 2373

Theo gick längs rader av hus, det ena huset likt det andra. Han hade precis arbetat klart för dagen, och precis som denna veckans andra dagar begav han sig hem till sina föräldrars hus. Han gick längs samma stig han gått den natt då Liam berättat öns bäst bevarade hemlighet för honom. Deras hus var enkelt att urskilja då det på dörren fanns ett stort träd inristat. Det var inte sällan familjerna på ön ristade in det som symboliserade deras förstfödde sons yrke. Förr i tiden hade han tyckt att det var löjligt, men nu uppskattade han denna gest mer än han förväntat sig. Innanför dörren hörde han Alex ivriga fotsteg och städborstens rispande läte. Sedan Liams död hade hon försjunkit sig i diverse hushållssysslor, städning, matlagning, allting som hade med huset och att vara inomhus att göra. Den kvällen hon sprungit för att hämta Theo var den senaste gången hon hade varit ute på ön. Då och då knackade en bekant på deras dörr, men Alex kunde inte förmå sig att öppna. Theo hade känt sig särskilt skyldig att umgås med sin mamma efter sin pappas död. Troligtvis var det åratal av skuldkänslor för att ha favoriserat sin pappa som kom upp till ytan. Theo hade inga syskon, och likväl hade varken Liam eller

Alex några syskon. De båda hade inte längre någon annan familj än varandra. Han knackade på dörren. De febrila fotstegen avbröts kort, för att sedan komma närmare dörren. Den tunga trädörren slängdes upp.

-Theo! utbrast Alex glatt, som att hon var förvånad över att se honom, trots att de båda följt samma rutin i snart två veckors tid. Han lyckades inte matcha Alex nyfunna entusiasm.

-Hej, mamma, svarade han trött.

-Hur var jobbet? Gick allting bra? Har du ätit någonting? frågade Alex med en entusiasm som förblev omatchad.

Theo nickade som svar. Orken att ta sig hem till mamman hade inte funnits där ända sedan det första besöket. Det var mycket mer ett måste, ett känslosamt måste, än en genuin vilja, någonting som Alex antingen inte brydde sig om, eller helt enkelt var omedveten om. Doften av lammkött och grönsaker gjorde sig känd mellan hemmets träväggar. "Ny mat idag igen", tänkte Theo, fullt medveten om hans mammas nyfunna kärlek till matlagning. Han var van vid enklare, mer lättlagade maträtter. De senaste veckorna hade bestått av en ny kulinarisk upplevelse varje kväll.

-Det doftar gott, var allting Theo lyckades få fram som komplimang.

-Det är din favoriträtt! svarade Alex glatt.

-Jag har ingen favori-.. Ja, det är det. Det fanns ingen anledning för honom att säga emot sin mamma. Vad som än gjorde henne glad för stunden var en vinst för honom. Alex log nöjt mot sin son.

-Vad har du gjort idag? fortsatte han med att fråga, medveten om att hon försökte sitt bästa för att glömma bort smärtan av att ha förlorat sin make.

-Åh, jag har städat hela huset, jag hittade dina leksaker från när du var en liten bebis, du var så söt med dina knubbiga små lår. Alla andra kvinnor var så avundsjuka på att jag och din pappa fått en så fin son, sa hon och tittade sorgset ned i golvet. Nämnandet av Liam försatte henne i djupa tankar varje gång det dök upp. Theo hade aldrig varit närgången till sin mamma, varken fysiskt eller psykiskt. En god son hade sannerligen gått fram och kramat om henne. Han var inte en god son, åtminstone kände han sig inte som en. Han laddade gaffeln med en stor bit lamm och tuggade klart det sega köttet medan hans mamma var fortsatt försjunken i tankar.

-Har du varit ute idag?

Hans fråga möttes av tystnad. Alex verkade plötsligt vakna till liv igen, och fortsatte konversationen där de senast var, som att ingenting hade hänt.

-Och så har jag ju lagat mat, förstås. Jag använde...

Mammans röst fortsatte att eka mot husets väggar, men Theo kunde inte förmå sig att fortsätta lyssna. Han hade lärt sig att enstaka nickar och korta läten ofta var tillräckligt för att hon skulle fortsätta prata utan att bry sig om hans engagemang i konversationen.

Alex monolog fortsatte till kvällens ände, och plötsligt fann Theo sig ståendes framför sin egen, omärkta trädörr, oförmögen att gå in. Han blev våt om kinderna och upptäckte att han hade börjat gråta. Han försökte övertala sig själv att han inte visste varför, men de sanna tankarna vann snabbt över hans lögner. Samma känsla sköljde över honom varje gång han hade gått hem från mammans hem den senaste veckan. Det var en känsla som han känt sedan barnsben, men som blivit allt tydligare efter pappans död. Han och hans mammas relation hade alltid varit spänd, men på sistone var den värre än någonsin. Hon betedde sig mer och mer märkligt för varje dag som gick. Förvisso kunde en del av hennes beteende tillgodoräknas en person som förlorat sin livspartner, men det var ändå någonting som fick honom att tro att så var inte fallet. Han hade en tanke som han inte kunnat skaka på sistone. Någonting inom honom övertalade honom att Alex visste mer än vad hon lät honom veta. En konfrontation med modern var på horisonten, desto tidigare desto bättre.

Kvällen därpå fann sig Theo ståendes utanför föräldrarnas dörr likt de tidigare veckornas rutin. Men någonting var annorlunda denna kväll. Olikt tidigare dagar möttes han inte av ljud och rörelse inifrån huset när han stod utanför huset.

-Mamma?

Frågan möttes med tystnad. Han kände på handtaget, varpå dörren sakta öppnades med ett gnällande ljud. Håret på hans armar reste sig och han kände en plötslig kyla skölja genom hans kropp.

-Mamma! ropade han i hopp om att få ett svar. Han förbannade sig själv. Varför hade han inte sovit över hos henne, som en normal son, en god son, hade gjort?

-Theo? hördes det från en svag röst i rummet bredvid. Det var hans mamma. Han sprang in i rummet och fann henne liggande på golvet. I det dunkla mörkret var det enda han såg mammans ögonvitor, tills han tände lampan och såg den röda vätskan sipprandes ut från en öppning i hennes panna.

-Mamma! Vem har gjort det här mot dig? Vad har hänt?!

-J-Jag vet inte.., sa hon, med en röst lika svag som hans pappas vid tidpunkten av hans bortgång. Theo kände paniken växa inom sig. Trots deras relation klarade han inte av att förlora båda sina föräldrar. Han kunde inte vara ensam i denna värld. En värld han alltid känt att han inte passade in i. Han visste att han skulle känna sig ännu mer vilsen utan en förälder i den.

-D-det var en man.. En stor man.. Planka.. Letade.. Efter.. Dig..., var de enda korta ord hon fick ur sig innan hennes ögon slöts. Theo satte ivrigt fingrarna vid hennes hals och drog en suck av lättnad när pulsen långsamt slog tillbaka mot hans fingertoppar. Mot hans bättre vetande låste han dörren och flyttade mamman till hennes säng. *"Där kan hon vila tryggt medan jag väntar här."* var hans resonemang till flytten. Skulle han hämta Azalea så att mamman fick *caeruleum?* Nej, det fick vänta. Den som hade attackerat hans mamma hade omedvetet givit honom ett gyllene tillfälle. Han hade länge funderat över vilken ursäkt han skulle behöva använda för att söka igenom mammans hus utan att göra henne medveten om det. Ett bättre läge än detta skulle han inte få. Men var skulle han börja, och vad var det han egentligen letade efter? Byrålådorna öppnades först. Ingenting där. Fanns det kanske någonting i skafferiet? Han sovrade i potatispåsarna och morotslådorna. Ingenting där. Plötsligt slog tanken honom, hennes hemgjorda portmonnä. Var hon än befann sig hade Alex jämt sin blåa portmonnä med sig. Hon hade själv gjort den, och när han vid en ung ålder frågat varför hon hade den med sig svarade hon att alla kvinnor i hennes släkt burit blåa handväskor, så länge hon kunde minnas. Innehållet var inget märkvärdigt, oftast ett par grönsaker eller en kaka hon sällan gav till honom frivilligt. Theo hade dock vid ung ålder förstått att det inte var någon idé att snoka i den. Mer ofta än sällan var den tom. Nu fann han den vid hennes nattduksbord. Han öppnade den med noggranna fingrar, varsam om att inte lämna allt för stora spår efter sin jakt. Den här gången var den inte tom. I väskan fanns en ihopvikt målning. Den såg ut att vara handmålad av någon som var duktig med kol och föreställde en man med orange hår. Theo kunde tydligt se att det var ett porträtt av borgmästaren, Peter Helheim. I porträttet stod han på en kulle med armen innanför jackan, och nedanför kullen låg det en stor hög av människokroppar. De såg ut att vara döda. Theo vände på porträttet och upptäckte att det stod någonting på baksidan. I stor röd text läste han, *"Heil Helheim - Hic Finis"* med en röd triangel bredvid. Triangeln var inte lika prydligt målad som porträttet, och det liknade någonting som ett ungt barn skulle måla för att fördriva tiden. Plötsligt ryckte han till.

-Theo? Det var Alex röst som kunde höras från det andra rummet. Han packade snabbt tillbaka målningen i mammans väska och rusade till hennes sida.

-Mamma? Har du ont? frågade han, hoppfull att hans frågor lät naturliga. Hans tankar kunde inte tänka på annat än porträttet av deras borgmästare följt av ord han inte tidigare varken sett eller förstod innebörden av. Så vitt han visste hade hans mamma och Peter Helheim endast utbytt artigheter vid ett fåtal tillfällen. Nog för att befolkningen tyckte om och tolererade hans ledarskap, men det var knappast någon som hoppade av glädje när han pratade.

-Ja.. mitt huvud.. Det dunkar…, svarade hon med en röst som lät starkare än tidigare. Ett gott tecken för hennes tillfrisknande, insåg han.

-Jag hittade inte honom, mamma. Jag sprang ut och letade efter honom, men det var ingen som hade sett någon, och jag sprang så fort jag kunde, sa Theo och rättfärdigade sina lögner med att de var för allas bästa.

-Det är okej, Theo. Jag behöver bara vila. Kan du stanna hos mig i natt?

Han nickade som svar och Alex log. Den natten sov han inte många timmar. Han hörde mammans bullrande snarkande från rummet bredvid, men det hemska oljudet var inte den enda anledningen till hans sömnlöshet denna natt. Han kunde inte släppa tanken på att ön bar hemligheter djupare än han kunde ana, och han misstänkte att pappersbunten bara var början på vad han skulle komma att få veta.

Kapitel 9: En vänskap för tiderna, år 2373

En vecka hade passerat sedan natten hemma hos hans mamma. Känslan av att Alex dolde någonting för honom var kvarstående, och Theo fick ofta påminna sig själv om möjligheten att hans pappa bara svamlat, och att hans mamma faktiskt var helt ovetande. Men varför hade hon då en målning på deras borgmästare? Och varför hade någon attackerat henne? I dessa tankar gick han dag ut och dag in. Det enda som fick honom på andra tankar var..

-Theo! Vad gör du så här långt borta helt ensam? frågade Azalea. Det var en rimlig fråga att ställa. Han stod trots allt bland hala, mossklädda stenar, så långt norrut på ön som det gick att komma. Nedanför honom var ett stup. I botten av stupet fanns endast kraftiga vågor som slog hårt mot klippans vassa väggar. Theo tänkte på havets destruktiva förmåga. I striden mot havet var de chanslösa, det visste han. Men kanske var havet inte någonting att besegra, kanske var havet hans allierade, någon han kunde förtro sig till, någon som kunde visa honom ut på äventyr.

-Jag bara.. Jag bara.. tänker, svarade han sanningsenligt, väl medveten om sitt misstänksamma, och något förvirrade, tonläge.

-Vill du sluta tänka och ta en promenad istället?

Azalea log. När han fick syn på hennes leende stannade alla funderingar kring öns mysterium upp, om än endast för en kort stund. Den korta stunden kom att bli hans favoritstund på hela dagen.

De gick sida vid sida och diskuterade vardagliga saker. Hur gick det för honom på jobbet, hur gick det för henne på jobbet, hur mådde hans mamma, hur mådde hennes mamma, och så vidare. Plötsligt tystnade Azalea och stannade till. Hon mötte Theo med en allvarlig blick.

-Jag vet, Theo.

Han tittade förvånat på henne. Av någon anledning kände han sin mage klumpa ihop sig. Vad visste hon?

-Vet, vet vad? frågade han och kände sin ansiktsfärg bli mer och mer avslöjande.

-Jag vet.. Eller, jag kan inte veta, men jag förstår.

Hur väl hon än må förstå så var han likväl förvirrad.

-Att förlora sin pappa, det kan inte vara.. enkelt, sa hon och la sin hand på hans axel.

Theo kände lättnadens våg skölja över honom. Hon visste ingenting om pappersbunten.

-Nä.. Nej. Det är det inte. Det har varit.. svårt, svarade han och höll tillbaka sanningen. Visst, det hade varit tufft efter Liams bortgång, det medgav han, men det som hade tyngt honom mer än pappans död var en tunn bunt med papper. Hur redo han än var att prata om sin pappa var han än mindre beredd att avslöja sin hemlighet.

-..och din mamma som är helt ensam... Eller, ja, hon har ju dig så klart, fortsatte Azalea.

Theo hade svårt att känna empati för sin mamma efter vad han just hade hittat hemma hos henne.

-..och farfar Mikos har frågat om er, om ni vill komma över och äta middag hos oss..

-Mikos? frågade Theo och avbröt henne.

-Ja? svarade hon, hennes röst klingande med förvåning.

-Känner han min mamma?

-Det är en liten ö, Theo, de flesta känner varandra, sa hon och log.

-Men de har väl aldrig ens pratat, varför vill han helt plötsligt träffa min mamma?

Theo märkte hur hans ton blev allt mer hetsig och hur Azalea drog sig bakåt. Skuldkänslorna över hans bemötande mot henne högg honom hårt i bröstet.

-Förlåt.. Det var bara ett förslag. Jag hörde honom nämna henne igår vid middagen, och han sa hur ledsen han var över hur allting hade slutat för Liam, och jag tänkte att…, försökte hon att säga innan Theo avbröt henne.

-Nej, förlåt mig. Jag blev bara förvånad. Tacka din farfar för inbjudan, och vi kommer gärna förbi. Jag tror att det är bra för henne att träffa någon annan än jag som omväxling. Och så slipper jag äta ännu en av hennes nya maträtter.

Azaleas leende var tillbaka, och Theo log tillbaka. Hur många gånger han än såg henne förblev känslan densamma. Det räckte med en tanke på henne för att få hans hjärta att brinna med samma kraftiga hetta som den röda, brinnande nyansen av hennes hår.

-Då säger vi så. I morgon, på kvällen? Mamma ska laga kanin, hennes specialitet, sa Azalea glatt.

-Mm, tack. Vi kommer, svarade han och försökte förgäves att matcha samma entusiasm för middagen som hon hade erbjudit.

Resten av promenaden fortsatte med lika alldagliga trevligheter som att middagsbjudningen aldrig nämnts. Solen hade börjat gå ned och de sa hejdå utanför Azaleas dörr. Om han fått som han egentligen ville hade de tagit farväl med en kyss lika passionerad som de dundrande vågorna de tidigare beundrat, men nu slutade det i stället med ett vänligt "Hej Då!", utan någon sorts fysisk kontakt. Nåväl, han hade trots allt viktiga tankar att ta sig an. Han fick påminna sig själv om att inte reagera misstänksamt i konversationer gällande hans föräldrar. Hur såg det egentligen ut att han hade blivit så upprörd över en middagsinbjudan? Han hoppades att Azalea inte längre hade det i åtanke, och att hon tolkade hans hetsighet som ett fortsatt sorgearbete från att ha förlorat sin pappa. Theo fortsatte promenaden hem, återigen ensam med sina tankar, utan någon rödhårig tjej som kunde erbjuda ett ögonblicks respit från dem.

Kapitel 10: Middagsbjudningen, år 2373

Azaleas föräldrar var båda vid liv och bodde i ett av öns större hus. Theo hade gått förbi det stora, bruna huset många gånger i sitt liv, alltid tittandes upp mot Azaleas fönster i hopp om att få en glimt av henne. Husets storlek visade sig självklart efter att man lärt känna de som bodde där. Det fanns inte bara plats för deras nära familj, även stora delar av deras släkt bodde med dem. Mikos, hennes farfar, hade ett eget sovrum på övervåningen. Hennes två småbröder, tvillingarna, fick dela på ett annat rum på bottenvåningen.

Theo och Alex entré möttes med glädje, och efter den första stunden av obekväm artighet med kindpussar och handslag mellan de två familjerna kände Theo att konversationerna och umgänget var mer naturligt än han förväntat sig. Han hade sett fram emot att höra berättelser om ön från Mikos, även om han på senaste tiden börjat tvivla på deras legitimitet. Hittills såg han dock inget spår av den gamle mannen.

-Var är din farfar? frågade han Azalea. Han hade hållit sig nära henne under familjernas introduktion. Hennes leende försvann och hennes blick föll ned till golvet.

-Han vilar just nu, men du ska se att han nog kommer ned i tid för efterrätten.

Det var tydligt att Mikos mående var ett känsligt ämne som behövde navigeras med en stor försiktighet. Theo visste att han var en mycket gammal man vid det här laget, äldre än många andra på ön, och de alla visste att det någon gång skulle vara dags för tiden att ta ut sin rätt över honom. Han lyckades smidigt byta ämne genom att ge komplimanger till Azaleas mamma, Adriana, över hur fint och prydligt deras hus var. Komplimangerna fungerade, kanske allt för väl. Under middagen hade han knappt tid till att prata med Azalea då hennes mamma hade misstagit hans lösryckta komplimanger för ett genuint intresse, och därför spenderat 30 minuter med en lång utläggning om vilket medel som fungerade bäst för att ta bort fläckar på tyg. Ett ämne Theo var lika intresserad av som en kunde förvänta sig. Efter en stund började han fundera på huruvida Adriana hade fortsatt prata om han bytt ut sig själv mot en sten. Tanken roade honom, men han var en god gäst och lyssnade uppmärksamt med inslag av små nickar genom middagens gång.

De hade precis ätit upp deras middag när ett plötsligt brak hördes från ovanvåningen. Theo och Alex ryckte till. Azaleas familj var stilla.

-Vad var det? frågade Alex med en röst som var tung av oro.

Hennes fråga behövde inte besvaras med ord. Tunga, långa fotsteg landade på trappstegen. Ett väsande, rosslande ljud ackompanjerade fotstegen. I det nedsläckta hemmet kände han inte igen den mannen som han så många gånger suttit och ivrigt lyssnat på. Den gamla mannen närmade sig sällskapet, och när Theo såg honom på nära håll kunde han bättre urskilja detaljerna i den gamle mannens ansikte. Mikos hade ett stort, öppet sår på sin högra kind. Baserat på hur rött och blodigt det var, gissade han att det endast var ett par dagar gammalt, högst. I hans tidigare vänliga, bruna ögon fanns det nu ett tomt, svart hat som Theo inte kände igen.

-Mikos, vad..?

Theo sköt bak sin stol och ställde sig upp för att hälsa på den gamla mannen. Innan han hunnit fram till Mikos sträckte han ut sin arm och pekade med ett långt, smalt pekfinger rakt på honom.

-Du.. Du ställer dig upp mot Gud, du hör inte hemma här…, väste han fram. Hans forna starka och bastunga röst var utbytt mot en trött och hes röst. Istället för de äventyrliga berättelserna Theo var van att höra från Mikos hörde han nu en anklagande, hatisk röst. Theo var förvirrad och tittade sig omkring. Han möttes av ledsamma blickar. Det var tydligt att hans beteende inte var någonting nytt för Azaleas familj. En vecka hade passerat sedan Azalea bjöd in honom, och han misstänkte att Mikos tillstånd hade försämrats drastiskt under den korta tiden. Han vände sig tillbaka mot den gamla mannen.

-Mikos, jag vet int-., försökte han få fram, men innan han hann prata klart blev han avbruten av honom.

-Svag är han som ensam står mot Gud när domedagen är här.

Mikos ord väste fram ur honom som det vinande ljudet av en stark vind. Theo, som aldrig hade trott på Gud, förstod inte varifrån dessa anklagelser kom. Gudstro var inte stort på ön, men det var inte någonting som inte heller existerade. Han hade aldrig misstänkt att Mikos var en troende man. De troende var alltid mindre excentriska än de som valde att leva sitt liv utanför religionen, och Mikos var, om inte annat, excentrisk i hans berättelser om ön. Luften var tung och fuktig, som när höstregnet väntade. Plötsligt stelnade Mikos till. Hans krokiga pekfinger sjönk ned till hans sida och hans svarta ögon rullade bakåt i deras hålor tills endast vitt syntes. Azalea var den första som ropade.

-Farfar!

Innan någon i familjen hann stoppa honom hade Mikos fallit ned på golvet. Han föll baklänges, och Theo såg hans fall som i slow motion. Han visste om han inbillade sig, men han tyckte sig, för en kort stund, se ett svagt leende på Mikos läppar medan han föll. Med ett dovt ljud mötte hans huvud det hårda trägolvet i familjens köksrum. Azaleas pappa var den som var först framme vid Mikos stilla kropp. Över hans axlar kunde Theo se att det tidigare ljusbruna golvet nu färgats rött av Mikos blod. Theo kände den vanliga klumpen i magen som jämt efterföljdes av illamående och slutligen en spya. Samma känsla kom oftast över honom när han såg sin mamma rensa en kyckling i deras kök. Resterande medlemmar av Azaleas familj verkade märkligt nog inte lika chockade över situationen som han var. Kanske var det en blandning av lättnad att de nu hade en färre familjemedlem att ta hand om. Kanske var det en förståelse över att livet hade sin gång. Theo kunde omöjligt veta.

Theo närmade sig Mikos kropp och såg att hans läppar fortfarande rörde sig, som att han ville säga någonting men inte hade orken till att få sina stämband att ge från sig orden. Azaleas pappa var fortfarande hukad över honom för att hjälpa, men lade inte märke till Mikos rörelse. Theo hade aldrig varit duktig på att läsa läppar och han var tvungen att ta sig närmre den gamla döende mannen för att höra honom. Han tog tillfället i akt, hans egen mamma och Azaleas hysteri och skrik fungerande som en utmärkt täckmantel för att han skulle kunna ta sig närmre Mikos.

-Vad kan jag göra? frågade Theo genuint, och han hukade sig ned vid Mikos ansikte, så nära han möjligen kunde komma utan att väcka för mycket uppmärksamhet. Skriken i köksrummet komplicerade saken, men han lyckades till slut höra de ord som Mikos viskade fram.

-Lita inte på honom.

Kapitel 11: En resa på havet, år 2373

Två veckor hade passerat sedan Mikos död. Azalea hade varit den i familjen som verkat mest tagen och förvånad över hans plötsliga bortgång, men han kunde inte lägga ned för många tankar på det. Theos tankar ockuperades främst av de ord han hört innan den gamla mannen drog sina sista andetag. "Lita inte på honom.". Vem var 'honom'? Hans tankar for runt. Den senaste tiden hade dagarna känts allt kortare, som att han inte längre hade någon fritid. Efter hans dagliga arbetspass var han inte sällan uppbokad för att hjälpa Alex med diverse hushållssysslor eller annat som behövde ses efter nu när hans pappa var död. De sällsynta tillfällen då han hade tillräckligt med tid för att vara ensam med sina tankar var han för trött och slutkörd för att anstränga sig hårt nog för att lösa öns mysterium. Det var någonting han ofta kände ångest över, och han var väl medveten om att det behövde ändras på. Theo var övertygad om att det hängde ihop. Hans pappas tidning, överfallet på hans mamma, hennes målning över öns borgmästare, Mikos död. För mycket hade hänt på bara några veckors tid för att det skulle vara en slump. Han visste ännu inte hur rätt han hade.

Klockan var sent och Theo var på väg hem från sitt arbetspass. Han hade jobbat övertid de senaste två dagarna, på sträng instruktion av hans chef. Han misstänkte att Karl hade märkt hans brist på arbetsmoral och på sitt eget, märkliga sätt, försökt att hjälpa honom genom att beordra övertid. Mörkret hade lagt sig över ön och det enda som lyste upp den grusklädda gången hem var skenet från de brinnande gatlyktorna. Bortom mörkret hördes havets vrål när det slog mot öns hårda kropp. Djupt nedsjunken i sina tankar nynnade han på en melodi när han plötsligt tyckte sig se någonting i ögonvrån. Cirka 100 meter bort från vägen var en strand. Precis som varje dag var vågorna höga, och havet attackerade stranden aggressivt med sitt vita stim. Vid strandens kant märkte han en hemmagjord båt, gjord på fyra stycken stora trästockar, ihopvirade med ett grovt rep. Båten verkade ligga ankrad vid havets kant. På grund av distansen mellan honom och stranden kunde han endast urskilja en figur, sittandes på båten. Vem var galen nog att ge sig ut på havet, inte minst i det här ovädret? Det hann inte gå lång tid innan hans ögon vande sig vid mörkret, och han kunde nu tydligt se en flicka på båten. Hennes brinnande, röda hår var lika igenkännbart som den första gången han såg henne. Det var Azalea som befann sig på båten, det var det ingen tvekan om. Med en rusande fart sprang han ut mot stranden, fast besluten om att nå henne innan någon annan hann se henne. Det var för sent. När Theo nådde fram till strandkanten hade flotten redan hunnit ut på havet. Allt han såg var baksidan av Azaleas hår, upplyst av månens sken. Han vrålade ut till henne. -Azalea! hans rop fungerade. Hon vände sig om och hennes blick mötte hans. Om en utomstående hade sett deras två blickar hade man troligen gissat att de var i ombytta roller. Hans blick, panikslagen och förtvivlad, medan Azaleas var lugn och trygg. Hennes läppar formade sig till ett leende, och plötsligt var både hon och båten borta från hans syn. Theo skrek. Högre än någonsin förut. Han brydde sig inte om vem som skulle höra. Han var arg. Arg på sig själv. Arg på havet. Arg på henne. Han tog sitt förnuft till fånga och sprang upp på grusvägen, bort mot ett tätbebyggt område.

-Hjälp! ropade han så högt han bara kunde. De som hörde honom kom ut från sina hem och undrade vad som hade hänt. Efter mycket ropande, och vad som hade känts som flera timmar, men i själva verket var ett fåtal minuter, var en stor folksamling samlad runt honom. Theo förklarade förtvivlat vad som hade hänt, och att de behövde skicka ut en båt för att rädda Azalea. Öns befolkning stod tålmodigt och lyssnade på honom. De visste mycket väl att den som gav sig ut på havet var så gott som död. Theo fann sig snart omringad av folk, ståendes i mitten med gråten i halsen, skrikande och ivrig att rädda henne.

-Varför gör ingen något, rädda henne! Hon kan inte vara borta, jag älsk-. försökte han få fram när han plötsligt blev avbruten av en hand på sin axel. Han vände sig om.

-Theo, vad är det som pågår? frågade en familjär röst.

Synen av Azalea var för mycket för hans sinnen att klara av, och det sista han mindes innan mörkret slöt sig för hans ögon var synen av hennes varma, rosa läppar.

Kapitel 12: Förgiftningen År 2373

Theo vaknade upp kallsvettig. Natten hade känts som en feberdröm, men han visste vad han hade sett. När han vänt sig om och sett henne hade han fallit ihop och blivit liggande där, tills ett par starka män burit hem honom. Enligt hans mamma berodde hans kollaps på att han jobbat för hårt och sovit för lite på sistone. Så mycket hade hänt honom den sista tiden, och Azaleas flykt var bara ännu ett mysterium att lägga på i högen av mysterium. Pappans död berörde honom knappt längre. Kanske berodde det på vad han sagt med sina sista andetag. Kanske berodde det på att så mycket annat hade hänt. När han låg och tittade upp i taket, oförmögen att finna viljan till att gå upp ur sängen, insåg han att han behövde göra någonting. Han behövde finna en ny mening till vad han gjorde här på ön. Fortsatte han på det här viset visste han att hans hemlighet skulle bli påkommen. Det fanns en gräns över hur länge han kunde gömma pappersbunten innan ett misstag skulle avslöja honom. Hans första steg till att förstå vad som hade hänt - prata med Azalea.

Solen sken med sina morgonstrålar och framhävde öns skönhet. Theo reflekterade inte ofta över hur vacker den plats han bodde på var, men denna morgon var en morgon av många ovanligheter. Han gick längst stigen som ledde honom till det fält där han visste att hon arbetade idag. Han själv hade tagit ledigt från jobbet, till Karls stora förtret. Trots att han hade sett henne fler gånger de senaste veckorna än alla tidigare gånger på ön så var åsynen av henne alltid densamma. Hennes röda hår gifte sig med solens strålar och framhävde idag inte bara öns skönhet, utan även hennes. Theo kunde inte göra annat än att rodna, hans kinder lika rosa som hennes läppar. Men någonting var annorlunda idag. Hennes vanliga, vänliga leende var inte där. Kvar var istället ett påklistrat leende. Theos blick rörde sig upp. Han såg in i hennes ögon. De var.. ledsna? Nej, det var någonting annat som hennes ögon gömde. Skam.

Vad kunde hon känna skam över? Om någon skämdes så skulle det vara Theo. Hans svimmande igår var troligtvis öns stora snackis. Han närmade sig Azalea, hans blick fäst i hennes. De båda kände att energin var annorlunda än förut.

-Theo, jag tror inte du ska vara här just nu, sa Azalea. Han häpnade. Han hade aldrig tidigare blivit avvisad av henne på det här sättet.

-Vi måste prata, kontrade han med för att avvärja hennes distansering. Han hade kommit till henne av en anledning, och han ville inte vända hem nu. Azalea stod tyst och stilla kvar i fältet av *caeruleum*.

-Vi har inget att prata om.. Det är inte.. Det är bara inte som du tror.

Hennes svar förvirrade honom ännu mer och gav endast upphov till fler frågor än de han hade tänkt att inleda samtalet med.

-Lyssna bara. Du kommer att tro att jag är galen, men ge mig en chans att förklara gårdagen, försökte han. Azalea stod tyst och lyssnade. Hennes kollegor hade ännu inte lagt märke till Theo, eller så uppvisade de bara en oerhörd likgiltighet till hans visit.

-Jag svimmade inte för att jag hade sovit för lite eller ätit för dåligt. Jag svimmade för att jag såg dig lämna ön. Du var på en flotte, seglande bort från mi.. från ön. Jag ropade på dig, men du vände inte tillbaka. Precis när jag skrek mina sista ord innan du försvann från min syn kände jag din hand på min axel. Där i stunden blev det för mycket. Tanken på att aldrig mer se dig till att vända mig och se dig en sekund senare gjorde väl bara så att.. ja, det var därför jag svimmade.

Han stod tyst och inväntade hennes svar, febrilt letande efter något tecken i hennes ansiktsuttryck som kunde ge honom en ledtråd till vad hon tänkte på. Något sånt tecken skulle han inte få. Azalea svarade kort och sammanbitet.

-Var det allt? frågade hon likgiltigt innan hon fortsatte.

-Jag måste tillbaka till jobbet.

Hon vände sig om, redo att gå därifrån. Tanken på att hon lämnade honom återkom från gårdagen och paniken inom Theo svällde upp. Han tog tag i hennes handled, drog henne intill sig och kysste hennes mjuka läppar. Inom honom brann en låga som han visste aldrig skulle släckas så länge hon var nära honom. Han skulle lika gärna kunna vara fast i en iskall regnskur och ändå känna samma värme, bara han hade henne. Hennes läppar smakade trygghet, hemma, kärlek och salt... Salt? Azalea grät. Han ryggade tillbaka, plötsligt påmind om vad han hade gjort.

-Förlåt! Är du okej? Förlåt! Jag borde inte ha..., stammade han fram.

-Det.. Det är inte du.. De.. De vet.. och du vet inte..

Vilka var de, och vad visste han inte? Bakom Azalea såg han hennes kollegor, herbalisterna, ståendes. De hade alla stannat upp med sitt arbete och stirrade på honom. Det var inte en blick av förtjusning över deras kyss, någonting som äldre damer på ön vanligtvis skulle funnit spännande och romantiskt. Deras blick var fylld av raseri och hat, som att han inte hörde hemma där. Han backade tillbaka, men den här gången var det Azalea som tog tag i hans handled, drog honom intill sig i en sista varm kyss och viskade.

-Möt mig vid den äldsta klippan på ön. Jag förklarar allting senare. Lyssna på mig och gör exakt som jag säger. Spring

Kapitel 13: Sanningen sätter dig fri, år 2373

Theo sprang. Trots den soliga dagen blåste det upp en storm. Vinden piskade honom i ansiktet och fick hans ögon att vattnas. Känslan var familjär och inte helt olik de tårar han känt svälla upp när han trodde att Azalea lämnade ön. Han sprang förbi stenar han sällan såg, förbi hus bebodda av familjer han ej kände till. Hans raska sprint verkade inte alarmerande för de förbipasserande få som han visste namnet på. De nickade och log glatt mot varandra i förbifarten. Theo började närma sig mötesplatsen, den gamla klippan. Det var en sällan besökt plats. Anledningen till att Theo och Azalea båda kände till den var för att de hade besökt den vid en klassutflykt för många år sedan. Deras överentusiastiska lärare hade förklarat att den största Klippan, som de tidigare trott var den äldsta, visade sig vara gjord av kol och inte granit, och därför diskvalificerades i öns inofficiella tävling om störst klippa. Den nya Klippan, dit han nu begav sig, var sällan besökt, men öns historiker sade sig ha genomfört tester som visade att den faktiskt var den klippa som stått på ön sedan flera miljoner år tillbaka. Vid tillfället var det helt ointressant information för Theo. I nuläget visade det sig vara ovärderlig och nödvändig information.

Klippan låg tillräckligt avskilt för att ingen på ön slumpmässigt skulle gå till den.

Efter att ha lagt öns hus bakom sig och inte sett en annan människa på lång tid visste Theo att han började närma sig Klippan. Nu återstod bara att vänta på Azalea. När han hörde sin mage grubbla irriterat förbannade han sig över att ha skippat frukosten imorse. Med andetag lika tunga som sina fötter såg han klippans vita topp över den gräsklädda kullen framför sig. Han hade bara sett den en gång förut på deras utflykt, men dess skönhet var någonting som han inte kunnat glömma. Klippan låg precis vid kanten av kusten, och nedanför kanten var det ett brant stup, rakt ned till sylvassa klippor och argsinta vågor. Dess höjd skrämde honom, han hade aldrig varit mycket för höjder. Theo tog ett par steg bakåt från kanten och inspekterade den stora stenen. Längs dess breda sida fanns en klippavsats som fick fungera som viloplats tills att Azalea dök upp.

Medan dag hade hunnit bli kväll när han sprang till Klippan så hade likaså kväll hunnit bli natt när han satt på Klippan och väntade på Azalea. Han tittade ut över den kolsvarta horisonten.

Längst borta, så långt bort som han kunde se med blotta ögat såg han någonting flimra till. Ett ljus? Nej, det var en kvinna. Theo flämtade till. Han kunde känna igen lystret från hennes hår oavsett avstånd. Det måste vara Azalea. Han sprang ivrigt fram mot henne tills han tydligt kunde urskilja hennes ansiktsdrag. Hennes andning var tung, och han fick påminna sig själv om den ansträngning det hade krävts av honom för att ta sig dit. Azalea verkade vid första anblick vara vid gott mod, men hennes ögon visade sanningen, hon var rädd. En mängd tankar hade hunnit passera hans fantasi medan han väntade, och i stunden var han bara lycklig av att se henne. Han omfamnade henne och till hans förvåning var det hon som drog sig bort från hans armar. Den besvikelse han kände var inte långvarig. Azalea tog tag i honom och förde sina mjuka, rosa läppar mot hans. Hennes ansikte var rödlätt av den ansträngande färden till Klippan, och på hennes panna kunde han se glansen från svettdroppar. Theo kunde inte bry sig mindre. De två ungdomarna delade en passionerad kyss. En kyss som han endast hade läst om i, för honom, antik litteratur. Trots den lugna natten var det en storm som bryggdes inom honom. Efter vad som verkade som ett kort ögonblick men säkerligen varit mycket längre separerade de sina trötta kroppar från varandra. Theo trodde inte att han kunde älska Azalea mer, men när hon drog fram vattenbägare och bröd från sin ryggsäck visste han att han hade haft fel.

De satte sig uppe på den avsats där Theo väntat på henne. Den ängsliga känsla han känt medan han väntade på Azalea var nu utbytt mot lättnad, de var tillsammans. Hon hade den effekten på honom. Oavsett vart de var, eller vilka de var med, såg han endast henne.

De åt mackorna som Azalea tagit med sig i tystnad. Theo förstod att hon hade någonting att berätta, någonting som skulle förändra hans världsbild för evigt. Hon mötte hans blick och yttrade meningen som skulle förändra hans liv för all framtid.

-Theo, det är dags att du får reda på sanningen om ön.

Del 2

Kapitel 1: Robertos Resa, år 2013

Han hade alltid varit speciell. Så långt bak han kunde minnas hade hans familj sagt det till honom. Men han kände sig inte särskilt speciell. Med sina 182cm var han hyfsat medellång. Hans kroppsbyggnad var inte heller någonting att skryta om. Han var inte otränad, men han var inte heller vältränad. Till och med hans namn, Robertos, hade kommit från hans pappa. En vanlig tradition i deras släkt. I skolan hade han aldrig stuckit ut. Han var inte stökig, men han var inte heller tillräckligt tystlåten för att väcka uppmärksamhet. När det kom till hans kärleksliv fanns inte mycket att prata om. Det fanns inget.

Hans mediokra person till trots fanns det någonting undermedvetet inom honom som alltid hållit med hans familjs ord om honom. Det hade gått 3 år sedan hans 13-årsdag, dagen då olyckan skett. I ett ögonblick hade han förlorat båda sina föräldrar. Kvar fanns ingenting, och han hade blivit lotsad runt till olika fosterhem. Där fanns ingen som kallade honom för speciell och hans redan tystlåtna personlighet hade blivit allt tystare. Allt det stämde tills det sista fosterhemmet. Det var på det sista fosterhemmet han hade träffat Mikail. Han var minst tio centimeter längre än Roberto, och under hans illasittande kläder gömde sig ett bergliknande mönster av muskler. Han var lika gammal som Roberto och hans liv hade sett snarlikt ut. Vid 10 års ålder hade han förlorat sin mamma i cancer, varpå pappan tagit sitt liv året därpå. Trots deras liknande motgångar i livet hade Mikail ofta ett glatt och hoppfullt leende på sina läppar. Han kom bra överens med alla och det var sällan man hörde ett ont ord om honom. Från första gången Roberto såg Mikail visste han att de skulle bli vänner livet ut. Allting började med att Mikail ropat på honom på fosterhemmets gräsmatta där de spelade fotboll tillsammans.

-Spring, jag skjuter långt!

I ett ögonblick hade Roberto snappat upp kommandot, sprungit förbi motståndarna och sparkat in bollen i mål. De två pojkarna möttes i en jublande kram. Den som aldrig förlorat sin familj kunde omöjligt förstå hur mycket pojkarnas omfamnande betydde för bägge parter. Samma kväll, långt efter att deras fosterföräldrar sagt åt alla nio barn att släcka lamporna, låg de under Mikails täcke med en ficklampa och läste gamla serietidningar. Roberto hade aldrig varit en stark läsare och Mikail, som snabbt märkte det, läste raderna högt för honom. Till Robertos förtjusning gjorde Mikail alltid till sig när det var stora slagsmål i tidningar. Man kunde höra honom imitera ondskefulla röster och fraser. Ingen av dem kunde ana den väg deras liv var på väg mot.

Kapitel 2: En sann vänskap, år 2013

Deras första år i fosterhemmet var över och de båda pojkarna trivdes bättre än någonsin förut. De båda hade slungats runt i olika hem sedan deras föräldrar gick bort och de hade aldrig känt sig hemma någonstans. Men det var inte bara deras vänskap som bidrog till deras nyfunna trivsel. Deras föräldrar, Sara och Gregor, var de första vuxna som genuint tyckte om sina fosterbarn. Det ordet, fosterbarn, var ett ord som barnen inte fick använda. *"Det skär i mina öron när ni säger det. Ni är mina barn, jag fick er bara senare i era liv."*, sa alltid Sara. Totalt var de nio stycken barn i familjen, varav noll som hon själv hade fött. De sa att de hade valt att vara ett fosterhem för att de älskade alla barn lika mycket, men Roberto kunde se på Gregors plågade ansikte att det inte var hela sanningen. Han misstänkte att de inte hade kunnat få barn själva. Det spelade ingen roll för barnen, de hade äntligen fått tillbaka kärleksfulla föräldrar.

Gregor var en storvuxen man med ett stort, rödbrunt skägg. Hans huvud kröntes av en skinande, hårfri yta. När barnen ville retas låtsades de spegla sig i den. Sara, å andra sidan, var hans raka motsats. Med hennes nätta figur var det svårt att inte missta henne för ett småvuxet skogsdjur. Trots att hon bara vara 45 år gammal var hennes hår silvergrått och hennes ansikte kantat av åratal av sorg och stress. När barnen frågade henne om det fick de aldrig ett svar, men de alla förstod snabbt att någonting hemskt hade hänt henne i hennes ungdom. Roberto och Mikail älskade dem båda två, och i sin tur visade de sin kärlek för pojkarna på otaliga sätt. Allt de önskade sig var deras. Det var tur för föräldrarna att pojkarna inte önskade sig mer än en kärleksfull familj, annars hade det nog kostat dem dyrt. Sällan uppstod det bråk inom familjen. Om ett sådant tillfälle dök upp var föräldrarna snabbt där för att påminna barnen om att familjer älskar och lyfter upp varandra, de bråkar inte. Men konversationen gällde inte Roberto och Mikail. De två bråkade aldrig.

Sedan första dagen de umgåtts var det omöjligt för någon eller något att separera på dem. I skolan skötte de sig bägge två, så länge de fick sitta bredvid varandra i klassrummet och i matsalen. Det fanns en tydlig och fungerande dynamik sinsemellan dem. Roberto var den tystlåtna och Mikail var den utåtgående och karismatiska typen. Detta ledde till att Mikail ständigt var den som blev inbjuden till fester och det var även han som tjejerna tydde sig till. Stundtals fick även Roberto en inbjudan till festerna. Han misstänkte att det främst var sympati som låg bakom hans inbjudningar, men det brydde han sig inte om. Mikail gjorde det jämt tydligt att han inte skulle gå på festen eller umgås med någon tjej om inte hans bror fick följa med. Utåt sett drog deras vänskap åt sig dömande blickar från folk som inte kunde förstå varför de var fastlimmade vid varandra, men de båda pojkarna kunde inte bry sig mindre. De visste vad de förlorat och nu funnit i varandra.

De hade hunnit fylla 17 år och befann sig på Claras, en tjej i deras klass, födelsedagsfest. Det var första inbjudan som Roberto inte kände att han hade fått på grund av sympati eller sin bror, och han hade sett fram emot kvällen. Pojkarna hade lyckats köpa alkohol för sina sparade pengar av den galna, loppbitna och förmodligen hemlösa mannen utanför deras lokala matbutik. Vad som hade börjat som en rolig och förväntansfull kväll förvandlades snabbt till ett minne som Roberto ofta skulle återkomma till i vuxen ålder. En bit in på kvällen hade all alkohol tagit slut vilket tydligt speglades i ungdomarnas beteende. Hämningarna släpptes och orden började att sluddras. Plötsligt befann sig Roberto ensam i ett sovrum, sittandes på en sängkant mittemot Maja, Claras mindre attraktiva kompis. Mulliga Maja, kom han på sig själv med att tänka. Det var ett smeknamn han hade hört i skolans korridorer. Han förstod varför någon med elakt sinne enkelt kommit på det smeknamnet. Han betraktade henne noggrant där hon satt. Hon hade ett tiotal extra kg runt midjan. Det var inte endast negativt, den extra vikten hade även satt sig på hennes bröst. Precis som alla killar i hans ålder hade han en stor kärlek till tuttar. Han hade sett fler nakna bröst i han och Mikails nedgrävda porrtidningar än vad han kunde räkna till, men aldrig ett par i det verkliga livet.

-Ska vi göra det här eller? frågade Maja med en röst som lät hetsig och barsk.

Han ryggade tillbaka av frågan. Han hade aldrig ens kysst en tjej tidigare, än mindre haft sex med någon. Mulliga Maja märkte att han tvekade.

-Hallå?! fortsatte hon, märkbart mer irriterad för varje tyst ögonblick som passerade.

-Jag…, försökte han få fram innan hennes hetsiga ord avbröt honom.

-Ja? Vadå, är du bög eller?

Han visste inte vad han skulle svara. Han hade alltid vetat att han gillade tjejer, det var det inget tvivel om. Det sociala och att kunna prata med tjejer på ett korrekt och självsäkert sätt var dessvärre någonting han inte bemästrade, men han var inte nervös framför killar. Det var allt som krävdes för att han skulle bli säker på sin sexuella läggning. Det var jämt Mikail som tog täten i konversationerna. Nu satt han där ensam på sängkanten, ensam och lika full på tonårshormoner som av alkoholen. Mulliga Maja måste ha märkt av hans tveksamhet och tolkat det som att hon behövde göra den första rörelsen. Likt en storvuxen panda närmade hennes ansikte sig hans som att det var en buffé av bambuskott. Hennes lilamålade ögonlock stängdes och hennes rödmålade läppar öppnades i förberedelse inför att kyssa Roberto. Han märkte att hon hade en bit paprika kvar mellan framtänderna. Den måste ha suttit där sedan innan festen. De hade inte ätit någonting med paprika i. Hans tankar vandrade, men han tvingade sig snabbt tillbaka till verkligheten. Det här skulle ske, han skulle ha sin första kyss. Han tittade på henne, hon fortfarande med sina ögon stängda och läpparna öppnade. Han härmade hennes rörelser och mötte henne i en allt för våt kyss. Han hade sett Mikail kyssa tjejer otaliga gånger, och det hade alltid sett så enkelt ut. Det han gjorde nu var svårt. Han visste inte om han skulle röra tungan motsols eller medsols. Hur länge höll en sån här kyss på? Han försökte tänka tillbaka till när han hade studerat Mikails kyssar. Tio sekunder? Han mindes inte i stunden, och även om han gjort det spelade det ingen roll. Maja var den som drog sig tillbaka. Hon tittade på honom med sina hungriga ögon. *"Panda.."* tänkte han tyst för sig själv.

-Av med dem, sa hon aggressivt.

-Va, av med vad? frågade Roberto med en genuin förvirring som andra, mindre ilskna tjejer säkerligen hade funnit charmig.

-Byxorna, geniet. Knulla mig.

Maja slängde av sig den svarta, tajt åtsittande klänning hon haft på sig under kvällens gång. Roberto inspekterade plagget på rumsgolvet och fann det intressant att så lite tyg hade skylt en så stor yta. Med en entusiasm som inte alls matchade hennes tog han av sig byxorna och satte sig på sängkanten i kalsonger och t-shirt. Hade Mikail sett honom hade han sagt att han liknade Nalle Puh. Tanken fick honom att skratta till.

-Vad är det som är så jävla roligt? frågade hon.

-Nej.. ingenting.., bara något Mikail sa tidigare..

-Din bögiga pojkvän? Tänk inte på den tönten nu, tänk på mig.

Hon sa det med ett falskt leende på läpparna, mest troligt var det ett försök att säga en rolig kommentar med glimten i ögat. Robertos ögon glimrade inte. Mikail var hans svaga punkt. Talade någon illa om honom visste han inte vad han skulle ta sig till. Utan att säga ett ord drog han på sig byxorna och ställde sig upp, redo att lämna sovrummet och festen.

-Va? Ska du gå?

-Mm, svarade han kort och kyligt.

Roberto orkade inte besvära sig med ett uppriktigt svar till hans plötsliga avsked. Med ryggen mot Maja förberedde han sig för att vrida om dörrhandtaget.

-Men.. Du var min första kyss och.. och.. Det skulle ju vara speciellt ikväll, du skulle få vara min första…, snyftade hon fram. Hennes tidigare barska och hetsiga ton hade bytts ut mot en mild, ledsen ton. Han kände sympati för henne, det kunde han inte förneka. Kanske hade han reagerat för starkt. Just när han vände sig om för att ångra sitt beslut såg han Majas storväxta figur röra sig hastigt mot den öppna balkongen. Balkongen gränsade mot poolområdet där festen fortfarande var i full gång, alkoholslutet till trots. Iklädd underkläder och med mascara rinnande nedför hennes runda kinder skrek hon ut för alla att höra:

-Hjälp, snälla! Roberto våldtog mig!

Kapitel 3: Lögnernas konsekvens, år 2013

Veckan efter festen hade varit en av Robertos värsta veckor hittills i hans unga liv. Det enda som kunde mäta sig med helvetesveckan var den vecka han förlorade sina föräldrar. Mikail hade hört Maja ropa och snabbt rusat in i rummet, greppat tag i honom och dragit med honom hem. Den kvällen pratade de inte om vad som hänt. När han försökte förklara för Mikail att han inte hade gjort någonting med Maja höjde han bara handen för att visa att han inget ville höra. En gnagande oro började växa inom honom. Skulle han förlora sitt liv, sin bästa vän, sin nyfunna familj? Morgonen därpå satt de båda pojkarna tillsammans med resten av familjen vid matbordet. Det var Sara som först märkte den uppenbara spänningen mellan dem.

-Vill någon ha mer pannkakor?

Saras blick var fäst i de två pojkarna. Gregor, upptagen med dagens tidning, hade inte snappat upp den spända stämningen och tackade tacksamt ja. Sara sparkade till honom på benet och Gregor höjde blicken till den tryckta atmosfären runt bordet. Han muttrade för sig själv och himlade med ögonen.

-Tjejproblem..

Efter frukosten satt Roberto ensam på sin säng. Ångesten åt upp honom inifrån. Snart skulle han behöva gå tillbaka till skolan och möta de andras dömande blickar och hatfulla viskningar. Han skulle behöva byta skola, flytta från området, byta familj. Mitt i hans panikslagna spiral av ångest kände han hur sängens fjädring trycktes ned.

-Vi måste prata, sa Mikail allvarligt samtidigt som han satte sig bredvid honom. Hans ansikte var klätt med en allvarlig min och han spände fast ögonen i Robertos. Ångesten hade istället bytts ut mot rädsla. Det var första gången, men inte den sista, han skulle komma att känna rädsla för sin bror. Innan han hann tänka ut en plan över vad han skulle säga började en förklaring flöda ut ur honom.

-Det var ingen våldtäkt, jag lovar, jag rörde inte ens henn-

-Tyst, jag vet. Tror du inte jag förstod det samma kväll redan? Du är inte typen som attackerar tjejer, svarade han med en självklarhet som fick Roberto att lugna ned sig.

Självklart. Mikail hade aldrig tvekat eller varit arg på honom. Hur kunde han ha varit så dum som trott sådant om sin godhjärtade bror?

-Jag har behövt tid, ensam. För att tänka. Tid för att reda ut det här. Det som händer dig händer mig, det är du och jag tillsammans i det här. Jag har en lösning, men jag behöver tid. Tror du att du kan täcka för mamma och pappa idag? Det tar bara några timmar.

För första gången i dag kände Roberto sina smilgropar lyfta upp.

-Självklart, vad ska du göra? Kan jag hjälpa till? frågade han.

-Jag fixar det, tänk inte mer på det. Tänk istället på vad du gör om Sara och Gregor kommer upp till vårt rum och undrar var jag är.

Att inte vara delaktig i den plan som förhoppningsvis skulle rentvå honom gjorde Roberto nervös, men vad hade han egentligen för annat val. Han visste det inte då, men det här skulle inte bli den sista gången han behövde förlita sig på sin bror.

Dagen flöt på i sin stillhet. Sara och Gregor hade knackat på dörren till barnens rum och frågat om allting var okej, men de hade inte vågat öppna den. De tänkte nog att pojkarna behövde ensamhet för att lösa vilka problem de än hade. Om dörren öppnats hade de mötts av en läsande Roberto och en sovande Mikail. Så hade det åtminstone sett ut. Roberto hade bunkrat upp med kuddar under broderns täcke. Han var stolt över sitt arbete. Även vid en längre anblick skulle man enkelt kunna tro att det var en trött tonåring som sov bort gårdagens nöje under täcket. Han var nästan lite besviken över att hans fina arbete var i onödan. När det närmade sig middagstid hörde han en knackning på fönsterrutan. Det var Mikail, han var tillbaka. Han klättrade försiktigt in genom fönstret och släppte greppet om stupröret han klättrat upp för. Han såg oskadd och normal ut, men Roberto kunde inte undgå att märka de nedblodade knogarna på hans händer. Mikail märkte sin brors bekymrade blick.

-Jag trillade, okej?

Roberto nickade kort som svar. Han behövde inte fråga vad som hänt och hur det hade gått, han märkte på broderns beteende att morgondagen skulle bli en vanlig skoldag utan de dömande blickarna han fasat för.

Till viss del hade hans dröm om en lugn dag slagit in. Det var inga dömande blickar han fick ta emot nu när han och Mikail gick genom den beige korridoren. Men blickar fick de ändå, följt av hemlighetsfulla viskningar och pekande fingrar. Mikail märkte att Roberto var nervös över att behöva konfronteras av sina skolkamrater.

-Ignorera dem, sa Mikail och följde sitt eget råd.

När det var dags för deras första lektion gick de in i klassrummet. Han gjorde sitt bästa för att ignorera sina skolkamrater och satte sig längst bak i bredvid Mikail. Det var matematik på schemat, någonting han bävat inför. Inte för att ämnet är svårt, det har han alltid haft enkelt för. På matematiklektionerna gick även Mulliga Maja. Han tittade runt i klassrummet. Hennes vanliga plats var tom. Kanske var hon sjuk, tänkte han hoppfullt. Även i klassrummet fortsatte viskningarna och pekandet. Just när han kände att det blev för mycket kom Clara fram till pojkarnas bänk. Robertos hjärta åkte upp i halsgropen. Konfrontation hade aldrig varit hans starka sida.

-Jag hoppas att du är okej.. Jag visste inte, och hade jag vetat hade jag aldrig bjudit in henne.. Det jävla äcklet, jävla svin…, sa Clara ledsamt.

Han förstod inte vad som hände, men det var en tacksam överraskning mot vad han tidigare fasat inför. Han lyckades få ur sig ett svagt *"tack"*, vilket följdes av en hård kram från Clara. Bredvid honom satt hans bror stilla. Hans blick var hård och fäst vid tavlan. Han hade inte bemödat sig att uppmärksamma Claras närvaro. Roberto vågade inte fråga honom om han visste vad som försiggick. Just då kom deras lärare, Piotr, in i klassrummet. Han var en kortvuxen äldre man som hade en slående likhet med Einstein. Det svåra ämnet till trots var han väl omtyckt av elever och föräldrar. När klassen hade påbörjat dagens uppgifter smög han försiktigt fram till brödernas bord.

-Roberto, följ med mig. Rektor Kristoffer vill samtala med dig.

Han var lika full av frågor som tidigare, på den fronten var inget nytt. Han samlade snabbt ihop sina böcker och begav sig ut från klassrummet utan att slänga en blick bakåt på Mikail. Hade han tittat bakåt hade han sett sin bror, djupt nedsjunken i böckerna, med ett så hårt grepp om blyertspennan att den hade brutits i två delar. Han öppnade de stora ekdörrarna in till rektorns kontor. Det var inte ofta han var där inne. Han var jämt skötsam och skapade aldrig problem för varken lärare eller elever.

-Ah, Roberto, kom in.

Kristoffers röst studsade mellan kontorets väggar. Han hade en typisk rektorsröst, mörk och tung med en tillräckligt allvarlig ton för att skrämma även de värsta eleverna.

-Jag förstår att det har varit ett par svåra dagar för dig sedan festen ni var på, och jag hatar att behöva göra det här mot dig, men det kändes rättvist att du skulle få höra det först..

Roberto förstod inte. Hur visste rektorn vad som hänt på festen? Hade någon berättat allting för honom? Hans kinder blev knallröda. Det var illa nog att hans klasskamrater visste vad som hade hänt, men att hans rektor visste om allting gjorde honom ännu mer generad.

Kristoffer mumlade tyst för sig själv.

-Hade någon förgripit sig på min son vet jag inte hur jag hade reagerat..., sa rektorn sympatiskt.

-Ursäkta?

-Va? Oj, förlåt. Jag tänkte högt. Åldern, vet du.. Hur mår Gregor? Hur hanterar han allt det här?

Frågorna lade sig på hög och var nu fler än någonsin tidigare. Det kändes som att han skulle explodera om han fick fler frågor utan något svar.

-Vad menar du med.. förgripa? frågade Roberto naivt.

-Du vet.. Sexuellt. Sådär när ingen riktigt vill... Jag har ju hört att det ofta är killar som gör saker mot tjejer, men..

-Ursäkta mig, rektorn, men kan du förklara vad du menar?

-Skolledningen vet vad som hände. Och du ska veta att vi är beredda på att ge dig allt stöd du behöver. Det behöver väl egentligen inte sägas men vi har stängt av Maja och bistår dig med att upprätta en polisanmälan om du skulle så vilja.

Robertos knallröda färg försvann och ersattes av en vit nyans. För rektorn måste det ha sett ut som att han hade sett ett spöke. Vad hade Mikail gjort? Hur kunde rektorn tro att Maja hade våldtagit honom? Allt han lyckades få fram var samma svar som till Clara, ett svagt *"tack"*, varpå han reste sig. Rektorn måste ha förstått allvaret i det hela och själv varit generad över att diskutera ämnet, och stoppade därför inte honom. När han hade kommit ut ur rektorns kontor stängde han dörrarna bakom sig och sprang till närmsta toalett. Han slängde in den första bästa dörren han såg utan att bry sig om någon hörde. Hans spya fyllde toaletten med gårdagens middag tills halsen sved och hans ögon tårades. Han torkade av munnen och gick, med släpande steg, tillbaka till klassrummet. Roberto vågade inte möta någon av sina klasskamrater med sin blick, inte ens sin egen brors. Med hukat huvud gick han fram till sin plats och satte sig ned. Med darrande händer försökte han samla sina tankar för att fokusera på matematiken. Det hela var en omöjlighet. Han kände sitt bröst knyta sig och svettdropparna rann nedför hans panna. En våg av kyla sköljde över hans kropp. Precis när han skulle resa sig upp la Mikail en hand på hans axel. I samma ögonblick försvann alla de hemska tankarna som fyllt hans kropp de senaste minuterna. Han visste att han var trygg, för han hade sin bror som tog hand om honom.

Resten av veckan fortsatte som den hade börjat. Det var blandade blickar av sympati och ifrågasättande. Han visste inte om han inbillade sig, men det verkade som att de sympatiska blickarna vann i mängd över de ifrågasättande blickarna. Han och Mikails relation hade varit iskall sedan veckan börjat. I skolan umgicks de utan att prata. När de väl var hemma fortsatte den tysta leken de båda för tillfället vann. Han visste att han brydde sig om honom, det var inget snack om saken. Men han önskade att hans bror hade visat det mer, åtminstone ge honom en smula av samma broderliga kärlek som under matematiklektionen.

Det hade blivit dags för matematik igen. Piotr kom insläpandes på en bunt med böcker, och hans normalt plågade ansikte var ännu mer plågat idag. Innan han hunnit börja prata sprang Clara stressat in genom dörren. Hennes ögon var blanka, det märktes att hon hade gråtit. Hon satte sig bredvid honom och bad genast om ursäkt. Roberto var förvirrad, en känsla han hade vant sig vid den senaste tiden.

-För vadå? frågade han, trött på att vara oviss om så här pass mycket under de senaste veckorna.

-Vet du inte? Ingen har berättat det va.. Typiskt. Du borde väl få höra först. Jag hoppas det hjälper dig att gå vidare, och kanske kan du ändå förlåta henne, men jag ska inte säga åt dig vad du ska göra såklart.

Clara babblade osammanhängande på tills han avbröt henne och upprepade frågan.

-Maja, hon.. Hon är död. Hon hittades hängd i sitt sovrum igår. Hennes föräldrar ringde mig.. Tydligen hade hon skrivit ett brev.. Hon hoppades att du kunde förlåta henne för vad hon hade gjort mot dig, svarade Clara, men han var för chockad för att kunna erbjuda henne ett svar. Roberto hade börjat må illa och hans kallsvettningar kom fort tillbaka. Död? Nog för att han hade hatat henne för vad hon utsatt honom för, men död? Illamåendet började i magen och tog sig sakta uppåt i kroppen. Hans ansiktsfärg försvann för andra gången denna vecka. Illamåendet var nu vid sin topp. Rummet snurrade. Innan han hunnit resa på sig svartnade det för ögonen. I samma ögonblick vände sig hans mage och morgonens frukost befann sig nu på skolbänken. Han vaknade upp till Piotrs gråa, mycket håriga ansikte, nära hans eget. Han tittade runt i rummet. Hans klasskamrater hade samlats runt omkring och överöste honom med vänliga frågor och erbjudanden om hjälp. Alla utom Mikail. Han satt stilla vid sin bänk, blicken fastklistrad framåt mot tavlan.

Kapitel 4: En broders kärlek är den största kärleken, år 2014

Flera månader hade gått sedan den dag då Maja tagit sitt liv, och det nya året var här. De båda pojkarna hade firat varsin födelsedag med sin nya familj, och livet började återvända till det normala. Det hade tagit lång tid innan pojkarnas relation var tillbaka till det normala. Men precis som med allt annat så fungerar tiden som det bästa botemedlet, och helt plötsligt en dag hade Roberto fått tillbaka samma känsla som han tidigare haft. Han tillhörde ena halvan av ett oförstörbart och älskande par av två bröder. Han såg på Mikail att han kände samma sak. De hade aldrig pratat om hur Mikail hade löst problemet med Maja. Roberto var nyfiken till en början, men insåg snart att han troligtvis inte skulle gilla svaret. Det var svårt, men han hade lyckats trycka ned minnet av sin bror som återvände hem med blodiga knogar.

Det var inte bara pojkarna som blivit äldre. Den senaste tiden hade Gregor åldrats fortare än tidens gång vanligtvis tillät en att åldras. Hans vänliga ansikte med sina stora, bruna, snälla ögon var fortfarande vänligt, men med en markant ökad mängd rynkor. Runt ögonen låg en svart skugga, och deras yngre fosterbarn retade honom för att ha stulit Saras smink. Som den vänliga jätten han var log han bara till svars, men de äldre barnen, Mikail och Roberto, märkte snabbt att deras skämt störde honom. De hade frågat Sara om någonting särskilt hade hänt, då Gregor hade en tendens att vara känslig över sin ålder, men de hade inte fått något riktigt svar.

Det var en kall marsmorgon, snön hade precis försvunnit från deras veranda och de slapp klä sig i stora, heltäckande kläder. Sara var ute på ärenden och Gregor hade samlat alla barnen runt matbordet. Roberto förstod att någonting allvarligt hade hänt om de alla var samlade. Det senaste familjemötet hade handlat om hur Gregors pappa hade gått bort. En man som varken Roberto eller Mikail träffat.

-Ni vet att er mamma och jag bryr oss väldigt mycket om er, och vi har alltid trott på att ärlighet varar längst, började Gregor allvarligt att säga.

Barnen satt tysta runt bordet i väntan på vad som skulle komma härnäst. Luften var tung och tystnaden var så pass påtaglig att den skrämde de yngre barnen. Han fortsatte.

-Förra månaden var er mamma hos läkaren och tog några prover och.. Det är illa. Läkarna säger att det har spridit sig till skelettet.

Hade de upptäckt det tidigare hade kanske någonting gått att göra.. Nu säger de.. Tre månader är allt de gett oss.

Barnens tystnad fortsatte. Några av de yngre barnen började gråta. De äldre barnen, alla i sina tonår, satt kvar, stoiska. De hade alla förlorat någonting och utåt sett kunde man säkerligen tro att det hade gjort dem hårdare, tuffare. Tvärtom. Den som redan förlorat allt tenderar att kollapsa när det som den byggt upp på nytt tas bort. Den som alla de andra barnen såg upp till, Mikail, var den första som lämnade det stora, rektangulära middagsbordet. På den bordsplats han suttit kunde Roberto se små droppar av vätska, tillräckligt stora för att vara synliga mot den bruna kontrasten av trä. Han hoppades att hans yngre syskon inte hade märkt det.

-Mikail.., försökte Gregor utan framgång med att stoppa sin fosterson från att lämna bordet.

-Kommer mamma att dö? frågade ett av barnen, Jenny. Hon var bara fem år gammal och den yngsta av alla deras barn. Efter att ha förlorat båda sina biologiska föräldrar vid två års ålder var Gregor och Sara de enda föräldrarna hon kunde minnas. Hon hade aldrig kallat dem någonting annat än mamma och pappa. Gregor mötte hennes tårögda blick.

-Vi alla dör någon gång.. Vi måste vara redo att er mamma lämnar oss tidigare än vi trott, svarade Gregor tappert.

I Robertos chock lyckades han ändå förundra sig över sin pappas styrka. Den kvinna han älskade var på väg att dö och han höll ändå upp en stark min utåt, allt för barnens skull. Jenny och hennes två år äldre syster, Cecilia, kunde inte hålla sig längre. Deras små ögon var fulla av tårar som snabbare och snabbare forsade ned längs deras kinder. Just då hördes ett klick från ytterdörren. Sara var hemma. Både Gregor och alla barnen, förutom Mikail, sprang och mötte henne i hallen med en familjekram.

-Du berättade, antar jag? frågade hon med ett leende.

-De behövde veta.. förlåt, jag borde inte..

Sara kysste sin man.

-Du gjorde det rätta.

Saras leende var det Gregor hade fallit för när han först såg henne. Med vetskapen om att han inte skulle ha oändligt med dagar kvar av att se det leendet bröt den jättelika mannen till sist ihop. Den tidigare styrka han behövt uppvisa för barnen var som bortblåst. Nu var hon här, hans älskade Sara. Hon som alltid visat tillräckligt med styrka för ett helt hushåll.

Senare samma kväll hade Mikail fortfarande inte träffat sin mamma. Roberto förstod varför, och de pratade istället om annat när de var på sitt rum. Han visste att brodern skulle behöva möta deras mamma förr eller senare. Han kunde inte fly för evigt. Trots att Mikail bara hade varit 10 år när hans riktiga mamma dött av cancer så hade spåren från det satt sig djupt inom honom. Att behöva genomleva det två gånger med två olika mammor inom loppet av några år var mer än någon kunde klara av. Tonåringar som de var hade de inte vågat erkänna hur mycket de båda älskade Sara. Roberto kom ofta på sig själv med att önska att hon hade varit hans mamma sedan födseln. De tankarna ledde oftast till ett vattenfall av skuldkänslor varpå han fick påminna sig om att hans riktiga mamma faktiskt hade varit en bra mamma hon med. Han hade aldrig hört mycket om Mikails riktiga mamma, men på sättet han var runt Sara misstänkte han att brodern delade hans skamliga tankar. Plötsligt knackade det försiktigt på dörren.

-Får jag komma in? frågade Sara försiktigt.

Hon stack in sitt huvud genom dörröppningen innan hon hade fått ett svar, precis som hon alltid gjorde. De två bröderna hade jämt irriterat sig på att hon gick in först och knackade sen. Han visste det inte då men flera år senare var det hennes irriterade ovanor han skulle sakna mest med henne. Båda pojkarna mumlade i kör, medvetna om att deras svar inte påverkade hennes inträde i rummet. Hon slog sig ned på Mikails vita, slitna madrass. Man kunde se att en tonårspojke sov i sängen då dess forna kritvita nyans gradvis ändrats till en äggskalsvit färg.

-Roberto, får jag prata ensam med Mikail? frågade hon och gav honom en blick som visade att det var en order snarare än en fråga.

Han blev chockad av hennes förfrågan. Hon var ju hans mamma också. Nedslagen lämnade han rummet, men istället för att stänga dörren lämnade han den på glänt och ställde sig i korridoren utanför. Det Sara sa till Mikail kunde hon säga till honom också, resonerade han. Till en början hörde han ingenting annat än viskningar, men efter ett tag hördes snyftningar. Hans första tanke var att deras mamma brutit ihop när hon försökte förklara situationen för brodern. Han sneglade genom dörren och såg Saras ansikte. Hon var inte det minsta ledsen. Hennes ansikte var fullt av styrka och stolthet, som att hon skulle förlora allting om hon visade sig svag, om så bara för en stund. Detsamma kunde han inte säga om Mikail. Han hade aldrig sett brodern så här tidigare. Hans ansikte var rött och ansträngt, som att en dörr han hållit stängd under en lång tid äntligen öppnats. Hans kinder var glansiga av den flod av blöta tårar som rann ned för dem. Vad än Roberto kände att Sara betydde för honom så insåg både han och mamman att hon varit än viktigare för Mikail. Trots att Roberto tidigare känt sig rättfärdigad att ta del av deras samtal så gick han nu bort från dörren. Han hade inte tyckt om att se sin oftast stoiska broder ledsen. Han visste inte det ännu, men han hade haft tur. Det var en av få gånger i sitt liv han skulle se honom gråta.

Kapitel 5, Det nya normala, år 2015

Saras bortgång hade känts lika plötslig som det sjukdomsbesked Gregor gett pojkarna vid samma matbord de nu satt vid. Hon hade fått längre tid än läkarna förväntade sig, och ett par veckor efter julafton hade hon fridfullt somnat in, omgiven av hela sin familj. Den här gången var även Mikail där, lika stoisk som alltid.

Döden var en orättvis sak. Den kommer för oss alla, oavsett vem vi är eller vad vi har gjort här i livet. Roberto hade ännu inte accepterat att den person han sett ta hand om föräldralösa barn, för ingen annan vinning än de små barnens lycka, var borta. Hon var borta, medan han varje dag läste om en ny kidnappning, en ny våldtäkt, ett nytt mord. Månaderna efter hennes död hade varit tuff för dem alla, men för Gregor hade det varit värst. Till en början hade han försökt hålla humöret uppe, för barnens skull. Han visste att Sara hade velat ha det så. Barnen förtjänade att ha en stark förälder som tog hand om dem, de hade alla redan förlorat tillräckligt i detta liv. Men det tärde på Gregor. Sara var alltid den som dragit det tyngsta lasset i deras föräldraskap. Utan henne var han vilsen. Han var en bra pappa, det tyckte alla barnen, men det var hon som hade hållit reda på allas födelsedagar, deras allergier, deras favoritmat, och så mycket mer. Till slut gick dagarna om varandra och den ena dagen var svårare än den andra för Gregor. Roberto hade hittat styvpappan i fridfull sömn en söndagsmorgon. Hans bruna, buskiga skägg rörde sig inte längre upp och ned i takt med hans andning, och Roberto hade förstått att någonting var fel. "Han dog av ett brustet hjärta", sades det från socialstyrelsens håll. Roberto hade hittat den tomma flaskan med piller bredvid sin döde far, men den detaljen ville han inte dela med sig till de andra barnen.

Efter deras fjärde förälders död spreds alla barnen åt olika håll. Undantaget var Roberto och Mikail, de äldsta pojkarna. De var båda två 18 år fyllda och var lämnade att klara sig själva. Sara och Gregor hade lämnat en hel del pengar, tillräckligt för att de två pojkarna skulle kunna betala hyra och mat för en liten lägenhet tills de var klara med skolan. Tack vare, om det fanns någonting att tacka för, föräldrarnas död hade pojkarna kommit närmare varandra än någonsin tidigare. De spenderade varje sekund av dygnet i varandras närhet. De behövde inte alltid prata, det var mycket som lämnades osagt men som ändå förstods av de båda. Att förlora en förälder var en mardröm. Att förlora två var ett helvete. De var 18 år och hade hunnit förlora fyra föräldrar. Roberto visste inte vad han skulle kalla den känslan.

Sedan Saras bortgång hade Mikail bättre nyttjat sin tid i skolan och han var på god väg att gå ut med toppbetyg i sin klass. Han hade fått ett särskilt intresse för kemi. Deras lärare, en ofta bitter äldre dam som de var tvungna att kalla fröken Kajsa, påpekade att Mikail hade en särskild talang för ämnet. Han hade till och med lyckats få fröken Kajsa att le, någonting de andra klasskamraterna trodde var omöjligt. Varje vaken stund tillbringade Mikail med att läsa alla böcker om kemi som han kunde lägga vantarna på, allting från Louis Pasteur till Marie Curie. Roberto anade att hans brors nyfunna motivation var på grund av deras föräldrars död, men han förstod inte ännu att den motivationen skulle vara djupare än han kunde veta. Han hade alltid varit avundsjuk på sin bror inom många områden. Han behövde aldrig anstränga sig för de viktiga sakerna här i livet. Hans skolgång hade varit kantad av betyg som var över medelnivån, trots att han aldrig studerade. Hans framgång med tjejer var väl känd i skolan och deras kvarter. För Roberto, som inte hade någon vidare lycka inom dessa områden, behövde han motvilligt erkänna att han ibland kom på sig själv med att önska att brodern skulle misslyckas med någonting.

Sommaren närmade sig snabbt och vid examensceremonin steg Mikail upp på podiet, höll ett tal om att le i livets motgångar, och tog emot sitt hedersdiplom. Trots resten av skolans varma bemötande och en otalig mängd handskakningar som ville ges ut så skyndade han sig fram till Roberto i publikhavet.

-Kom, vi går, sa han och ryckte tag i Robertos arm.

-Ska vi inte vänta och se de andra få sina diplom? Lovisa ville bjuda oss på efterfest också, vi måste stanna och köpa.., försökte han lönlöst att svara, men hans bror visade sig vara starkare än han tidigare hade trott.

-Kom.

Mikail föste honom framför sig, ut genom publikhavet och bort till deras parkerade bil. De hade fått köpa den billigt från Gregors kompis. Det var en grå, gammal modell från Volvo. Iklädd sina examensutstyrslar satte de sig på huven av bilen.

-Tror du att de ser oss just nu? frågade han sorgset

Mikails frågade förvånade honom. Han visste att brodern inte var en religiös man, men han ville inte förstöra stunden.

-Jag vet att de ser oss. Jag kan se mamma framför mig, mer stolt än någonsin över dig.

-Stolt vet jag inte om hon någonsin var över mig. Men hon såg mig, det räckte.

-Vad menar du? Självklart var hon stolt. Det gick ju inte en enda dag utan att hon berättade om hur hon skröt för sina kompisar om oss. *'Att få oss var menat'*, brukade hon ju säga.

-Ja, men.., sa Mikail samtidigt som hans hårda ansiktsuttryck mjuknade, tveksam på varför han hade sagt så.

-Du vet vad hon tyckte om oss. Att förminska hennes åsikter om oss kommer inte göra saknaden enklare. Hon är stolt. Pappa också. Och jag.

Mikail log av broderns ord. De satt i harmoni på bilen och fortsatte titta upp mot himlen. I bakgrunden kunde de höra jubelvrålen från de avgående studenternas familjer. Trots att de hade varandra var det skönt att pojkarna hade gått därifrån innan de andra studenternas föräldrar kommit för nära. De båda var trötta på kondoleanser. Folk menade väl, men ingenting skulle få föräldrarna tillbaka, vilket de var smärtsamt medvetna om.

-Ingen ska behöva känna så här, kom Mikail fram till.

Hans ansikte var tillbaka till det hårda ansiktsuttryck som Roberto var van vid.

-Det är livet, vad ska man göra? Sånt här händer, var det enda han kunde erbjuda sin bror som svar.

-Tänk om det inte hade behövt vara så här. Vad hade vi gjort då? Att förlora en förälder är en olycklig stund, men ingen kan förlora fyra utan att vara densamma efteråt. Hade Sara och Gregor varit här hade det här inte behövts. Men nu har vi inget val, någonting måste förändras. Och jag kan bara göra det med din hjälp.

Roberto nickade. Han hade ingen aning om det i stunden, men det han just gått med på skulle förändra hans värld för evigt.

Kapitel 6, Olyckliga framsteg, år 2016

Tiden passerade och deras examen låg flera månader bakom dem. Livet hade fortsatt på ett sätt som de inte anat den dag då de hade suttit på bilens motorhuv och tittat upp mot himlen. På dagarna jobbade de i den lokala köttbutiken, Mikail som slaktare och Roberto som paketerare. Det var ett jobb som de enkelt hittat och det tillät dem att fortsätta på sitt egna, oändligt mycket viktigare jobb.

När han hade berättat om sin plan hade Roberto först inte trott sina öron. Självklart hade han haft samma tankar, men de var inget mer än önsketänkande från en ung och naiv pojke. Av någon anledning började han dock vänja sig vid tanken på deras plan. Kanske var det av desperation, eller så kanske det var på grund av tilliten han kände till sin bror. Oavsett anledning hade det inte tagit en lång tid innan planen sattes i spel.

Från deras födelseföräldrar hade de båda fått ärva en inte obetydlig summa pengar som banken informerade dem om på deras respektive 19 års dagar. Det var en välkommen överraskning då pengarna från Gregor och Saras arv sakta hade börjat sina. Med deras nyfunna måttliga summa pengar hyrde de en lagerlokal ett stenkast från deras gemensamma lägenhet. Lagerlokalen var avskalad och då den hade varit oanvänd i ett flertal år fanns det varken värme eller rinnande vatten. Den avskalade färgen på de vita väggarna gav skenet av att lokalen höll på att rasa ihop. Säljaren hade dock försäkrat dem om att lokalen var i godtagbart skick och inte skulle rasera på många, många år. Mikail hade varit snabb med att acceptera erbjudandet.

-Den blir perfekt, sa han glatt.

Roberto förstod att brodern var längre gången i sin plan än han tidigare berättat, men han var inte i någon iver att stressa sin bror. För honom var planen i sitt nyfödda stadie, och likt en bebis ville Roberto ge den tid att utvecklas naturligt.

Trots sina tidigare tvivel på planen märkte han sig själv ta en mer ledande roll i inredandet av lokalen. Han ringde både elektriker och rörmokare, och inom en vecka var lokalen duglig nog att vistas i. De båda bröderna tog turer om att handla det som behövdes för planen: Rep, diverse kemikalier, örter som de specialbeställde från en främmande hemsida, målarfärg, kött, med mera. Listan på saker de behövde var flera meter lång och

Mikail hade varit noggrann med att de inte skulle handla allting på samma gång eller ens i samma affär. Således fick bröderna handla allting i små kvantiteter, ofta precis innan stängningen, när chansen för att hamna framför de nyfikna kassörskorna var som minst. Den här biten av planen kunde Roberto mycket väl förstå varför den utfördes så metikulöst.

-Snart, kära broder. Snart kan vi påbörja det som nödvändigt behöver ske.

Mikails ton hade förändrats under det senaste året. Han var mindre jämt hoppfull, och Roberto tillskrev det nyfunna hoppet till det förtroende han verkade hysa för sitt experiment.

-Är du säker på det här? Vi har inte gjort någonting fel ännu, vi kan gå tillbaka till våra jobb och låtsas som ingenting.

-Gå tillbaka till våra jobb och leva resten av livet på denna miserabla jord? Efter vad vi genomlidit? Tror du Oppenheimer uppfann atombomben genom att ignorera omvärldens problem? Tror du att Michelangelo målade taket i det sixtinska kapellet genom att inte ta för sig av det som rättmätigt var hans? Tror du att Edgar Allan Poe skrev sina berättelser utan motgångar?

Mikail raljerade ofta om de kända figurer han såg upp till. Det var ett av många områden han visste att han var överlägsen Roberto i, och som brodern inte skulle kunna motsätta sig.

-Ja, men.., försökte Roberto.

-Inga men, min broder. Världen behöver det här. Vi behöver det här. Mamma och pappa behövde det här, sa Mikail, medveten om vilken effekt nämnandet av deras föräldrar hade på Roberto.

-Är du säker? För jag är inte säker på att våra styvföräldrar hade vel...

SMACK. En varm handflata mötte Robertos kind och omvandlade den till en kakafoni av röda blodkärl.

-Våra föräldrar, sa Mikail och rättade honom med en allvarlig min innan han fortsatte.

-Du vet vad de tyckte om det där ordet. De var våra föräldrar, och vi måste behandla dem som det, även när de inte längre är här.

Han visste att hans bror hade rätt i det han sa. Det var inte en enstaka gång som han hade kommit på sig själv med att kalla Sara för sin styvmamma till hennes stora förtret, jämt efterföljt av en föreläsning om varför hon var hans förälder nu, och ingenting annat. Just då hade han trött och tålmodigt lyssnat på hennes långa utspel. Vad han nu hade gjort för att bara få höra hennes röst igen var otänkbart. I det ögonblicket insåg han hur rätt Mikail hade haft. De behövde att deras plan fungerade, inte bara för världens skull, utan även för deras. Mikail såg broderns ansiktsuttryck mjukna och förstod att Roberto inte längre skulle motsätta sig någon aspekt av deras plan. Han skulle inte behöva driva utförandet av planen ensam. Hans bror var med honom.

Veckorna svepte förbi i en blixtrande fart och den varma sommarvärmen gjorde det dagliga arbetet i köttfabriken till ett, tänkte Roberto, bokstavligt helvete. Ägaren, Lukas, var en vresig äldre herre med tjockt grått hår som prydde sidorna av hans huvud. På toppen var det lika kalt och skinande som ett välpolerat marmorgolv. Bröderna var de enda anställda i butiken och de anade att det förekom en hel del pengar som bytte händer utan något pappersspår. De hade dock ingenting att klaga på. Deras lön var punktlig och över medellönen i området, om än utdelad i kontanter. "Elektroniska pengar är inga riktiga pengar" hade Lukas muttrat som svar när de frågade om de kunde få lönen insatt på ett bankkonto istället. Mikail förklarade senare att de smutsiga pengarna var till deras fördel. Om någon hade kommit på dem innan deras plan var fullbordad skulle det finnas färre saker att anknyta till dem. De var trots allt i innehav av en del substanser som lagens dömande ögon inte skulle se lätt på.

Med deras anständiga lön fortsatte deras månatliga inköp av material. Så småningom fylldes deras lokal till bredden med prylar och kemikalier. Planen var redo att påbörjas. Djupt ned i hans undermedvetna visste Roberto vad allt detta kunde leda till. Han visste att det inte skulle sluta väl. Han visste även att han skulle göra allting för sin bror. Och det här var Mikails allting.

Kapitel 7: Allting, samtidigt, År 2017

Både sommar och vinter hade hunnit passera, och det var nu början på ett nytt år och nya löften för en bättre framtid. Roberto hade aldrig trott mycket på nyårslöften. Om man verkligen önskade att man kunde förändra någonting kunde man lika väl göra det på årets resterande 364 dagar. Precis som de gjorde med sin plan.

Trots rigorösa arbetstider både dag och natt bråkade de två bröderna aldrig. För Mikails del var det tanken på att lyckas som motiverade honom. För Roberto var det Mikails lycka som motiverade honom. Hur långt det än må gå. Det är en märklig sak, att aldrig ha haft en trygg föräldrafigur. Att knyta sig an till andra, trygga punkter, blir någonting oerhört starkt. Bröderna var och skulle för evigt förbli omöjliga att separera.

Mikail var den kunniga av de två, men Roberto hade även han en dold talang för kemi. Han var snabb med att fylla på bägarna med exakta mått av diverse substanser eller kemikalier brodern instruerade honom till. Mikail trodde att de skulle vara redo för planens första skede, djurförsök, senare på året.

För att säkerställa att allting skulle fungera felfritt när de satte igång sin färdiga plan hade de införskaffat sig en hel kull med gråa labbråttor. Vanligtvis skulle folk ha frågat varför två unga män behövde 30 stycken råttor, men Lukas kände en råttuppfödare, och frågorna stannade naturligtvis där. Ingen av bröderna hade varit särskilt fästa vid djur under sina liv, inte konstigt för någon som aldrig ägt ett husdjur eller varit allt för många år på samma ställe. Husdjur var en trygg unges lyx, tänkte Roberto ofta avundsjuk när han växte upp och såg familjer gå på promenader med sina hundar. De visste båda om riskerna med planen, och de visste att det fanns än mindre idé att knyta an till råttorna än att knyta fast till ett styckat kadaver som hängde i köttbutikens krokar.

Tiden för steg ett i deras plan närmade sig med stormsteg och bröderna kände sig redo att se vad deras hårda arbete hade givit för resultat i detta skede. Med stadiga händer plockade Mikail upp en särskilt fet råtta. Innan de började det första steget behövde de göra råttan sjuk. Tur nog fanns det gott om bakterier i den smutsiga lokalen när de flyttade in, och Mikail hade, med stor säkerhet, odlat fram elaka virus. Virus som var elaka nog att slå ut en människa, eller en råttas, naturliga immunförsvar, men inte starkt nog för att döda testsubjektet. Försiktigt injicerade Mikail råttan med en komiskt kort nål, lämpad endast för att penetrera sig in i mindre djurs blodomlopp.

-Nu väntar vi, sa Mikail hoppfullt.

Och så tickade klockan vidare, med råttan under ständig bevakning för att bäst se när de första influensaliknande symtomen uppenbarade sig. Det skulle inte ta särskilt lång tid, högst några timmar, hade han försäkrat Roberto om. Han hade underskattat sin kemiska ådra och redan efter 20 minuter lade sig råttan på sidan och andades tungt.

-Influensa, konstaterade han.

Roberto visste inte varför han hade mumlat ordet, som att de behövde vara försiktiga med vad som sades i lokalen mellan de två bröderna. Mikail nickade belåtet. De kunde nu påbörja sitt test. Han laddade återigen sprutan med den korta nålen. Istället för influensa hade han denna gång fyllt sprutan med den blåvita substans bröderna slitit så hårt med att framställa under all denna tid. Råttan var allt för utmattad för att ha en reaktion när den lilla nålen penetrerade dens håriga buk.

-Nu väntar vi, upprepade han för en andra gång.

Mikail lät mindre hoppfull och mer stressad denna gång. Roberto var inte van att se sin bror på det här sättet. Ingen av bröderna hade haft någon fritid till att ta hand om sin personliga hygien på sistone. Mikails långa, svettiga hår gick ned för hans panna och täckte den övre halvan av hans ögon. Roberto iakttog brodern. Svetten dinglade i topparna av det långa håret, ned förbi hans grova näsa för att till sist droppa ned på golvet från hans mejslade haka. Han hade länge tyckt att brodern var attraktiv. Inte attraktiv på det sättet att han kände attraktion till honom, vilket han var noggrann med att påpeka för sig själv, men attraktiv på det sättet att han kunde förstå varför tjejer föll för honom så enkelt.

Bröderna väntade. Fem minuter. Tio minuter. Trettio minuter. Väntan hade aldrig tidigare känts så lång som nu. Plötsligt hördes ett tyst och milt skrik från råttan. *"Riee.. "*

Råttan ställde sig upp, flyttade framtassarna två steg framåt och kollapsade i hop ned på magen. Den lilla bröstkorgen rörde sig inte längre. I samma ögonblick som han förstod att råttan var död hörde Roberto ett brak.

-Helvete! skrek Mikail.

Brakljudet hade kommit från Mikails stol som han fort hade rest sig upp från och med en oerhörd kraft slängt in i väggen. Roberto visste att alla försök till att lugna brodern skulle vara förgäves, men han kunde inte förmå sig till att inte åtminstone försöka.

-Ta det lugnt, vi försöker igen, sa han och la sina händer på sin brors axlar.

-Lugn?! Säger du åt mig att jag ska vara lugn?! Vi har spenderat det senaste året på det här, våra liv är ingenting annat än tomma skal i jakt på vårt mål. Och nu står vi här med precis lika mycket framsteg som vi hade när vi började.

-Sånt här tar tid. Vi får gå tillbaka, se vad som gått fel. Vi testar med nästa råtta.

Till hans förvåning verkade Mikail lugna ned sig. Hans röst sjönk i volym, men han stod kvar, stilla, iakttagande Roberto med en blick av sorg.

-Jag vet vad som gick fel. Du vill inte det här. Jag vet att du har sagt att du är med mig, men jag är inte dum. Jag ser hur du tittar på mig när arbetet tar över. Jag vet vad du egentligen vill att vi ska göra. Bara glömma allting, gå vidare, sa Mikail dystert. Hans ord träffade Roberto hårt. Främst för att de till stora delar stämde, och han kände sig som en dålig bror som inte kunde stötta honom i detta.

-Hade det varit så dåligt? Vi kan gå vidare, vi kan fortfarande göra någonting med våra liv, vi kan bilda familj, vi kan..-

Roberto såg hur Mikails iskalla ögon ryckte till när han nämnt familjeordet.

-Jag trodde att jag var din familj, svarade Mikail ledsamt och vände ryggen mot sin bror. Innan Roberto hann förklara vad han hade menat hade hans bror gått till stolen, ställt den upp och gått tillbaka till deras arbetsbord, redo att fortsätta med deras viktiga arbete.

-Vi har inte tid för det här. Jag förbereder nästa råtta.

Med mekanisk säkerhet förde han ned sina handskbeklädda händer i råttburen. Han kom upp med en råtta, denna gång smalare än den förra.

-Vikten, ja.. Det var vikten som var fel, mumlade Mikail för sig själv.

Samma procedur upprepades. Råttan injicerades med ett virus. Vid dess första symptom injicerades den med deras eget blåvita medel. En kort stund senare var råttan död. Och så upprepades det hela igen. Råtta efter råtta. Natt blev till dag, och råttorna blev färre och färre. De testade allt. De ökade dosen, de minskade dosen, de ändrade injiceringsplats, de blandade ut medlet med vatten som råttorna drack, de blandade ner medlet i deras mat. Ingenting fungerade. Resultatet blev alltid detsamma. Råttan blev sjuk, medlet injicerades, råttan dog.

När den sista råttan hade lidit av samma öde som sina tjugonio bröder stod Mikail stilla, ensam framför den sista, döda råttan. Hans kropp, tidigare muskulös och lång, var nu ett skal av hans forna jag. Årets hårda arbete med planen hade åsidosatt hans hälsa till det grövre. Hans händer var fyllda med röda små sår där råttornas vassa tänder hade penetrerat handskarna. Skägget var buskigt, dock inte i närheten av Gregors, och smutsigt. Om de hade haft råttor kvar vid liv hade de kunnat bosätta sig i hans skägg. Mikail verkade till och med ha krympt ett par centimeter. Kanske var det tyngden av all världens stress på hans axlar, eller kanske var det hans dåliga hållning som krökte hans rygg. Vad det än må vara passade det inte honom, och Roberto ogillade att se sin bror i det här skicket. Men när han stod där, den sista döda råttan framför honom i sina sista dödsryckningar, var det ett leende som fanns på hans läppar. Oförstående stod han och iakttog sin bror som bara timmar tidigare hade haft ett raseriutbrott över ett misslyckat experiment. Nu var de tjugonio misslyckade experiment senare och hans bror verkade gladare än på länge. När han började prata lät Mikail så pass exalterad att han praktiskt taget skakade på rösten.

-Vikten.. Det var vikten.. Jag har det.. Jag vet. Nu har vi väntat färdigt. Vi behöver gå till steg två. Det är dags för människoförsök.

Kapitel 8, Människans uppoffring, år 2017

Flera månader hade passerat sedan deras första, fruktlösa försök på råttorna. Sedan dess hade Roberto genomfört två egna experiment med råttor, utan Mikails vetskap. Båda gångerna var resultatet detsamma. Hans hopp, sviktande från början, var inte större nu än det tidigare varit. Men tvärtemot sin broder var Mikail inte ett dugg nedslagen. Han spenderade all sin vakna tid i lokalen, ständigt förbättrande sitt recept. Robertos närvaro i lokalen hade minskat drastiskt, någonting Mikail knappt hade märkt av. Han hade föreslagit mänskliga försök i ett uppenbart stadie av hysteri. Bröderna hade inte diskuterat det vidare efter den dagen, men Roberto kände sin bror tillräckligt väl för att veta att han inte hade menat det. Nu hade det gått så pass lång tid att idén verkade sedan länge glömd. Det var åtminstone vad han trodde.

Den vita, termitbitna dörren till deras lägenhet slängdes upp.

-Broder, jag har hittat honom! utropade Mikail lyckligt.

Hans bror såg annorlunda ut. All denna tid efter deras misslyckade test hade Roberto knappt känt igen Mikail. Hans omhändertagande av sin kropp var på en ny lägsta nivå, och till och med deras vresiga chef Lukas påpekade att en dusch hade gjort honom väl. Det som nu chockade honom när han stod i köket och stirrade på Mikail, obrydd om vad han sagt, var hans utseende. Hans hår hade växt ännu längre och på fötterna var han barfota, om inte för en trasig strumpa den ena foten. Han var klädd i en fläckig, gul tröja som Roberto anade var vit inte allt för länge sedan. För en kort stund var han transporterad till deras gamla kök, sittandes bredvid Gregor och Sara med en glad och oförstörd Mikail bredvid sig. De åt köttbullar med tomatsås, en av Saras många paradrätter. Hans bror var lika ståtlig och prydlig som alltid, och han mötte honom med ett vänligt leende. På kvällen skulle de läsa serietidningar och fly från världen, precis som alla kvällar innan. Det var Roberto och Mikail, för alltid.

-Roberto?

Mikails rop väckte honom ur dagdrömmen. Hans prydliga utseendet var som bortblåst, och Roberto blev på nytt chockad när han mötte sin brors blick. Han märkte att Mikail var ivrig att berätta vad han hade hittat, och han kände sig pliktskyldig att fortsätta konversationen.

-Va? Hittat vem? frågade Roberto, tydligt förvirrad av situationen.

-Just det vi behöver. Jag mötte honom i morse när jag gick och köpte frukost. Han satt utanför grossisten och vi började prata. Han är trettiosju år gammal, vid... relativt god hälsa, både psykiskt och fysiskt.

Mikail stannade upp och tvekade på sina egna ord innan han fortsatte.

-Hans familj är borta, precis som vår. Det kan finnas en mindre situation där droger är involverade, men det är ingenting som borde förhindra vårt medel-..

-Pratar du om..?

Mikail tittade frågandes på honom.

-Steg 2? Ja, vad annars? Jag förklarar ju att jag hittat ett perfekt exemplar, svarade Mikail känslokallt, oviss över hans broders tveksamhet till vad som försiggick.

Plötsligt började rummet att vända sig upp och ned. Roberto trodde att de påhittade köttbullarna han ätit i drömmen skulle vända sig och fly från hans mage. Han fick använda all sin viljekraft för att fortsätta stå upp, någorlunda rakryggad. När han lyckats svälja sin chockade kräkreflex fick han till sist fram de enda tre ord han kunde komma på i stunden.

-Vad heter han? frågade Roberto till slut.

Mikail tittade på honom förvånat, ovetande om att han nästan fått sin bror att svimma, bara sekunder tidigare.

-Jag vet inte.

Han var häpnad över sin brors svar. De skulle injicera en människa med ett medel som kallblodigt mördat över två dussin råttor och de visste inte ens hans namn.

-Vad menar du?! Något namn måste du ju ha fått. Hur träffade du ens honom, varför pratar du med främlingar utanför affärer? Vet han om allt detta? Vet han om mig?!

Orden spillde ut ur Robertos mun snabbare än tankarna hann spinna.

-Som jag sa, han är perfekt, svarade Mikail avslappnat och log.

-Jag har hört dig, men vad menar du med perfekt?! skrek Roberto tillbaka som svar.

Han kände att hans ilska steg i takt med att broderns lugn låg stilla som ett vilande hav.

-Säg mig, kära broder. Vad är namnet på de råttor vi experimenterat med?

Han visste mycket väl om att de inte namngivit råttorna, så Roberto förblev tyst, men han anade åt vilket håll konversationen var på väg. Mikail nickade i förståelse.

-Precis, det är just därför.

Roberto förstod att han inte skulle få höra ett namn denna dag. Allt som återstod nu var att möta den namnlösa mannen vars liv hans en gång kärleksfulla bror respekterade lika mycket som en labbråttas.

Nästa kväll var det dags. Roberto stod i lokalen, inväntandes sitt sällskap. Han var klädd i en vit labbrock, någonting bröderna ofta slarvade med att ha på sig. Han hade resonerat att det var bra att ge ett tryggt intryck till den okända mannen som hade ställt upp för dem. Han undrade hur mycket information Mikail hade berättat för mannen. Visste han om deras slutgiltiga mål? Vad hade han betalat för att locka hit honom, och varför skulle någon ha gått med på att bli injicerad av två främmande män? I samma stund öppnades dörren. Han förstod att brodern talat osanning om en del detaljer. Mikail klev in först, även han klädd i en likadan vit labbrock. Kvällen till ära hade han klippt sitt hår och såg nu mer presentabel ut än på en mycket lång tid. Tätt inpå bakom honom följde mannen. Hans hår var grått och smutsigt. Längden, likväl utseendet, av hans skägg matchade håret. Medan bröderna var propert och stiligt klädda, för att vara i ett amatörlaboratorium, kunde det samma sägas om mannen. Hans byxor var mer hål än de var byxa. Genom det gråa skägget lyste små, blodröda sår igenom. Det skapade en lustig illusion av att hans skägg hade satts i eld. Mannen verkade inte ha på sig någon tröja under den tunna, gröna höstjackan som säkerligen skulle sticka i diverse modekritikers ögon. Tänder hade han knappt några heller, och de få tänder han hade kvar sken upp hans svarta munhåla med deras gula yttre. Ögonen var svarta och insjunkna. Om den här mannen verkligen var trettiosju år gammal var det definitivt trettiosju tuffa år han hade levt. Det var uppenbart att han och Mikail inte delade samma definition av vad en god fysisk hälsa innebar. Han kände sin bror väl och förstod att han inte behövt locka denna, vad han nu förstod var en hemlös man, med särskilt mycket pengar för att följa med honom. Deras experiment var åtminstone säkert, det fanns ingen risk att Mikail berättat någonting eller att denne hemlösa mannen skulle föra vidare informationen till en myndighet. Roberto hade försökt att försonas med idén om mänskliga försök över natten. Det var en nödvändig risk de behövde ta. Han ville inte erkänna det för sig själv, men han började se saken från Mikails perspektiv.

Då mannen inte hade ett namn och hade blivit tillsagd att inte presentera sig med något sådant, så kände inte heller någon av de två bröderna att de behövde uppge sina namn. Mikail hade gjort rätt i att inte nämna att det var en hemlös man han hade rekryterat. Roberto hade bara oroat sig för att bli rånad eller än värre. Dessa farhågor hade varit onödiga då mannen lade sig på britsen utan att säga ett ord, kavlade upp det som återstod av det ena byxbenet och exponerade sitt högra lår. Mannens lår var inte större i omkrets än Robertos båda armar. Hade mannen försökt att råna dem hade en lätt vindpust från det öppna fönstret stoppat honom.

Mikail mätte upp deras blåvita medel med ett noggrant öga. Vid det här laget hade han blivit van vid dosen och fyllde upp sprutan med stor säkerhet. De hade behövt inhandla sprutor av modellen större då de små sprutorna endast var lämpade för råttor.

-Ska du inte injicera honom med ett virus först?

Robertos fråga verkade ha skakat om Mikail som slängde en snabb blick av irritation mot broderns håll.

-Oroa dig inte, jag sa ju att han var perfekt.

-Vi kommer inte att få ett resultat om vi testar vårt medel på en frisk människa. Vad finns det då för syfte med allt det här? undrade Roberto.

Just då hördes en raspig röst från britsen.

-Lungcancer. Och lunginflammation. Och HIV. Välj det ni vill bota, mig gör det ingen skillnad. Jag har virus, jag har sjukdomar, jag har cancer. Får ni bort en sak tar de andra över. Det enda jag vet är en säker utkomst från allt detta är att jag dör. Om så inte ikväll, låt då sjukdomarna ta mig en annan dag, sa den sjuka mannen tröttsamt.

Hans kloka ord skar sig med den yttre bild av honom som Roberto fort hade fått. Han talade med pondusen av en mycket äldre man, och plötsligt påmindes bröderna om deras relativt unga ålder.

-Som jag sa, perfekt, sa Mikail för sig själv och hånflinade.

Roberto tittade besvärat på sin bror.

-Hur ska vi veta vad vi botar och vad vi inte lyckats bota? undrade han.

-Vi utför testet i omgångar. Genom att sänka dosen kan vi injicera honom varannan timme. Det borde ge oss tillräckligt med tid för att genomföra tester på hans blod för att se om värdena har förändrats. Lungcancern blir svårare att se. Han visade mig röntgenbilder, och det såg inte bra ut. Överlever han i en vecka vill jag att han tar nya röntgenbilder. Bara då kan vi se hur cancern reagerar på det här.

Varje gång Mikail nämnde ordet 'cancer' kunde Roberto skymta en plågad, omedveten förändring i hans brors hållning. Han förstod att det var cancern som hade varit det mest lockande för brodern att bota i detta fall. De diskuterade sällan hans biologiska föräldrars, och för den delen även Saras, öde, det visste Roberto bättre än att göra. Det krävdes inte ett geni för att förstå de djupa sår sjukdomen satt i honom. I experimentet med råttor hade de fokuserat på virus, men han insåg snabbt att hans broder alltid hade velat fokusera på att bota någonting annat.

-Du kommer att känna ett snabbt sting i låret. Det är bara nålen som går in, sa Mikail och instruerade mannen med samma ton som en kunnig läkare skulle ha gjort.

Allt de visste om läkarprofessionen hade de lärt sig från sjukhusserier. Sara hade älskat dem och hon kunde spendera hela dagar med att kolla på avsnitt efter avsnitt. Att se sin bror anamma mimiken av diverse TV-läkare fick Roberto att fnittra till, och allvaret i deras situation bröts av. Mikail blängde irriterat på honom. Det här var ingen tid för skämt eller skoj, det var självklart. Det var nu det gällde, det här var den första stora milstolpen. Längs mannens tunna lår sträckte sig långa, blåa ådror. Det hade inte varit svårt för Mikail att penetrera en av alla ådror, trots att han saknade formell utbildning inom området. Den blåvita vätskan tog sig in i mannens blodomlopp och bröderna kunde se de lila ådrorna få en mycket mer blå nyans. Färgen chockade bägge bröder som inte hade upplevt samma resultat hos råttorna. Hade de inte riskerat en mans liv genom att injicera honom med ett, till stora delar, oprövat läkemedel, hade de förundrats ännu mer över den vackra färgen som nu färdades genom mannens kropp. Mikail sträckte sig, vände sig mot Roberto och harklade, som ett försök i att låta mer professionell än vad han var.

-Min broder. Nu väntar vi.

Kapitel 9: Det andra steget, År 2017

De väntade med spänning. Fyrtiofem minuter hade passerat sedan mannen fick sin första dos. En timme och femton minuter kvar till den nästa injektionen. Mikail och mannen konverserade kort. Mest var det Mikail som frågade korta frågor: *"Hur mår du?"*, *"Har du ont?"*, *"Behöver du vatten?"*. Mannen svarade endast lika kort som frågorna krävde: "Bra", "nej", "ja". Direkt efter den första injektionen hade Roberto tagit ett blodprov på mannen. Det var viktigt att de hade mätningar från innan medlet hunnit verka. De behövde någonting att jämföra med. När sjuttio minuter hade passerat och mannen hade verkat lika oberörd som innan injektionen fick Roberto upp hoppet. Vid det här laget hade varje råtta dött för länge sedan. Det här var ett nytt rekord.

Etthundratjugo minuter. Det var dags för mannens andra dos. De bad honom att sätta sig upp. Mannen var skör och hade fått ett litet, blått och lila märke på området där den första nålen penetrerat huden. För att inte orsaka onödig smärta bad Mikail honom att kavla upp det andra byxbenet istället. Vid dessa ögonblick av mänsklighet var det enkelt för Roberto att påminna sig själv om varför han älskade sin bror. Nålen penetrerade mannens andra, lika smala lår. Att hitta en passande blodådra på detta ben hade inte heller varit något problem för Mikail. Längs mannens ben kröp blodådrorna fram genom huden som små maskar.

-Hur mår du? frågade Roberto med en genuin nyfikenhet. Han hade börjat att ta över ansvaret för patienten när det kom till den mentala biten. Han misstänkte att Mikail skulle släppa frågorna så fort något framsteg med experimentet gjordes.

-Okej, svarade mannen kort.

-Någon smärta?

-Nej.

-Vilket år är det?

Roberto kände sig löjlig som frågade en så simpel fråga, men han behövde veta att mannen fortfarande var vid sina fulla sinnens bruk.

-2017, sa mannen självsäkert.

Roberto och Mikail nickade godkännande till varandra. De visste att de var ute på främmande vatten med dessa plötsliga framsteg. Mannen lade sig ned igen.

Tvåhundrafyrtio minuter. Mannen verkade lika opåverkad som efter sin första dos. Roberto förde in en spruta med en tom behållare och fyllde på röret med ännu en dos av mannens blod. Hittills hade blodproven inte visat några resultat som inte var att förväntas av en man vid hans sviktande hälsa. Han drog ut röret och förberedde sig för att testa innehållet. Mikail var inte längre mycket till hjälp när det kom till det praktiska. Han hade suttit stilla, ständigt iakttagande den skröpliga mannen. Mannen verkade inte särskilt brydd över sin ambitiösa åskådare och förutom enstaka flyktiga blickar lyckades han ignorera honom. Innan blodprovet hunnit analyseras hade de redan injicerat mannen med nästa dos.

-Nu väntar vi, upprepade Mikail. Det var samma mantra som han hade yttrat efter den första dosen, och Roberto misstänkte att det hade blivit en slags lyckoritual. Fungerade det den första gången skulle det fungera den andra gången, resonerade han. Minuterna passerade. Roberto stod med ryggen mot mannen och förberedde blodprovet för analys. Han slängde ut frågan över axeln bakåt mot mannens håll.

-Är du ok?

Han fick inget svar tillbaka. Roberto vände sig och såg mannen sittande, munnen vidöppen med en fladdrande tunga i dess öppning. Hans ögon var vidöppna och hans händer gestikulerade vilt i luften för att kompensera bristen på ord. Mannen försökte, till ingen nytta, sitt bästa för att göra ett enda, minsta ljud. Roberto försökte att inte stressa upp sig. *"Behåll ditt lugn, för patientens skull."*, ljög han för sig själv. Det var hans broder han var mest orolig för. När mannen hade suttit stum hade Mikail hoppat upp från sin sittande position och tittat frågande på Roberto. Han hade inga svar att ge sin bror.

-Vad gör vi nu? frågade Mikail, märkbart i ett chockat tillstånd.

Trots att mannens mun inte kunde få fram orden så talade hans ögon åt honom. De en gång livlösa och hopplösa ögonen lyste nu röda av skräckslagen panik. Om det tidigare funnits tvivel om mannens livslust var dessa som bortblåsta. Det här var en person som ville leva.

När den initiala paniken hade lagt sig gick Roberto långsamt fram till mannen och lade sina två fingrar mot halsen. Så stod de två stilla i en minut.

-Nittioett slag, konstaterade han.

De två bröderna pustade ut. Pulsen var något högre än han önskade, men det kunde förklaras av den plötsliga talförlust mannen precis hade genomgått. I takt med att brödernas egna pulser sjönk så sjönk även mannens. Likt en flygrädd som tittar på flygvärdinnornas lugnande beteende under turbulens skulle mannen noggrant iaktta de två bröderna hädanefter. Även Mikail var nu framme hos mannen. Istället för att lägga sina fingrar på hans hals la han bägge sina händer på mannens rygg. Utan att säga någonting nickade han förtroendeingivande mot Roberto. Den effekt Mikail hade på sin omgivning när han väl ville var ingenting att underskatta. Trots att Roberto numera var lika delaktig i detta experiment som sin bror så kände han att allting skulle lösa sig, hans bror skulle veta vad nästa steg var. Det var därför han blev chockad av det som brodern skulle komma att säga härnäst. Mikail lyfte bort sina händer från mannens rygg, gick bort till det sterila bord där bröderna förberett totalt tio stycken doser. Kvar fanns det nu sju sprutor med det blåvita medlet. Mikail inspekterade sprutorna och lyfte varsamt upp den fjärde dosen. Mannen, fortfarande vänd med ryggen mot Mikail, hade ingen aning om vad som var på väg att hända. Men det hade Roberto. Han förstod inte varför hans bror behövde göra detta. I deras panik hade hans första tanke varit att avbryta testet och överlämna mannen till närmsta sjukhus. Anonymt, om det så behövdes. Mannen visste inte deras namn, och risken att en redan dödssjuk, hemlös man skvallrade för polisen var redan låg som den var. Han skakade nekande på huvudet mot Mikail. Brodern mötte inte hans blick. Antingen skämdes han för vad de hade gjort och skulle göra, eller så hade han ingen tanke på att avbryta experimentet. Roberto förstod snabbt att det var det senare alternativet det handlade om. Innan han hann ingripa hade Mikail, utan att förbereda honom, stuckit in nålen i mannens smala, krokiga ländrygg. Mannen vrålade, om man nu kan kalla det ett vrål när det inte kommer något ljud, av smärta. Det fanns fler än en anledning att de tre första doserna injicerats i låren. Roberto ryggade tillbaka, märkbart chockad av den plötsliga injektionen hans bror precis hade givit mannen. I hans chock hade hans lugnande fasad försvunnit, vilket mannen var först med att märka. Roberto kände hur mannens puls ökade. Han hann inte hålla fingrarna på halsen i mer än några sekunder, men han förstod att det var betydligt fler slag än de tidigare nittioett slag per minut. Han slets mellan viljan av att skälla ut sin bror för den plötsliga injektionen och att hålla tyst för att inte förvärra situationen för patienten. Medan hans ögon visade panik och skräck försökte hans mun lugna patienten. -Snart är det över, allt går precis enligt plan, sa Roberto och log. Han hoppades att den stumme mannen inte skulle se igenom hans falska leende. Mannen såg ut att skrika, men från hans vidöppna mun kom inget ljud.

-En vanlig bieffekt. Det bör gå över om några timmar.

Fler lögner. Det skulle inte ta lång tid innan den fjärde dosen tagit sig runt i mannens blodomlopp. Efter fem minuter låg han stilla på britsen, ögonen och munnen stängda.

-Är han död?

Mikails röst dröp av kyla. Roberto gick fram och höll fingrarna mot mannens hals. Han skakade på huvudet.

-Bra. Vad visar blodproverna?

-Normala värden. Tja, normalt för en i hans tillstånd. Ingen märkbar förändring sedan den första injektionen. Vad som ledde till hans stumhet vet jag inte. Han visar inga tecken på att det skulle vara en kemisk reaktion som orsakat det. Kan det vara neurologiskt, tror du?

-Givet att situationen är stressfull, men jag var väl försäkrad om att han var väl införstådd i vad som kunde ske.

Hans röst, lika kall som tidigare, hade anammat en underton av irritation. Mannens stumhet var en oväntad och ovälkommen förändring i experimentet, någonting som Mikail tydligt visade att han inte tyckte om.

-Vad gör vi nu?

Robertos fråga var överflödig, han visste vad han skulle få för svar.

-Nu väntar vi.

Mannens tillstånd var oförändrat när det var dags för den femte dosen. Den här gången fick det bli Roberto som injicerade honom. Han valde en tjockare del av mannens lår. Även om han för tillfället sov ville han inte orsaka honom onödig smärta. Det hade alltid varit i hans natur. Medan Mikail hade varit den charmiga, karismatiska figuren hade Roberto hållit sig tillbaka, iakttagande och smärtsamt hängiven till att hans nära aldrig skulle behöva lida eller uppleva smärta, fysisk såväl som psykisk. Kanske hade det att göra med hans uppväxt, kanske hade det att göra med hans DNA. Det många skulle tycka var en av hans bättre kvalitéer förbannade han sig själv över. Speciellt i stunder som dessa när det verkade fördelaktigt att tänka praktiskt och stänga av känslorna. Men han kunde inte. Det var som att sluta andas. Han brydde sig, både om mannen och om sin broder. Samvetskvalen över vad de höll på med bubblade upp igen. Han visste att det inte skulle löna sig att spela på Mikails känslosamma sida. Han behövde försöka en annan taktik.

-Kanske skulle vi ta en paus? Han sover ju ändå bara, och hans värden är oförändrade. Vi kan alltid fortsätta i morgon.

-Den som alltid väntar på morgondagen för att göra det som kan göras idag är en person utan en framtid, svarade mikail filosofiskt. Hans filosofiska svar kom inte som en förvåning för Roberto. När de växte upp hade Mikail haft en förkärlek för allt från Nietzsche till Kant, kunskap han mer än gärna grävde fram i situationer som denna. Han förstod att brodern var orubblig i hans övertygelse. Experimentet skulle fortsätta.

Tolv timmar hade passerat sedan den första dosen, och mannens värden var varken bättre eller sämre än när han hade kommit dit. Roberto fann det skönt att mannen hamnat i någon slags koma. Det gjorde det hela enklare. På något sätt kändes det som ett färre samvete att tänka på. Han iakttog mannen där han låg fridfullt på britsen. Under andra omständigheter kunde det ha varit han själv som låg där. Roberto rös till av tanken.

Tiden passerade, märkbart fortare och fortare desto fler doser bröderna injicerade i mannen.

Den sjätte dosen var inuti honom.

Och sedan den åttonde.

Samt den nionde.

Det hade gått drygt tjugo timmar sedan Mikail lotsat in mannen i deras lokal för att bli en del av historien. Vilken slags historieskildring det skulle bli visste ingen om ännu.

Roberto ögnade igenom resultaten från det senaste blodprovet.

-Några nyheter? undrade Mikail. Hans röst var tung av utmattning. Han var oigenkännlig vid det här laget. Hans skäggväxt hade hunnit bli till ett tjockt lager av svart stubb. Det vanligtvis renrakade ansiktet såg nästintill smutsigt ut med skägg. Under de djupa ögonen hängde två svarta påsar som en påminnelse om det långa dygn de haft. För en man som tidigare i sitt liv hade varit mycket noggrann med sin hygien utsöndrade han just nu en högst otrevlig odör av svett och stress. Inte olikt den doft de stött på under skoltidens gymnastikpass.

-Nej, alla värden är sig lika. Han andas av egen förmåga, han är lika sjuk som när han kom hit, men det är allt det är. Inte bättre, inte sämre.

Mikails uppgivna ansiktsuttryck var förståeligt. All den tid bröderna hade lagt ned på experimentet. Och nu stod de här med sitt första mänskliga experiment. En smutsig, hemlös person vars namn de inte visste, och som haft mage nog att somna till mitt i deras stora experiment. Roberto såg hur brodern tittade på mannen. Det var en blick av avsky. En blick han inte avundades mottagaren. Mikails kaffefläckiga, gula tänder bet spänt ihop.

-Det är dags för den sista dosen på det här jävla miffot, slängde han argt ur sig.

Roberto var förvånad över broderns språk. Han såg mannen som modig, en frivillig äventyrare av högsta rang. Någon som inte var rädd att ta det osäkra före det trygga, det säkra. Mikail såg på mannen som en labbråtta. Han stampade fram till bordet, förberedde den sista dosen i sprutan och marscherade fram till mannen. Den här gången siktade han varken på mannens lår eller hans rygg. Han vinklade mannens huvud åt sidan och tryckte in nålen så djupt i mannens hals att Roberto trodde att nålen skulle komma igenom på andra sidan. Mannen rörde inte på sig. Inte ens så mycket som en ryckning. När nålen gått igenom mannens hals var det som att den penetrerade Roberto. Han rös av den påhittade smärtan. Han gjorde sig själv stadig. Han hade ett jobb att utföra. Han fyllde, mycket försiktigt, en behållare med blod från mannens stilla finger. Om de sista resultaten inte skulle visa någon förbättring hos mannen visste han inte hur Mikail skulle reagera. Hur mycket Roberto än stöttade sin bror så var det här inte hans dröm, det var Mikails. Minuter som kändes som flera år passerade.

-Resultaten?

Det var varken en hoppfull eller ledsam ton som hördes i Mikails fråga. Det var snarare en likgiltighet som Roberto inte förstod.

-Ingen förbättring. Hans syresättning är densamma som när han kom hit. Jag behöver göra fler tester för att säkert veta om hans lungcancer har förbättrats. Men..

-Ja?

Mikail var otålig att höra vad hans bror hade att säga.

-Från vad jag kan se nu, ingen förbättring på någon front. Det hela var ett misstag, vi försökte och lyckades inte. Vi behöver mer tid, flera år, innan vi fortsätter med mänskliga experiment. Råttor, absolut, vi kan skaffa fler. I morgon går jag ut och köper dem. Snälla Mikail, inga fler människor. Kom nu, vi måste ta honom till ett sjukhus. Ingen behöver se oss, vi kan lämna honom utanför med en lapp fastsatt på hans kro-, var allt Roberto hann få ur sig innan han avbröts av ljudet av skarp metall som skar igenom hud. Det var ett ljud han var mycket bekant med, tack vare deras dagtidsjobb i köttbutiken. Han var inte van att höra ljudet utanför det enda stället i världen där han förväntade sig det. Ljudet i sig var inte någonting han reflekterade allt för mycket över. När hans hjärna hunnit koppla ljudet till det han bevittnade blev allting svart. Just när han hade pratat färdigt hade Mikail ryckt åt sig en skalpell från deras sterila bord och planterat den djupt i mannens tinning. Han låg fortsatt stilla utan så mycket som en sista dödsryckning medan det röda, tjocka, långsamma blodet sakta letade sig ut ur det raka, ihåliga streck som skalpellen hade lämnat efter sig. Robertos tankar var fulla av panik, men trots det tog hans hjälpande instinkt över honom i den stunden. Han sprang fort fram till mannen och tryckte en vit gasbinda mot såret. Det tog inte lång tid innan den blivit röd.

-Stå inte bara där, kasta hit en till gasbinda! Vi kan rädda honom! Mikail stod stilla, uttryckslös. Hans hårda ansikte visade inga känslor. Hade han inte vetat hur hans broder såg ut innan detta dygn hade han blivit skräckslagen. De en gång mörka påsarna under hans ögon hade skiftat till en lila nyans. Det hade varit enkelt att tro att Mikail hamnat i slagsmål den senaste kvarten.

-Lämna honom, sa han kyligt.

-Va?! ropade Roberto tillbaka, oförstående över broderns likgiltighet. Insikten att det var brodern som åsamkat skadan hade ännu inte sjunkit in, och han kunde inte förstå varför de inte skulle rädda mannens liv.

-Du hörde mig. Han är död. Lämna honom.

-Vi kan inte lämna honom här, Mikail! Tänk om han hade familj? Eller en bror? Tänk om det var jag som låg där, hade du inte räddat mig?!

Mikails ögon ryckte till när tanken om att mannen och Roberto kunde ha delat samma öde.

-Han har ingen familj. Inga syskon. Inga husdjur. Hans liv var över så fort han fick cancerbeskedet. Jag vet det, och du vet det, bättre än någon annan. Hans uppoffring, om än nobel, tjänade ingenting till. Hade vi lämnat in honom på sjukhuset hade han, mot all förmodan, levt en månad till. Och det är i det bästa scenariot. I värsta fall hade han levt ut sin sista vecka som en grönsak på ett underbemannat sjukhus. Det är bättre att sjukhuset fokuserar på sådana som kan räddas. Vi gjorde honom och samhället en tjänst som avslutade hans lidande i förtid.

-Vi?! Det här är du, inte jag! Jag ville rädda honom. Du.. Du.., Roberto fick inte ur sig orden han ville säga till sin bror. Han var rasande. Aldrig förut hade ordet 'vi' skurit i honom så mycket som det nu gjorde. Han ville inte vara en del av 'vi' om det innebar att mörda oskyldiga människor.

-Tror du att jag ville mörda honom? Nej, kära bror. Jag ville göra det som var bäst för världen. Det inkluderar mannen. Jag har varken samvetskval eller ånger för vad vi har gjort, svarade Mikail med samma kyliga ton som Roberto hade vant sig vid under det senaste dygnet.

-Sluta säga vi! Jag ville inte…, lyckades Roberto få fram.

Mikail slängde sig framåt tills Roberto slog i ryggen mot den kala, avskalade väggen i deras trånga lokal. Han kände sin broders illaluktande andedräkt mot kinden när han tryckte upp honom mot väggen med en stadig arm mot halsen. Trots att Mikail hade försummat sin fysiska hälsa under de senaste månaderna var hans styrka lika imponerande som förut.

-Det finns inget 'jag'. Det är vi. Kommer du inte ihåg alla nätterna hos våra föräldrar där vi lovade dem att alltid finnas för varandra? Du vill inte medge det, men du vet att jag har rätt i vad jag gjorde. Det finns en anledning större än din kärlek till mig som gjorde att du gick med på vårt experiment. Du är lika trött som jag på att förlora allt vi håller kärt. Händer det igen vet du lika väl som jag att ingen av oss klarar sig. Det får inte hända. Inte mig, inte dig. Jag lovade mamma, sa Mikail bestämt.

Roberto tittade förvirrat på sin broder.

-Lovade mamma? Vad har du lovat? Du och jag var alltid tillsammans och jag minns inget samtal du haft med mamma där jag inte varit…, sa han tills han mindes. Han mindes den kvällen i deras hem. Den kvällen som han hade blivit utkörd från sitt rum för att Sara och Mikail behövde prata. Vad hade de egentligen pratat om? Mikail hade aldrig berättat. Hade deras känslosamma samtal handlat om honom? Han kände tårarna bildas i utkanten av de grustorra ögonen. Mikails arm sänktes långsamt och de båda sjönk ned på marken i en blandning av utmattning och sorg vid tanken på deras föräldrar.

-Jag lovade henne att skydda dig. Hon visste att du var.. speciell. Inte på ett dåligt sätt. Hon visste om din styrka. Precis som jag gör. Du ser någonting hos människor som vi andra inte gör. Du har förmågan att förstå mig bättre än vad jag själv gör. Men du kan även vara svag, precis som jag. Därför lovade jag mamma att ingenting skulle hända dig. Precis som att ingenting kommer att hända mig. Det är vi, alltid, oavsett om du just nu vill det eller inte, sa Mikail med en röst som fick Roberto att förstå att hans bror alltid hade älskat honom, mer än han någonsin hade förstått. Tårarna rann nedför Robertos kinder. Trots att hans mamma varit sjuk hade hon brytt sig mer om honom än sig själv. Även i hennes svagaste tillstånd var hennes barn i tankarna, inte hon själv. Han förstod nu. Han förstod att Mikail var likadan. Det här handlade inte om honom eller hans framtid. Världen var hans barn, och världen var sjuk. I det ögonblicket visste han. De båda skulle vara där för varandra. De skulle göra allt för att lyckas med experimentet och färdigställa deras botemedel. Medlet som skulle bota alla världens sjukdomar.

Kapitel 10: Mikails vinst, år 2018

Deras liv fortsatte utan större förändringar. Månader hade passerat sedan deras första och hittills enda människoförsök. Det var ett nytt år och de båda bröderna var på bättre humör än tidigare. Mikail kunde se att Roberto äntligen var med honom till fullo. Roberto i sin tur var glad över att han äntligen förstod sin bror fullt ut. I all ovisshet om broderns inre tankar och handlingar hade han tvivlat på hans kärlek till honom. Men aldrig igen, nu var de kompletta. De hade varandra, ända till slutet.

Efter det misslyckade experimentet och mannens bortgång hade Mikail hängett all sin tid till att förbättra receptet på medlet som han visste kunde bota alla slags sjukdomar, om han bara lyckades få det helt korrekt. Roberto hade hjälpt sin bror med vad som var nödvändigt, samtidigt som han arbetat dubbla skift för att täcka upp för broderns djupdyk in i arbetet. Det var inte sällan som Mikail arbetat igenom en hel natt och således sovit igenom alarmklockan. Lukas, den vresige butiksägaren, hade ingenting emot att Roberto gjorde två jobb, så länge bröderna inte hade någonting emot att få en något sänkt månadslön. Självklart bokfördes ingen av deras löner, så de hade inte mycket att sätta emot sänkningen.

Ett kärleksliv hade ingen av bröderna haft tid med. Visst hade det funnits enstaka tillfällen där Mikail tagit hem en kvinna från den lokala puben. Kvinnorna där var inte mycket att ha, men de lyckades med att stilla hans mänskliga lustar så att han bättre kunde fokusera på sitt arbete efteråt. Roberto hade försökt sig på sin broders tillvägagångssätt men fann att det inte var för honom. Han trivdes bättre i sin egen ensamhet, eller i sin broders sällskap. Under hela deras uppväxt hade de egentligen bara älskat varandra, med undantag från sina föräldrar. De syskon de bott med hade de aldrig knutit an till. För övrigt var de spridda runt omkring landet utan att någon av bröderna kände till var de befann sig. De hade inte ens ett telefonnummer för att nå någon av dem. Brödernas, i Robertos ögon perfekta tillvaro, skulle plötsligt komma att förändras när Mikail en sen natt träffade henne. Lisa.

Mikail hade spenderat hela dagen och halva natten med deras experiment när han plötsligt kände tröttheten inom sig. Det var inte en trötthet som kunde botas med sömn. Han behövde alkohol och sällskap. I sin vanliga rutin gick han bort till puben, *"Lejonhjärtat"*, för att se vad kvällen hade att erbjuda. Puben var lika sunkig och illa skött som de tidigare kvällarna han hade besökt den. De bruna väggarna pryddes av gamla klockur och målningar som bättre hade passat på ett billigt motell. I baren jobbade en glad gammal gubbe som han aldrig hade känt ett behov av att lära sig namnet på. Klockan var 02.17. Med cirka två timmar kvar till stängning behövde han hitta någon att umgås med, fort. Det var aldrig som i filmerna där man såg en person och blev blixtförälskad. Tvärtom. Lisa hade kommit fram till Mikail, någonting han inte var beredd på. I hans ritual var det alltid han som tog kontakt med kvinnan. Aldrig tvärtom. Redan innan hon hade öppnat sin mun kände han irritationen väckas inom honom. Hon var inte heller särskilt vacker. Hennes hår var svart och kortklippt hår. Det korta håret ramade in hennes fyrkantiga, hårda ansikte. Hon var lika vit som väggarna i deras lokal, med enstaka orangeröd fräken som lyste upp i hennes ansikte. Hon var en perfekt blandning av fadersproblem och osäkerhet, och hon fick duga för natten. Att närma sig honom hade säkert tagit mycket mod av henne, tänkte han. Tids nog skulle han inse att mod inte varit hennes motivation för nattens närmande.

-Ny tröja? frågade hon.

Lisa pekade på hans urtvättade, svarta t-shirt. Han var inte van vid framfusiga tjejer. Inte allt för sällan hade han fått nobben på just denna pub. Han tittade runt omkring sig, där satt två äldre damer i leopardmönstrade kjolar. Den äldre av de två vinkade sina krokiga fingrar mot honom. Det fick bli den bleka tjejen ikväll, bestämde han sig för.

-Den här? Nä, den är gammal. Jag bor precis bredvid puben, svarade han kort, och gjorde sitt bästa för att skrapa ihop ett uns av entusiasm.

Hon fnittrade, till hans stora irritation. Vad var det som var så roligt?

-Jag vet, dummer, jag brukar se dig här. Iklädd samma t-shirt och jeans som ikväll. Lisa, heter jag.

Hon sträckte fram sin bleka hand. På den glänste två guldringar, den ena mer blank än den andra.

-Mikail.

-Så, Mikail, vad har fått dig sömnlös en kväll som denna?

Trots det stela kallpratet var han glad att ha någon att prata med som inte var hans bror. Deras konversationer, de få de väl hade, hade exklusivt handlat om botemedlet.

-Drömmar, Lisa. Drömmar, svarade han, trogen till sanningen.

Han virvlade runt det lilla av sin öl som var kvar i glaset. Även om det inte var menat som ett tecken att han ville ha påfyllning nappade Lisa snabbt på signalen. Hon vinkade till sig bartendern och beställde två stora öl. Han uppskattade den oväntade och givmilda gesten.

-Drömmar som kan delas med andra?

-Den som bjuder på en öl förstår nog snabbt att hon är välkommen varsomhelst.

De två log mot varandra. Ibland kändes den parningsritual som de båda genomförde löjlig, men ack så nödvändig, tänkte Mikail nöjt.

-Hem till dig eller mig? frågade hon plötsligt. Hon hade lyckats avväpna honom totalt. Klockan var 02.22. Fem minuter hade passerat sedan han hade träffat henne. Bartendern var i full fart med att hälla upp de två stora glasen av öl. Mikail fann sig själv med att leta efter orden, någonting han inte var van vid. Den här kvällen hade hittills varit full av många saker han inte var van vid. Innan han hann svara tog Lisa tag i hans nacke och drog honom intill sig. Hennes mjuka läppar smakade sötlakrits och hennes hår hade en svag doft av mentolcigaretter. Det var en kyss som han aldrig upplevt förut. Kyssen fick honom att känna sig hel, som att den pusselbit han alltid saknat föll på plats. Han hade aldrig varit mycket av en romantiker. Många av dessa kvällar hade kyssarna varit ett, för kvinnan, nödvändigt måste för den sexuella akten. Nu slöt Mikail sina ögon och bestämde sig för att njuta av upplevelsen. Han färdades tillbaka till de lyckligaste minnen i sin barndom. Hans mammas omfamning, hans pappas berömmande ord när han sparkat en fotboll i mål, när han först mötte Roberto.

Lisa var i kontroll över situationen. Medan hennes händer vilade runt hans hals hade han sina händer obekvämt längs kroppen. Just när han skulle lägga dem på hennes lår slogs han av en plötslig panik. Hon såg väldigt ung ut. Tänk om hon hade kommit in här med en falsk legitimation. Att hamna mitt i en polisutredning nu var det sista han behövde. Han spände upp ögonen och drog sig hastigt tillbaka. Lisa såg chockad ut för en kort stund, innan hon snabbt förstod situationen. Det var tydligt att hon hade varit med om detta förut.

-Lugn, Mikail. Jag är 23, sa hon och fnittrade. Det var som att hon kunde läsa hans tankar. Han drog en suck av lättnad och lutade sig tillbaka in för att fortsätta kyssen. Till hans stora förvåning var det nu Lisa som drog sig tillbaka. Hon tog upp en nyckel från sin vänstra jackficka och visade den, lockande, framför honom. Bartendern ställde den andra ölen framför honom, fylld till brädden med vitt skum. Han slängde en snabb blick på henne, och sen på ölen. I kampen mellan de två njutningarna vann hon. Mikail tog en snabb klunk av ölen och ställde sig upp. Lisa log och förstod att han hade gjort sitt val.

-Hem till mig blir det, log hon brett. Hennes leende var smittsamt och Mikail besvarade hennes leende med sitt eget, om än mindre, leende.

Hon bodde mindre än tjugo minuter från puben. Det hade varit mer praktiskt för honom att ta hem henne till han och Robertos lägenhet. Nu slapp de åtminstone oroa sig för att störa broderns sömn. Lisa knappade in portkoden och öppnade dörren där det stod "L. H." på, ingraverat i små svarta bokstäver. På den korta promenaden till lägenheten hade de inte pratat om någonting viktigt, Mikail fortsatt i tro om att de aldrig mer skulle ses efter denna kväll. Samma ögonblick de stängt dörren efter sig hoppade Lisa upp i hans armar. Han tryckte henne mot väggen så hårt att den illa passande tavlan med en blomkruka som motiv ramlade ned i golvet. De båda flämtade och kippade efter andan mellan kyssarna. Mikail hade aldrig känt den här typen av åtrå förut. Tidigare när han hade gått hem med en tjej hade de först diskuterat skydd och sedan långsamt tagit sig an varandra. Det hanns inte med i denna matchning. Lisas händer utforskade hans välformade kropp. Trots otaliga timmar som spenderats med kemiska experiment hade hans kropp återfått sin yngre, mer ungdomliga form. Den sjuke mannens död hade varit en väckarklocka för honom att ta bättre hand om sig själv, så att han bäst undvek samma öde. I sin tur svarade han med att bära in henne till ett rum som såg ut att vara hennes sovrum. Han tryckte ned henne på sängen. Lisas händer ville inte sluta med sin ivriga utforskning av hans kropp. När han drog sig bort jämrade hon sig plågat. Mikail tog hastigt av sig sin tröja, sina byxor och till sist kalsongerna. Han stod naken framför henne. Hans spända bröstmuskler och välskulpterade axlar förde enkelt tankarna till en gammal grekisk staty. Lisas jämrande hade slutat och det var tydligt på hennes ansiktsuttryck att hon var nöjd med vad hon såg. Hon reste sig långsamt och klädde av sig, samtidigt som hon hela tiden behöll ögonkontakt med honom. De stod nakna framför varandra. Båda två stilla i uppskattningen av varandras kroppar. Trots att det var sent och att rummet var mörkt sken hennes marmorvita hy genom den svarta omgivningen. I den stunden var detta inte längre ett engångsligg. Mikail förstod att han behövde henne, mer än endast för natten.

De hade blivit omöjliga att separera. Roberto var till en början avundsjuk, men även han var tvungen att medge att han blev förtjust i Lisa. Inte på samma sätt som sin broder, givetvis, men på det sättet man bara vet när man har hittat en person man vill omge sig med. Hennes sätt att föra sig på var elektriskt. I vilket rum hon än äntrade var hon orädd och närvarande. Det var sällan han hade sett Mikail bli nervös, men i hennes sällskap blev han som en nervös liten pojke på hans första skoldag. Brödernas duo hade plötsligt blivit till en trio, långt innan de själva hade insett det. Lisa blev tidigt i förhållandet informerad om deras universala botemedel och vilken typ av experiment de hade utfört. Mikail hade klokt nog utelämnat några viktiga detaljer som till exempel det mänskliga experimentet de hade utfört förra året. I efterhand var det inte ett nödvändigt utlämnande. Lisa hade aldrig kunnat gå till polisen, även om hon hade velat det.

Det tog flera månader innan Lisa sov någonstans än hemma hos bröderna. Hon arbetade som barista på ett kafé längst ned på gatan där de bodde, och det tydde sig således naturligt att hon spenderade kvällarna hemma hos bröderna. Han hade inte varit hemma hos henne sen den första kvällen de sågs. Sitt arbete i laboratoriet hade han försummat den senaste tiden. Något som

Roberto var lyckligt medvetande om. Han visste att hans bror en dag skulle återgå till sitt viktiga arbete, men för stunden ville han att Mikail skulle vara lycklig. Lisa var bra för honom, hon kompletterade honom. Att balansera ett förhållande, jobb, sömn och botemedlet hade inte varit enkelt, och han hade varit orolig för hur länge brodern skulle klara av att fortsätta det livet.

-Var ska du? frågade han sömnigt.

Mikail blev tagen på sängen när Lisa berättat att hon inte skulle komma hem till honom på kvällen. De satt och åt frukost i brödernas lilla kök, medan Roberto sov bort alla månaderna av trötthet från det hektiska arbetsschema han hade följt.

- Några kollegor ska ut och fira att Adam, du vet Adam, den korta tyska killen från kaféet, fått ett nytt jobb. Oroa dig inte, han är bög, sa hon i ett tappert försök att stävja hans potentiella oro.

Att någon annan kille skulle vara ett hot mot honom var inte ens någonting han hade övervägt. Någonsin i sitt liv, när han tänkte efter.

-Men var ska ni då, jag kanske kan följa med?

Han märkte att Lisa försökte lirka sig ut ur konversationen.

-Det är Kristina, du vet hon..

-Jag vet vem Kristina är, sa han skarpt i ett misslyckat försök att avbryta henne från att fortsätta avvisa honom från utekvällen.

-..som har bestämt var vi ska ses. Ska jag ringa och fråga om du får följa med? Jag tänkte att du kanske skulle jobba med ditt experiment, du har ju inte varit där på ett tag nu.

Mikail kände sig som en börda. Och som ett misslyckande. Hon hade förstås rätt. I deras nykära bubbla hade han knappt ägnat en tanke på deras experiment. Han hade tänkt på det hela bakåtvänt. Lisa var egentligen inte en distraktion från hans syfte. Hon var en fortsättning på det. Nu, mer än någonsin, behövde han finna motivationen till att fullborda sitt experiment. Nu hade han ännu mer att förlora. Någonting han aldrig tidigare hade haft, åtminstone inte till det motsatta könet. Kärlek. Han ursäktade sig med att hon hade rätt och att en kväll ifrån varandra skulle göra dem gott. Lisa tackade för frukosten, kysste honom djupt, tog sina nycklar och begav sig iväg till kaféet.

För att inte framstå som en lögnare, och för att han faktiskt hade motivationen till det nu, begav Mikail sig bort till lokalen för att fortsätta sitt viktiga arbete. När han anlände kände han inte samma sug för att fortsätta som när det bara var han och Roberto. Han försökte frammana motivationen genom att tänka på Lisa. På många sätt var hon lik hans andra mamma, Sara. Hon brydde sig jämt mer om andra än sig själv. Hade du ett bröd på din tallrik och hon ett bröd på sin, så hade du helt plötsligt två. Hon kunde inte rå för det, det låg i hennes natur. Mikail ville inte tänka att han dejtade sin mamma. Det tog emot att erkänna det, men han tänkte ofta på henne när han var med Lisa. Det var en skön känsla. Varken han eller Roberto hade bearbetat deras nya föräldrars död på ett hälsosamt sätt och det var en fråga om när, inte om, de ledsamma känslorna skulle överväldiga dem.

Den dagen de testade botemedlet på mannen hade han inte känt någon ånger över vad de gjort. Mannen var, för honom, inte viktigare än en labbråtta. Vid den tiden hade han endast Roberto att tänka på. Botemedlet hade han velat utveckla, dels för att rädda världens alla människor, men främst för sin brors skull. Nu hade han både sin bror och Lisa. Han hade ännu mer som stod på spel och som var värt att ta hand om. Hans motivation visade sig vara högre än någonsin tidigare. Han svor för sig själv att han aldrig mer skulle tappa fokus på experimentet tills att det var färdigt.

Mikail satte sig ned på den snurrande kontorsstolen och tittade igenom sina anteckningar från den senaste gången han var där. Långsamt startade han upp sitt gamla arbete. Han ändrade på sitt recept, tillsatte mer av det ena och mindre av det andra. Omkring honom passerade tiden fortare än han var medveten om. Plötsligt hördes ett knarrande ljud från dörren. Hans puls steg. Roberto låg sovandes i lägenheten och han skulle inte komma hit utan att först höra av sig. Han slängde en blick mot dörren. Det var alldeles för mörkt för att kunna urskilja en tydlig figur. Han hörde rösten av den han hade kommit att älska.

-Mikail, får jag komma in? frågade Lisa ledsamt.

Från där Lisa stod såg hon honom, men hon var fortfarande dold av mörkret. Han pustade ut, och hans puls återgick till sin normala rytm. För en kort stund, åtminstone.

-Jag förväntade mig inte dig här. Skulle ni inte ut ikväll?

-Vi har redan varit ute, det är mitt i natten. Jag har någonting jag måste berätta. Kan vi prata?

Hon tog raska steg från den mörka dörren och in till den upplysta del där Mikail satt. Hon slog sig ned på en stol mitt emot honom. Hans puls åkte bergochdalbana vid det här laget. Hade hon redan tröttnat på honom? Skulle allt detta vara över? Han visste från de kärleksfilmer han hade sett tillsammans med Lisa att det aldrig var positivt när någon behövde prata med dig.

-Du vet hur du aldrig har hört någonting om min familj..

Mikail instämde och nickade febrilt, ivrig att hon skulle komma till saken.

-Vi har ett stort.. *"företag.."*, sa hon kryptiskt, med en röst som sa att hon inte ville fördjupa sig i vad företaget var, innan hon fortsatte.

-..som vi har tagit hand om i många generationer bakåt. Jag är det enda barnet och pappa förbereder mig för att ta över familjeföretaget, men jag vet inte om jag är redo. Jag trodde att jag skulle ha mer tid, och nu har vi precis träffats, och..

Han märkte hur hon började att snubbla över orden och svamla snabbare. Han tillskrev det främst till alkoholen, men han misstänkte att det även var en nervositet som låg bakom det.

-Lugn, mitt hjärta. Jag lyssnar, sa han i ett försök att visa att han fanns där för henne, oavsett vad. I sanningens namn var han mer lättad än förvirrad. Det stora avslöjandet hon behövde prata om var att hon kanske skulle ta över sitt familjeföretag. Han såg inte problemet i det hela. Ännu. Lisas ansikte tog ett mer avslappnat uttryck och hon fortsatte.

-Ikväll var jag hemma på middag hos min pappa och ett fåtal av hans anställda. Han vill träffa dig.

-Mig? svarade Mikail förvånat.

-Ja. Jag har aldrig tagit med en pojkvän hem, men nu när pappa vet att jag dejtar dig vill han träffa dig. Jag berättade om ditt arbete.. Ditt.. Riktiga arbete.. Det är säkert ingenting, och jag förstår helt om du inte vill träffa honom. Det är tidigt, och det här kan förstö-, sa hon innan Mikail plötsligt avbröt henne.

-När får jag träffa honom?

Mikail log, men inombords var han rasande. Han hade anförtrott sig till Lisa om vad han experimenterade med. Resultatet i sig skulle vara till nytta för alla och ingenting man behövde gömma. Det var tillvägagångssättet han använde som han oroade sig för. Vetenskapen har alltid varit krass, men det var ingen som såg med blida ögon på de första medicinska fäderna och deras inhumana experiment.

-Han vill träffa dig imorgon bitti redan. Hos honom. Klockan tio.

Lisa kliade sig nervöst på axeln.

-Då tror jag det är bäst att vi får lite sömn innan jag får träffa familjen, sa han med ett leende. I tystnad gick de tillsammans upp till hans lägenhet. När de gick och lade sig den natten fick ingen av dem många timmar sömn. Han behövde ett färdigt manus, någonting som gjorde honom beredd på alla typer av frågor. Han bestämde sig för att berätta en modifierad sanning. Oavsett hur mycket Lisa hade berättat för pappan skulle han hålla fast vid sin berättelse. Det hade börjat som en dröm efter att hans mamma gått bort i cancer. Han var ensam i projektet. Hittills var det bara råttor han testat på, utan någon framgång. Han behövde inte berätta om varken mannen eller vilka sidoeffekter han upptäckt. Robertos namn hade säkerligen kommit på tal, men han var fast besluten om att inte nämna broderns namn för hennes pappa. Ju färre inblandade desto bättre.

Nästa morgon tog de en taxi tillsammans till hennes pappas hus. Han bodde inte långt från dem, men den trettio minuter långa taxiresan kändes ändå som en evighet. Mikail var inte van vid att känna den här typen av nervositet. I hela hans liv var det han som hade lugnat ned Roberto, men nu befann han sig i en position där han plötsligt önskade att brodern var där för att lugna sin egen nervositet. Mikails naglar var korta och sönderbitna vid det här laget. Han hade knappt sagt ett ord till Lisa sedan gårdagen. Även hon verkade nervös och obekväm i taxin där de två satt tysta. Plötsligt ryckte hon till och tittade storögt ut genom taxins fönster.
-Vi närmar oss, utbrast Lisa plötsligt.
Mikail såg bara den svarta pyramidformade toppen på hennes pappas hus. Omkring huset var det en fem meter hög vägg i tegel som stod ut som ett sår i ett annars, relativt normalt,

familjeområde. Den enda öppningen i muren var en svartmålad grind i förstärkt stål, precis bred nog för att rymma en bil.

-Vad sa du att din pappa jobbade med nu igen? frågade han, men förväntade sig inget svar. Vilket var tur, då Lisa log, men svarade inte.

Taxin stannade till med baksätet vid telefonen som var upphängd på sidan om grinden. Lisa vevade ned rutan och tryckte på knappen.

-Pappa, det är jag, ropade hon in i maskinen.

Det knastrade till i ena änden samtidigt som ett pip hördes genom det hiskliga ljudet. Grinden öppnade sig långsamt tills taxin kunde komma förbi. Chauffören tog emot sin betalning och backade fort ut. Trots hans, vad Mikail trodde, afghanska bakgrund, var det någonting som verkade ha skrämt honom med huset. Han kunde inte klandra honom. I samma stund som de hade passerat grinden såg Mikail det vita huset framför sig. Han var inte den vidskepliga typen, men huset gav även honom kalla kårar. Stora, röda trianglar prydde stora delar av husets vita ytterväggar. Längs husets fasad, förbi de röda trianglarna, kröp det röda strängar av någonting som kunde liknas vid bokstäver. Bokstäverna slöt sig samman vid botten av husets fasad och bildade ett ord som han inte förstod. "*Hic Finis*". Han begrundade ordens betydelse innan

Lisa ringde på den kromfärgade dörrklockan. En lång, undernärd, äldre herre öppnade dörren. Hans ansikte bestod av mer skelett än muskler och fett. En handduk låg prydligt vikt över hans ena arm.

- Ja?

Mannens röst var hes och raspig, och Mikail misstänkte att den undernärda butlern hade rökt ett fåtal paket cigaretter i sitt liv.

- Det är jag, Finneas. Lisa.

Hans ögon vandrade ned från hennes huvud till hennes fötter. Plötsligt sken han upp.

-Ah, mästarinna Lisa. Jag ber så hemskt mycket om ursäkt. Åren har inte varit vänliga mot mitt minne, sa Finneas med sin hesa röst.

Mästarinna Lisa? Vad var det här för familj egentligen? Varken Mikail eller Lisa hade varit villiga att prata mer djupgående om sin familj och han började sakta förstå hennes anledningar.

-Och denna herre är..? frågade han skeptiskt.

Lystern från honom avtog fort när han riktade sig mot Mikail.

-Mikail. Mikail Lundq..

Finneas avbröt honom tvärt och sträckte fram sin vita, handsklädda hand för att hälsa på honom.

-Mikail. Förnamn räcker här. Vi alla har vårt förflutna för oss själva.

Vilken underlig sak att anmärka på, tänkte Mikail, men bestämde sig fort för att gå vidare utan att förankra sina tankar allt för länge vid uteslutandet av efternamn.

Finneas ledde dem genom en smal korridor där väggarna var prydda av porträtt med gamla män. Den äldsta tavlan såg ut att vara från tidigt 1700-tal och färgen, om än restaurerad, flagnade. Utseendemässigt hade männen inte mycket gemensamt, förutom en sak. De bar alla ett klockur med initialerna "D.R" inristat. En familj av läkare, tänkte han. Efter korridoren leddes de ned för en kort trappa med en röd dörr i änden. Finneas öppnade dörren och släppte in paret.

-Där är ni! utropade mannen som tydligt var ledarfiguren i sällskapet. En man som Mikail misstänkte var i 60-årsåldern ställde sig upp från sin plats vid det långa, ovala bordet i mitten av rummet. Mikail hade inte behövt bli introducerad för honom för att förstå att det var Lisas pappa han mötte. Hans hy var lika vit som hennes, och ned för hans axlar hängde hans långa vita hår. Hans ögon var ljusblåa, vilket gav honom en iskall känsla. I stark kontrast till sitt vita yttre bar han en svart, elegant kostym. Broderat vid den vänstra näsduksfickan kunde Mikail tydligt utläsa "D.R". Han tittade sig omkring och såg att de dussintals andra människorna i rummet bar liknande svarta kostymer och klänningar med initialerna.

-Min Lisa, min blomma, sa han och kom fram och omfamnade sin dotter.

-Hej pappa, svarade hon dovt och nedstämt.

Pappan vände sig till Mikail. Mikail sträckte ut handen, varpå pappan puttade den åt sidan och omfamnade honom. Han kände förvåningen stiga inom honom till följd av den plötsliga omfamningen. Flera sekunder hann passera tills pappan släppte taget om honom. Han kände Lisas blick i nacken, säkerligen avundsjuk över att pappan kramat honom längre än sin egen dotter. Mikail ville inte erkänna det för sig själv, men han hade inte blivit omfamnade på det sättet sedan Gregor dog. När Lisas pappa kramade honom hade han slutit ögonen och för en kort stund befunnit sig i hans andra pappas famn.

-Lazarus var namnet. Välkommen hem till oss, min son.

Mikail rodnade vid att bli kallad son. Ett antal år hade passerat sedan någon kallade honom för det.

-Mikail. Tack för inbjudan hem till er, fick han nervöst ur sig, rädd att hans ansiktsfärg skulle avslöja hans känslor inför besöket.

-Det hade äntligen blivit dags för oss att träffas, nu när du har spenderat så mycket av din fritid med min dotter, sa Lazarus och tittade på Lisa. Hon vek skamset bort med sin blick och Mikail

kände sig som en tonåring som smugit ut med Lazarus dotter.

- Vi har inte.. Jag menar, inte så mycket tid. Vi har umgåtts.

Skrattet ekade i rummet från de andra människorna som var där.

-Låt grabben vara, sluta retas! ropade en äldre kvinna vid

rummets brasa. Hennes hår var färgat i en stark lila färg, och

hennes ögonlock pryddes av en grisrosa färg.

-Han gör så här mot alla, det är bara sån han är. Ser du inte att

grabben rodnar, Lazarus? ropade en annan person. Det andra

ropet kom från en mycket överviktig man, mellan tuggorna på vad

som såg ut att vara ett komiskt stort kalkonben.

-De har rätt, förlåt mig, svarade Lazarus och bugade djupt, till

Mikails stora förvåning, innan han fortsatte.

-Jag är glad att du är här. Kom, kom, sätt dig vid mig.

De passerade långsidan på det ovala bordet tills de kom fram till

Lazarus plats. Mikail hade inte sett den på nära håll när han först

kom in i rummet, men nu när han stod bredvid den såg han den

tydligt. Det liknade mer en tron än vad den liknade en stol. De

guldbelagda benen var smyckade med stora diamanter längs dem.

Även den sammetsröda dynan hade diamanter, versionen mindre,

insydda längs kanterna. Stolen kostade säkerligen mer än vad

Mikail någonsin hade tjänat, och vad han skulle tjäna under sitt liv. Lazarus slog sig ned på tronen och klappade med handen på stolen bredvid hans egen. Mikails stol var betydligt mindre utsmyckad, men han hade en misstanke om att den ändå var långt utanför hans prisklass. Lisa, knappt tilltalad vid det här laget, satte sig bredvid Mikail. Han förvånades över att hon inte satte sig bredvid sin pappa, och skulle precis föreslå att hon satte sig bredvid honom när tjänstefolket, iklädda samma utstyrsel som Finneas, var där och fyllde på deras glas med en ljus, röd vätska som han tyckte liknade vin.

-Skål, för oss, sa Lazarus och höjde sitt glas till Mikail. Han var inte van vid att träffa svärföräldrar, men han hade en stark misstanke om att morgondrickande med sin svärfar hörde till det ovanliga. Han skålade glatt och tog en klunk av det behagliga vinet, trots klockans tidiga slag.

-Tack igen för inbjudan. Får jag fråga vad det är ni gör här? frågade Mikail och tittade sig omkring. Överallt stod det folk med initialerna D.R och åt mat, drack vin eller hade hätska diskussioner sinsemellan. Lazarus tittade förvånat på honom.

-Har inte Lisa berättat?

Mikail var förvirrad.

-Berättat vadå?

- Vad vi gör, såklart, min gosse. Ah, nu ser jag förvirringen i ditt ansikte. Jag undrade just vad som förbluffade dig. Det är enkelt, sonen min. Vi räddar världen. Och du ska hjälpa oss.

Kapitel 11: Domedagens Räddare, år 2018

Vi räddar världen. Orden ekade inuti Mikails huvud. Han önskade att hans bror var där med honom så att han inte behövde möta chocken ensam. Vem var egentligen Lisa, vad hade han någonsin fått reda på om henne, och mer brådskande, vilka var hennes familj? Tankarna snurrade där de satt vid änden till det ovala bordet. Den syrliga alkoholen på tom mage hade inte varit hjälpsam för att stadga sina tankar. Så fort glaset tömdes på en enda ynka droppe var Finneas eller någon av de andra som arbetade som tjänstefolk och fyllde på de praktiskt taget redan fulla glasen. Han anade att en majoritet av människorna i rummet var berusade, om det var i denna raska takt påfyllningarna hade skett.

-Du har någonting speciellt inom dig. Jag har sett det förut. Det är inte ofta det händer, men ett fåtal gånger per decennium föds en person, någon som du, Mikail. De runt om oss kan intyga det. En stor del av dem du ser runt omkring oss har aldrig upplevt en sån här spännande tidsperiod, sa Lazarus med en oförklarlig stolthet i rösten.

Mikail tittade runt i rummet mer noggrant. Det var tydligt att deras konversation stod i centrum för kollegornas uppmärksamhet. Han märkte att det fanns människor i alla åldrar i rummet. Den yngsta kollegan, även han iklädd svart kavaj med initialerna D.R, kunde inte varit äldre än fjorton år gammal. Lazarus ignorerade Mikails bristande uppmärksamhet på honom och fortsatte.

-Vårt uppdrag, det uppdrag som jag har blivit tilldelad i detta fall, är att ta vara på vissa människors potential. Jag har haft mina ögon på dig under en lång tid, min unga vän. Du var dock oåtkomlig. Jag tror inte att varken pengar eller gåvor hade lockat dig att komma hit, hade det inte varit för Lisa. Även hon är speciell, på sitt eget, annat sätt. Att skicka henne till din favoritpub var ett genidrag.

Lazarus log så att hans röda, lätt inflammerade tandkött syntes.

-Skickade dit henne? frågade Mikail förvånat. Han förstod inte vad Lazarus pratade om och tittade mot Lisas håll för att se om anklagelsen var sann. Lisa vägrade att möta hans blick, men han såg tydliga tårar som rann nedför hennes porslinsvita hy. Det stämde. Hur kunde han ha varit så korkad, så naiv? Han kände en eld väckas inombords honom och klämde sin tumme hårt i handen för att få tankarna på annat håll.

-Tsk, tsk. I sinom tid, min son. Dina frågor kommer att bli besvarade. Det är hög tid för dig att lyssna på vad vi kan erbjuda dig. Som du säkert har förstått är pengar ingenting som du kommer att behöva oroa dig för något mer, någonsin. Du och din bror kommer att bli så pass rikligt belönade att era barnbarn aldrig kommer att behöva arbeta en enda dag i deras liv. Du kommer att få tillgång till den bästa kemiska utrustningen som pengar kan köpa, och även sådant som pengar inte kan köpa. Och du får min dotter, Lisas hand i äktenskap...

Lazarus stannade inte upp lika länge som han hade förväntat sig vid nämnandet av giftermålet med hans dotter, som att det var en mindre viktig aspekt av deras arrangemang.

-..men det allra största du kommer att få, det är vetskapen om att du har räddat oss alla. Du ser. Det är en stor våg på väg. Inte någon våg som du någonsin har sett, nej. Det här är en metaforisk våg, en våg som till viss del redan är över oss. Överallt har människor tappat tron på Gud. De våldtar, rånar, misshandlar och mördar varandra utan en andra tanke på vilka konsekvenser deras handlingar har, både i detta liv och i nästa. I Mellanöstern råder det ständigt krig. I Afrika styr krigsherrarna med en järnfist och kvinnornas möjlighet till att utbilda sig har halkat bakåt med minst femtio år. Någonting behöver förändras, illa kvickt. Och det är där du kommer in, min kära Mikail.

Han satt och lyssnade tålmodigt med en aning om vad Lazarus skulle vilja diskutera härnäst.

-Vad exakt är det ni vill av mig? Jag förstår inte hur jag kan vara till nytta för er organisation.

-Det handlar mindre om vilken nytta du kan vara och mer om vad du kan ge vår organisation, min son. Vi vet vad du och din bror arbetar på. Inte bara vad Lisa har berättat. Vi vet om era små experiment. 'Endast råttor', var det? Har du berättat för min dotter om den svårt sjuka mannen ni råkade ha ihjäl?

Mikail stelnade till samtidigt som han hörde en plötsligt flämtning från Lisas håll. Att ha ihjäl någon lät tekniskt sett värre än vad det var. Han ångrade att han inte berättat allting för henne tidigare.

-Hur visste du om mannen? Inte ens jag och Roberto pratar om honom längre, vi dumpade kropp-

-Ni dumpade Markus. Hans namn var Markus. Visst. Han skulle ändå dö, men var det er rätt att ha ihjäl honom? Det beror på vem ni frågar. Frågar ni mig, ja, absolut. Han levde ett liv som inte var värt att leva, och hans uppoffring kommer att hjälpa mänskligheten. Frågar du de krälande massorna utanför dessa vägar? Troligtvis inte. De kommer aldrig att förstå varför det onda ibland är ett nödvändigt måste, sa Lazarus och suckade tröttsamt.

Mikail visste inte om han bluffade eller inte. Risken var stor att han hade nämnt ett namn på måfå när han berättade om den sjuke mannens namn. Det var en risk han dock inte kunde ta. Robertos namn hade redan kommit på tal en gång och det räckte, att den vithårige mannen framför honom kände till hans bror var tillräckligt för att Mikail skulle göra vad som krävdes av honom.

-Säg vad ni vill av mig. Ni får det. Bara lämna min familj ifred, fick Mikail till sist ur sig, rädd att hans bror skulle dras in i de problem han själv hade skapat.

Lazarus ryggade tillbaka och såg förnärmad ut, som att han aldrig skulle ha haft någon intention att skada hans familj.

-Ett känsligt område, familjen. Förståeligt. Mina ursäkter. Roberto är inte inblandad i det här. Det är du vi är intresserade av. Just nu sover han i sin säng, säkert slutkörd från dagens arbete. En mycket god människa, er bror, som låter dig fokusera på ditt lilla experiment.

Mikail höll med, han hade börjat att ta Roberto för givet på sistone och han påminde sig om att visa sin uppskattning för sin bror så fort de sågs.

-Era krav, vad är de?

Han började tappa tålamodet för denna lek Lazarus verkade leka.

-Vårt krav.

Lazarus poängterade att de var flera som hade samma mål, och Mikail fann sig själv förvirrad när han ibland hade refererat till sig själv som ensam och ibland till dem som grupp.

-Vi har endast ett. Du fortsätter på ditt botemedel, men det är vår grupp som äger det. Vi förväntar oss ett tillfredsställande resultat inom två års tid.

Hans plan från första början hade varit att bota alla världens sjukdomar med sitt botemedel. Gav han upp botemedlet till gruppen skulle det aldrig se dagsljus igen, det visste han. Han kände inte till gruppens avsikter, men han hade läst allt för många konspirationsteorier om hur stora företag och regeringar medvetet hållit tillbaka ett botemedel mot cancer för att visa sin fulla tillit till dem. Ponera ett botemedel mot alla slags sjukdomar och hur gärna regeringar skulle vilja lägga sina händer på det. Eller så skulle de behålla botemedlet för dem själva och endast ge det till de i gruppen som blev sjuka. Och hur stor var deras grupp egentligen? I rummet kunde Mikail räkna till tjugotre individer, Finneas och tjänstefolket exkluderat. Dessa tankar och många fler for runt i hans huvud samtidigt som han övervägde Lazarus krav. Han förstod att han inte skulle komma därifrån utan att ge med sig, men möjligheten att köpslå för att få någonting extra i gengäld fanns fortfarande där.

-Vad får jag i utbyte?

-Dels låter vi dig leva, svarade Lazarus och log sitt breda leende. Mikail kunde inte låta bli att rycka till och hans ansikte gick från vit till vitare i färg.

-Och dels kommer du att ha en faktisk chans att slutföra din forskning. Vi vet att ni saknar både pengar såväl som testpersoner. Med oss är ni garanterade bägge delarna.

Han kände Lazarus blick fastspänd i honom. Det var sällan Mikail hade funnit det svårt att hålla ögonkontakt med en person, men med Lazarus var det näst intill omöjligt. Hans svarta pupiller grävde sig djupt i hans själ, och för en sekund tyckte han sig höra Lazarus röst inuti sitt eget huvud. Mikail började ifrågasätta om det hade varit någonting annat än alkohol i hans kopp.

-Hur mycket framsteg har ni gjort det senaste året? Om du är helt ärlig med dig själv, och med mig. Varken experimenten med Markus eller med råttorna har givit några signifikanta framsteg. Har ni verkligen ett mer verksamt ämne nu än när ni först började? Lisa berättade för mig att du inte har spenderat särskilt mycket tid i ert laboratorium den senaste tiden, sa han och gestikulerade mot sin dotter.

Mikail tittade på Lisa igen. Hon satt tyst kvar i samma position med blicken nedåt mot sina vita lår. Lögner och svek var inte någonting han hade hanterat bra tidigare i sitt liv. Särskilt lögner som påverkade de han höll kärt. Men han behövde motvilligt erkänna för sig själv att Lazarus hade en poäng. I denna takt skulle deras botemedel aldrig bli färdigt, särskilt inte om det fanns individer som visste vad de höll på med. Om Lazarus grupp hade all denna information var det omöjligt att säga vilken information andra, liknande grupper, med samma motivation hade. Kanske skulle han se på detta som en räddning snarare än ett hot. Så vitt han visste var Lazarus en god man som ville sprida botemedlet till de mest utsatta i samhället. Han hade inget alternativ, han var tvungen att gå med på avtalet.

-Låt gå, men jag arbetar ensam. Och ni diskuterar endast detta med mig. För Roberto existerar ni inte, förstått? Jag kommer att berätta vad som har hänt för honom, när jag själv känner för det, men längre än så kommer hans vetskap om er inte att sträcka sig.

Lazarus klappade belåtet med händerna. En kort stund senare anslöt sig de tjugotre andra individerna i rummet till dem med ett långdraget, gemensamt klappande.

-Vi har en överenskommelse! utropade Lazarus och log. Hans leende var brett och hans vita tänder sken i samma nyans som hans hår. Den här gången omfamnade han inte Mikail, men sträckte istället fram sin hand. Han tog ett motvilligt tag i den och förseglade deras avtal. Medan de två männen skakade hand reste sig Lisa och sprang hastigt ut ur rummet.

-Bry dig inte om henne. Hon har alltid hyst agg mot sin far. Hon var likadan mot sin mor när hon levde. Jag vet att hon alltid ångrat sitt beteende mot sin mor, likväl som hon kommer ångra sitt beteende mot mig när jag är död och begravd.

-Vad hände med hennes mamma? frågade Mikail, obrydd över att frågan skulle kunna förolämpa sin nyblivna chef. Han hade trots allt hotat hans liv och mer eller mindre snott hans livsverk för några sekunder sedan. Turligt nog verkade Lazarus obrydd över den personliga frågan och svarade istället:

-Det började som spasmer när Lisa var liten. Efter ett par månader övergick spasmerna i huvudvärk och humörsvängar. På hennes trettiosexårsdag fann de en tumör i hjärnan, hon fick en månad kvar att leva. En vecka senare fann jag henne i samma badkar som finns i badrummet på ovanvåningen, handlederna uppskurna och tömda på blod. Ingen lapp, inga ord, ingenting. Du ser, vi har många mäktiga personer i vår grupp, men ingen av dem kan bota döden. Den kommer för oss alla. Lisa har alltid klandrat mig för hennes mammas död, det vet jag. Hon har sett mig bryta bröd med världsledande inom både den offentliga och privata sektorn. Vår grupp har ändrat världsekonomin och skjutit fram världen flera år inom ingenjörsteknik och medicinska framsteg. Men ingenting av det spelade roll när det gällde hennes mammas liv. Då var det otänkbart. Men med dig, min son, har vi en chans. Vi kan stoppa det, tillsammans. Tänk, ingen liten flicka kommer någonsin att förlora sin mamma igen. Ingen kommer att förlora sin partner i sjukdom. Och ingen kommer att förlora sina föräldrar.

Lazarus stannade upp och iakttog Mikails reaktion. Hans hårda ansikte visade inga yttre tecken på att ha mjuknat, men inombords var han smält. En värld där hans föräldrar och Sara levde. Det var en värld han ville leva i. Han skulle göra sitt yttersta för att skapa den.

-Du har mig till ditt förfogande. Hur börjar jag? frågade han nyfiket, ivrig och exalterad att fortsätta sitt botemedel med en större sannolikhet att lyckas än tidigare.

-Det är simpelt, min son. Inom kort kommer en svart Mercedes att plocka upp dig och Lisa för att köra er hemåt igen. Med er i bilen har ni ett företagskort. Lisa får vara ansvarig för era inköp. Jag litar på att hon är försiktig, oavsett sina känslor för mig och vad vi gör. Jag vill ha snabba resultat, oavsett kostnaden, ekonomisk såväl som fysisk. Om en veckas tid kommer Finneas att lämna av en man vars tjänster vi har betalat för. Han är den första mänskliga försökspersonen. Tja, den andra, efter Markus, sa Lazarus och log.

Mikail tog ett steg bakåt. Det var för tidigt för att påbörja nya försök på människor. Hade detta varit ett år sedan hade han hoppat på tillfället, likt en tiger hoppar på en gasell. Nu fann han sig i en situation där han förstod Robertos invändningar till det mänskliga försöket de gjort med mannen. Han ville inte ens kalla honom för Markus, oavsett om det var mannens korrekta namn eller inte. Såret var för färskt, och insikten om vad han hade gjort hade börjat krypa sig på honom alltmer på sistone. Att höra hans namn var som att hälla salt i såret.

-Det är för kort tid, låt mig testa på råttor, eller på schimpanser. Vi behöver mer tid, det kommer inte att gå. Det är för riskfyllt, vädjade Mikail.

-Min son, det är ingen risk. Den man vi skickar har en stor familj. De kommer att bli omhändertagna ekonomiskt för resten av deras liv, oavsett vilken utkomst experimentet har, svarade Lazarus med en röst som var så pass lugn att Mikail blev skräckslagen över hans tydliga likgiltighet över mänskliga liv.

-Och om jag misslyckas, vad då? Vi betalar familjen och testar en ny formel på nästa försöksperson?

-Exakt.

Lazarus tittade stoiskt på honom. Hans likgiltighet inför personens öde trumfade Mikails tidigare likgiltighet inför det öde som fallit på den nu döde mannen.

-Du har en deadline. Människoliv står på spel. De få som offrar sina liv i sökandet efter det gör en värdig uppoffring.

Lazarus gestikulerade med en viftande hand till Finneas. Den gamla butlern gick fram till Mikail.

- Den här vägen till er bil, min herre, sa Finneas och gestikulerade med hela sin arm mot dörren de hade kommit in i rummet genom.

Han öppnade dörren och ledde dem ut ur rummet. När han tog en sista blick bakåt såg han Lazarus sittandes på sin stol vid det ovala bordet med en iskall blick, fortfarande fäst vid Mikail. Han tittade runt i rummet och såg att det dova småpratet hade tystnat. Alla ögon var på honom, och ingen såg längre glad ut. Det brusande festande ljudet som hade fyllt rummet hade istället blivit utbytt mot en tystnad som var oumbärlig. Till hans stora lättnad stängdes dörren och Finneas förde honom till ytterdörren där Lisa stod och väntade med rinnande mascara ned för sina vita kinder.

-Förlåt, jag.. bara förlåt. Det började som ett jobb, men sen...

Lisa kippade efter andan samtidigt som hon försökte formulera en mening som skulle rentvå henne från hans misstankar.

-Du behöver inte förklara dig, sa han kort, osäker på om han själv menade vad han sa.

-Det är inte som du tror, jag såg dig och.. Jag ville vara med dig, inte för jobbet.. för att.., fick hon ur sig genom gråten.

Mikail svarade inte. Istället bemötte han henne med en öronbedövande tystnad. Det som främst sårade honom var inte att hennes pappa tog över hans experiment, det kunde han leva med. Nej, det var deras förhållande som hade sårat honom. Medan han oroade sig för att förlora henne i framtiden hade hon spelat honom som en schackpjäs, alltid ett drag närmare kungen. Nu var han i schack matt, och känslan var olidlig.

Bilresan hem spenderades i fortsatt tystnad, bortsett från Lisas snörvlande och hennes hämmade gråt. De stannade utanför brödernas laboratorium.

-Vi bor inte här, sa Mikail förvånat. Han hade trott att Finneas skulle köra hem dem. De hade trots allt en hel del att diskutera efter den dag de precis haft.

-Det här är ert hem framöver, min herre. Varsågoda, sa Finneas och låste upp bildörrarna. Mikail såg på honom att det inte skulle löna sig att argumentera. Den gamla butlern steg ut ur bilen från förarsätet och öppnade passagerardörrarna. När Lisa steg ut såg

Mikail hur hon fick ett svart kort i handen. Företagskortet. Tryckt i vitt guld på ena sidan av kortet stod ett nummer. Det var alldeles för kort för att vara ett kortnummer. Det såg ut som ett telefonnummer, men riktkoden var inte till någonstans han kände igen. På den andra sidan av kortet, i samma vita och guldiga typsnitt stod det prydligt "D.R", och under det i typsnittet mindre, *"Hic Finis"*. När Finneas var på väg till förarsidan ropade Mikail efter honom.

-Vad betyder det? Alla dessa förkortningar, det som ser ut att vara latin, allt detta hemlighetsmakeri, vad tjänar det egentligen till? frågade han, trött på att alltid ha fler frågor än svar.

Finneas log, för första gången sedan han hade sett Lisa, tidigare samma dag.

-"*Hic Finis. Slutet är här.*". Det är vårt motto. Det har varit med oss sedan vår grupp startades. Det är för att påminna oss om vad vi möter och varför vi är nödvändiga. Apropå latinet föll det naturligt ty det var språket som talades vid gruppens födelse, sa han och stängde igen sin dörr.

Mikail kunde inte minnas vad de hade sagt på historieklasserna. När talades senast latin? Han kände endast till det som ett utdött språk, sällan talat i samhällen.

-Vänta! ropade han så högt att Finneas skulle höra honom inuti bilen. Han rullade ned bilens fönster och svarade med samma gamla krokiga röst han mottagit dem med i huset.

-Ja, min herre?

-Ert signum, D.R, vad betyder det? Mer latin?

Finneas flinade och skakade på sitt beniga ansikte.

-"*Domedagens Räddare*". Simpelt, erkänner jag. Men ack, en väl passande symbol för vad vår grupp har åstadkommit, sa han och skakade på huvudet. Den svarta bilens fönster stängdes och han körde snabbt iväg. Kvar stod Mikail med en häpen blick i ansiktet. Lisa tog tag i hans arm. När han tittade bakåt mot henne hade tårarna förvandlats till ett påfrestat leende. Hon nickade mot lokalen, och han följde efter henne som i en trans. Han visste inte mycket just nu, men han visste att han behövde berätta allt för sin bror, oavsett löfte till Lazarus. Det var dags för Roberto att hjälpa honom ur knipan för en gångs skull. Först, ett par timmar arbete. Det var dags att fortsätta på botemedlet.

Kapitel 12, En broder sviker en aldrig, år 2018

Det var lyckosamt att han fortfarande satt ned i sin säng när Mikail och Lisa väckte honom från sin sömn. Han rufsade till sitt nyvakna hår medan hans bror berättade om Lazarus och hans grupp. Han utelämnade informationen om Lisas initiala lögn. Roberto behövde inte veta någonting om det. Roberto var inte särskilt entusiastisk när Mikail hade berättat om hotet och övertagandet av botemedlet, men å andra sidan visste han att deras framsteg var icke existerande. En färsk start kanske var precis vad hans bror behövde, resonerade Roberto. Lisa stod bakom Mikail medan han berättade allting. Han märkte att någonting var annorlunda mellan dem. Det kärleksfulla par som inte kunde hålla händerna borta från varandra hade slagit upp en osynlig vägg mellan dem. Lisa log, men längs hennes kinder kunde han se svarta streck från utsmetad mascara. Hennes ögonlock var röda och svullna. Hennes läppar var torra och sönderbitna. Hon hade gråtit. Hans tankar på broderns förhållande försvann lika fort som de kommit när Mikail plötsligt hade berättat att de inte längre behövde arbeta för Lukas i köttbutiken. Med deras nya chef hade de fått tillgång till de pengar som bedöms nödvändiga för att driva forskningen vidare. Det inkluderade såväl mat som husrum. Han var överlycklig av nyheten. Han hade hållit uppe skenet för att inte ge Mikail dåligt samvete, men det utökade arbetsschemat hade tagit hårt på honom. Doften av frihet var ljuvlig, och bäst av allt - den stank inte kött.

Exakt en vecka senare anlände Finneas i en nattsvart limousine till brödernas lokal. Roberto visste inte vad han förväntade sig när Mikail berättat om det mänskliga experiment de skulle genomföra denna dag. Medlet var i princip oförändrat sedan deras förra fiasko och han såg inte vitsen i att slösa på ännu ett människoliv. Men order var order och han förstod att den organisation de var inblandade med inte hade godtagit nej som ett svar, och han fick därför finna sig i vad som än skulle komma att ske. Sidodörren på Finneas svarta limousine öppnades och ut steg en man som inte kunde vara äldre än de själva. Hans svarta hår var kortklippt, nästintill snaggat. Hans ansikte var urgröpt och benigt, och det var omöjligt att inte se en liknelse mellan den okända mannen och Finneas. Mannen var längre än de båda bröderna men med en mycket smalare och mer undernärd figur. De kunde ana hans armar under den tjocktröja han bar, och av allt att döma fanns det inte mycket som doldes där under. Att se honom och Finneas bredvid varandra var som att se en fader och en son tillsammans, om både fadern och sonen var undernärda.

-Er kanin, mina herrar, sa Finneas leende och stängde igen bildörren efter mannen.

Den gamla butlern åkte iväg lika hastigt som han hade kommit dit. För Roberto kvarstod en hel del frågetecken, men från vad Mikail hade berättat om Finneas var han inte en person som skulle kunna ge honom de svar han var ute efter. I röken av limousinen, kvar på gatan, stod den sjuka mannen framför de två bröderna. Roberto hade förväntat sig en mycket äldre person, någon som inte hade mycket liv kvar att offra. Till utseendet verkade det dock som att mannen framför honom hade lika lite tid kvar som den tidigare försökspersonen de hade. För att bryta den pinsamma tystnaden sträckte han fram handen och skakade mannens hand. Handen var benig och ömtålig. Att skaka hand med den okända mannen var som att hålla i en försvagad labbråtta. Roberto fick hålla tillbaka sin styrka för att inte känna som att han krossade varje ben i den okända mannens hand.

-Roberto.

Mikail tog efter sin bror och sträckte fram sin hand, även han påverkad av den obekväma och pinsamma situationen.

-Mikail.

-Gustav.

Hans svaga figur till trots basunerade han ut sitt namn med en röst bäst passande en tenor. Att höra mannens namn var ett beslut de två bröderna hade tagit tillsammans, tidigare i veckan. De resonerade att mannen troligtvis inte skulle överleva deras experiment, och om han skulle överleva så skulle Lazarus organisation säkerligen få honom att försvinna från jordens yta. Det kändes bättre för de båda bröderna att åtminstone låta mannens namn leva kvar hos dem. Det var det minsta de kunde göra för hans osjälviska uppoffring.

Mikail ville inte dröja sig kvar för länge ute vid asfalten och visade Gustav in i lokalen. Den här gången skulle han vara ansvarig för allting, och Roberto förde endast anteckningar. Lisa hade blivit ombedd att vara en tyst observatör, och hon satt väntandes på dem när de gick in i lokalen. Roberto hade sina aningar att det var en direkt order från hennes pappa, och insåg att det inte var lönt att protestera mot hennes närvaro.

Den här gången var bröderna mer självsäkra i sin roll som amatörläkare. Mikail instruerade Gustav att lägga sig ned på britsen. Hans långa och beniga figur gjorde det svårt för honom att ligga raklång, och hans fötter svävade i luften, upplyfta av ett par svaga smalben som såg ut att kunna brytas på mitten närsomhelst. Utan mycket om och men gick Mikail fram till honom och injicerade en spruta fylld med deras medel i det tunna låret. Utan att bli tillfrågad började Gustav prata medan Mikail drog ut sprutan.

-Muskulär Dystrofi. En aggressiv sort. Medicinerna biter inte längre. De har gett mig ett par månader, i bästa fall, sa han tröttsamt. Den tidigare mystiska och sammanbitna mannens ögon fylldes med tårar innan han fortsatte att få ur sig de besvärade orden.

-Jag fick diagnosen på min sextonårsdag. Så mycket liv att leva. Så mycket som jag aldrig har gjort. Jag har aldrig kysst en tjej. Kört bil. Dansat. Följt min passion. Inte för att jag haft någon sådan, men det skulle ha varit trevligt att leva ett par år till.

Gustav log medan tårarna droppade ned för hans kinder.

-Kanske var det för det bättre så här, att just jag fick den här skiten. Hellre jag än någon med ett liv att förlora. Ingen familj har jag någonsin haft. Fosterhem efter fosterhem. En månad här, en månad där. Till sist fick jag nog, bodde på härbärgen och gatan. Hellre ensam av eget val än ensam av olycka hos en familj som bara är ute efter barnbidraget, sa han och torkade bort tårarna med sin svaga hand.

Varken Roberto eller Mikail kunde dölja sin chock över vad Gustav precis hade berättat. Lisa ursäktade sig med ett högljutt snyftande. Hennes liv hade inte varit kantat av samma förluster som de tre männen genomlidit, och hon kände sig malplacerad. Efter några minuter kom hon tillbaka in i rummet, hennes ögon röda av sorg.

Nog för att Gustav såg ung ut, men sexton år var yngre än någon av dem hade föreställt sig. Robertos tankar svävade iväg. Under andra omständigheter kunde deras roller vara ombytta. Han hade alltid anat att hans liv hade sett drastiskt annorlunda ut om han inte hade träffat Mikail. Gustav hade inte haft någon Mikail. Ingen Sara. Ingen Gregor. Hade Gustav fått veta att bröderna hade varit fosterbarn hade hans avundsjuka säkerligen vuxit. Bröderna utbytte en blick av förståelse. Deras förflutna var ingenting deras försökskanin behövde känna till. Robertos andra chock för dagen var att hans motivation till att färdigställa deras medel hade ökat markant sedan de mötte Gustav. En tragisk situation, såklart, men en situation som fick honom att inse hur mycket de behövdes, han och Mikail.

Plötsligt, bara enstaka minuter efter den första injektionen, just när han var färdig med att berätta om sin barndom, föll Gustav ihop i en hög av spasmer. Mellan Lisas skrik och Mikails order om att hålla fast honom fanns det inget utrymme för Roberto att tänka själv. Han lydde mekaniskt de order han hade fått, till ingen hjälp. Spasmerna avtog och Gustavs kropp var plötsligt stilla, likaså var hans andning och hans hjärta. Fjorton minuter efter att Finneas släppt av Gustav hos dem var han död.

-Ring honom, sa Mikail med en lugn och låg röst till Lisa, som vid det här laget hade lugnat ned sin hysteri. Utan att han hade behövt vara särskilt specifik i sina ord förstod både Roberto och Lisa att Mikail hade syftat på Finneas. Någon behövde komma och hämta liket. Det var alldeles för riskabelt för bröderna att själva göra sig av med det. Finneas, halvvägs på väg tillbaka hem, hade fått vända tillbaka. Bröderna öppnade dörren till deras lokal, släpandes på Gustavs kropp, inlindad i en tung persisk matta, och bar in den i den öppna bakluckan på den svarta limousinen. Finneas bemödade sig inte ens att gå ut ur bilen. Limousinens baklucka öppnades och stängdes med trycket av en knapp positionerad vid förarsidan. När bakluckan precis klickat igen försvann butlern iväg, lika fort och plötsligt som han hade dykt upp. Kvar på trottoaren stod de två bröderna och Lisa, lika chockade som de var förvirrade. De hade fler frågor än någonsin, och svaret på varför Gustav hade kollapsat så fort som han hade gjort skulle de inte få på en mycket lång tid. Roberto som inte hade träffat Lazarus anade att han skulle vara mycket missnöjd med det fiasko de nyss genomgått. En man som så lättvindigt kunde införskaffa en person att experimentera på skulle säkerligen inte se med blida ögon på deras misslyckande.

Nästkommande månader tillbringade de två bröderna i deras laboratorium. Mikail med näsan i sina böcker, på jakt efter någonting han kunde ha missat med deras senaste version av botemedlet. De hade fått tillgång till så många labbråttor och mänskliga försökspersoner de önskade, och det var Robertos uppgift att injicera det botemedel de hittills hade i så många testobjekt som möjligt. Efter misslyckandet med den första, eller tekniskt sett den andra testpersonen, hade bröderna meddelat Lazarus att de hade bättre chanser om de testade medlet på råttor framöver. Han hade först varit motvillig till att avbryta de mänskliga experimenten vid det här laget, men efter att de lovat honom att kontinuerligt testa medlet på labbråttorna och meddela honom så fort de var redo för mänskliga försök igen, blev han mer medgörlig. Förhoppningen som de hade var att någon av råttorna skulle reagera annorlunda på botemedlet än vad dess kamrater gjorde. Roberto förstod inte varför någon av råttorna skulle ha en annan reaktion på samma exakta botemedel. Enligt honom var de dömda till att förevigt misslyckas, om de inte ändrade någonting, och det illa kvickt. Han släppte ut ett dämpat fnissande när han kom att tänka på någonting han en gång hört på deras fysiklektioner, *"Definitionen av galenskap är att göra samma sak om och om igen och förvänta sig annorlunda resultat."*. Vid den tidpunkten hade han inte förstått vad som kunde förmå en människa till att upprepa samma misstag om och om igen, men svaret på den frågan började uppenbara sig för honom. Kanske var de galna. Det var trots allt ett orimligt uppdrag de hade blivit tilldelade, botemedlet hade samma fatala effekt på alla råttor de testade det på. Men det var ordern från Lazarus, förmedlad via Finneas i form av ett telefonsamtal till Lisa. Ännu hade han inte haft nöjet att träffa deras välbärgade och hemlighetsfulla nya chef. De var under ständig stress att hålla deras strikta deadline. Botemedlet skulle vara färdigställt och säkert för mänskliga injektioner i början av år 2020. De hade mindre än två år på sig, och med mindre framsteg än någonsin svettades Roberto av tanken på att behöva vara färdig med botemedlet vid den tiden.

Ännu hade någon order om massproduktion inte diskuterats, men både Roberto och Mikail anade att det skulle dyka upp förr eller senare.

Relationen mellan Lisa och Mikail hade varit frostig till en början när de kom tillbaka från hennes pappa. Roberto anade att det var mer under ytan som brodern inte ville berätta för honom. De som alltid hade delat allting med varandra. Tids nog tinade kärleksparets relation upp och de var snart tillbaka till den smekmånadsfas de först haft, med den enda skillnaden att de numera spenderade varje vaken minut med att färdigställa botemedlet. Lisa hade det enkelt för kemi och hade snabbt snappat upp den lärdom Mikail försökt förmedla till henne. Det var utmärkt för honom att ha en till person i lokalen, det tog bort en stor del av den press Roberto hade känt inför att ensam hjälpa sin bror. Han visste det inte ännu, men han skulle snart behöva hjälpa sin bror mycket mer än någonsin tidigare.

Kapitel 13: Skenet bedrar, år 2020

Lazarus hörde av sig till Lisa med jämna mellanrum. Ibland bad han att få tala med Mikail, aldrig Roberto, men ibland nöjde han sig med att skrika på sin dotter. Roberto hade fortfarande inte pratat med deras chef, men efter att ha stått bredvid och hört hur broderns telefonsamtal gick tillväga var han tacksam för att han inte blivit efterfrågad. Till viss del förstod han Lazarus. De närmade sig sin deadline. De gjorde små framsteg, det gjorde dem. Men det var inte mycket att tala om. Fler mänskliga försök hade det inte blivit, vilket Roberto fann märkligt. Med den enkelhet de hade införskaffat det första mänskliga försöksobjektet tvivlade han inte på att fler skulle komma. Kanske hade deras första människoförsök varit ett för stort fiasko och även en man som Lazarus insåg att det skulle vara slöseri med människor att testa medlet på fler mänskliga objekt just nu.

Under den tid sedan de började arbeta för Lazarus hade botemedlet blivit mer potent. I enstaka råttor visade det sig att botemedlet hade utplånat elakartade cancerceller, tumörer och även diverse virus. Deras största bedrift var en råtta som led av långt gången skelettcancer. Bara timmar efter att ha injicerats med en stor dos av botemedlet hade råttans skelett visat sig cancerfritt och kvar återstod inte en enda millimeter av cancertumör. Ett problem kvarstod dock, denna råtta, och ingen övrig råtta, hade hittills klarat sig längre än tio timmar efter första injektionen.

Det hade börjat som en hosta. Roberto vaknade ofta på natten av Lisas kontinuerliga hostande. Ibland tyckte han att det lät som om hennes lungor var på väg upp ur strupen, och att de behövde passera ett rakblad för att ta sig ur dem. Det var outhärdligt, både för honom och för Lisa. Dagarna gick och hon visade inga tecken på att bli bättre. Trots att de inte var personer som gärna visade sig utomhus, eller bland folk för den delen, förstod alla tre att Lisa behövde medicinsk vård. Läkare efter läkare gav samma svar. Halstabletter, värktabletter, vatten och vila. Ingenting hjälpte. Dagarna blev till veckor och hostan bestod. Den fjärde veckan av hennes hosta märkte Roberto att hennes näsduk som hon täckte munnen med var färgad av små röda prickar. Blod. Mikail som var i lokalen och arbetade hade säkerligen förstått att någonting inte stod rätt till, men vid det här beskedet från sin broder tappade han det, på sätt och vis. Han varken skrek, svor eller greps av panik. Istället reste han sig från sin slitna kontorsstol, drog handen genom det oskötta och vildvuxna håret, och begav sig hem till Lisa. Roberto brottades med valet att ge dem utrymme eller finnas där, både för Lisa och för hans bror. Mest för hans bror, om han var ärlig med sig själv.

Allteftersom att Lisas symptom blev värre och de onödiga läkarbesöken ökade så minskade Mikails närvaro vid hennes sida. Det var inte längre han som ackompanjerade henne till möten, eller han som var redo att ta hand om henne när hon hade en svacka i sin sjukdom. Nej, all hans vakna tid spenderade han på sitt botemedel. Aldrig förr hade Roberto sett sin bror arbeta så hårt på någonting. Det var både imponerande och skrämmande. Han visste att Lisas tid på den här jorden kunde vara räknad och det var en tanke som han var livrädd för. Döden av deras andra föräldrar hade lett Mikail till tankarna på detta förbannade botemedel. Vem vet vad som skulle komma av Lisas död? Han gick händelserna i förväg. Ännu var hon vid liv, och Roberto var fast besluten, likt sin bror, att hålla henne vid liv. Han skulle behöva göra ett telefonsamtal som de andra i trion skulle förakta honom för. Det brydde han sig inte om. Förlorade de Lisa förlorade han sin bror, så mycket visste han.

En kväll när Lisa sov, proppfylld med diverse mediciner och sömnmedel från läkare som visste lika lite om det som plågade henne som han själv gjorde, smet han in i hennes och Mikails rum. Hans bror var i lokalen och arbetade som vanligt. Roberto tog av sig sina skor, och iklädd endast strumpor, för att minska risken för onödiga ljud som kunde väcka henne, smög han in i Lisas rum. I efterhand insåg han det onödiga i hans smygande. Det hade krävts en orkester för att väcka henne efter den dubbla dos av sömnmedel som han, med en vänlig baktanke, uppmanat henne att ta med sitt te. Lisas väska stod öppen vid nattduksbordet och i den låg hennes mobil. Inget lösenord - bra. Han öppnade mobilen, gick till kontaktlistan och letade under bokstaven L efter Lazarus. Inga kontakter funna. Han scrollade vidare. På P, för pappa, fann han numret. I en liten fotnot under numret kunde han läsa "Endast för akuta fall". Det här ville han klassa som ett akut fall. Han tog med sig hennes mobil ut ur rummet. Den första tanken han hade var att ringa till Lazarus via sin egen mobil med det nummer han hittat. Han kom sedan på att risken var stor för att deras hemlighetsfulla chef inte skulle svara på ett okänt nummer. Han använde sig därför av Lisas mobil och slog in det tiosiffriga numret. Signalerna gick fram. Beep… Beep… Beep… Beep…
Efter den fjärde signalen hörde han ett klick.

-Lisa? hördes en karismatisk röst svara på andra sidan luren. Roberto hade inte förväntat sig att Lazarus röst skulle låta som den gjorde. Ett enda ord hade räckt för att hans pondus skulle skina igenom telefonen. Han rös till innan han insåg att flera sekunder hade gått utan att ha gett ett svar till vem det var som ringde. Roberto svor för sig själv. Han borde ha förberett sig bättre på vad han skulle säga till hennes pappa. Utan att presentera sig eller ge någon längre förklaring, fick han till sist ut hans rop på hjälp.

-Det är Lisa, hon.. Hon är sjuk. Vi behöver hjälp, var allt som Roberto fick ur sig till deras mystiska chef.

Tystnaden på den andra änden av samtalet fortsatte. Vad som kändes som en evighet, men egentligen inte hade varit mer än tio sekunder, svarade samma röst, med ett djupt allvar och en känslokall stämma.

-Vi kommer, svarade han kort.

Klick. Samtalet bröts. Roberto var nervös, men lättad. Om det Mikail berättat, att Lazarus var en man med oändligt kapital och resurser, stämde, så skulle han vara deras bästa chans för att bota sin egen dotter från denna sjukdom.

Det tog inte mer än tjugo minuter innan ljudet av bildäck, som bromsade hårt och lämnade efter sig svarta märken på gatan, hördes. Ett fåtal sekunder hann passera innan han hörde två hårda knackningar på deras ytterdörr. Knackningarna var hårda och hetsiga, och upphörde inte förrän han öppnade dörren. I samma ögonblick som Roberto hade tagit av låskedjan slogs dörren upp och två storväxta gorillaliknande män trängde sig förbi honom genom dörröppningen. Att försöka hindra dem från att ta sig in i lägenheten hade varit en omöjlighet för vem som helst. Bakom de två stora männen stod en man med långt vitt hår. Han var märkbart mer exklusivt klädd än de andra i hans sällskap. Det måste vara Lazarus, antog Roberto korrekt.

-Var är hon? frågade Lazarus. Hans röst var höjd och lät mer stressad än över telefonen. Med hastiga steg klev han över tröskeln till brödernas lägenhet. Innan Roberto hann svara hördes ett rop från den ena gorillan.

-Hon är i sovrummet till vänster, mästare.

Roberto, fortfarande stum och överkörd i sitt eget hem, följde efter gruppen som för honom var främlingar. Lazarus var först in i sovrummet där Lisa äntligen hade slagit upp ögonen till följd av den höjda ljudnivån i lägenheten.

-Pappa? frågade Lisa förvirrat med en röst som var svag och bräcklig.

-Jag är här nu, min eldfluga, oroa dig inte, sa han lugnande.

-Hur visste..?

Hennes förvåning var kortlivad. Hon slängde en snabb blick på Roberto och sin mobil som låg vid nattduksbordet. *"Förlåt"* mimade han ljudlöst åt hennes håll. Han visste inte vad hon kände, men i hennes ögon tyckte han sig se en förnimmelse av förståelse för hans val att ringa Lazarus.

-Vi ska få dig ut härifrån. Bär henne, röt han åt gorillorna i hans följetong och gestikulerade att de skulle bära upp henne. Med starka armar bar den ena, mer storväxta mannen, enkelt upp henne i sin famn. Den senaste tidens sjukdom hade lett till att hennes redan smala kropp blivit ännu mer mager. När hennes tröja åkte upp kunde han tydligt se revbenen bukta ut genom den tunna huden. Med Lisa i famnen begav sig gruppen ut genom ytterdörren, Roberto tätt bakom. När de kom ut på gatan skedde någonting som förvirrade Roberto. Istället för att ta med sin dotter till en av hans förmodade stjärnläkare som borde vara till största hjälp för henne, tog Lazarus med henne till lokalen där Mikail befann sig. Utan att knacka låste Roberto upp den tjocka dörren som skilde deras laboratorium från den yttre världen. De fann

Mikail på hans vanliga plats, med huvudet sänkt ned i böckerna. Trampandet med fler fötter än Robertos måste ha väckt honom från hans trans. Han tittade upp och blev förskräckt av den ovanliga synen. Buren av två gigantiska män med svarta glasögon, rakat huvud och illasittande kostymer var hans älskade Lisa. I jakten på att bota världen och möta sin deadline hade han försummat tiden med henne på sistone, det visste han. Han försökte övertala sig att det var för hennes skull han ville färdigställa botemedlet, men det lindrade sällan hans samvete över att inte spendera tillräcklig tid med henne medan hon mådde som värst. Hon hade än en gång fallit i sömn i gorillans famn. När hennes lealösa kropp blev buren såg hon ut att vara lika svag och hjälplös som en fågelunge som ramlat ur sitt bo.

- Lisa! skrek Mikail ut i chock och ställde sig upp snabbt. Han sprang fram till gruppen tills han fick syn på Lazarus vita, långa hår, som tittade fram bakom den ena enorma mannen.

-Mikail, sa Lazarus och log med samma nöjda leende han hade haft när han hade hotat honom den första och enda gången de setts. Roberto såg på sin bror att åsynen av deras mäktiga chef hade skakat honom. Hans vanligtvis orubbliga och orädda bror. En kort stunds tystnad uppstod tills Mikail slutligen fick ur sig de enda ord som kändes rimliga i denna stund.

-Vad har hänt?

Lazarus log. Ett märkligt beteende från en märklig man med en döende dotter, tänkte Roberto.

-Livet, min kära son. Jag trodde att jag underströk hur viktigt det var att du mötte din deadline. Och jag hör från säkra kanaler att ditt arbete inte har gått fram i den takt vi önskat. Jag visste att det var ett misstag att inte tvinga dig till fler mänskliga experiment. Min medkänsla för min dotter gjorde mig svag. Men inte mer, mänskligt liv är ingenting i den stora bilden.

-Vad har du gjort? frågade han uppgivet. Hans röst skakade. Roberto hade aldrig sett honom såhär, vilket gjorde honom rädd. Mer rädd för sin brors skull än han någonsin varit.

-Hur tror du att pyramiderna byggdes? Den mobil som din broder ringde mig från? frågade Lazarus utan att förvänta sig ett svar.

Mikail tittade frågande på Roberto som var full av skam och vågade inte möta sin brors blick.

-Uppoffringar, min kära son. Domedagen kommer när uppoffringar slutar att ske. Och du har varit besparad från uppoffringar alltför länge nu.

Lazarus leende försvann och hans blick blev plötsligt mer allvarlig. Nu tvingades bröderna att titta på varandra. De tänkte båda två samma sak, men ingen av dem vågade säga det högt.

Gorillan som bar på Lisa gick över till den vita britsen och lade försiktigt ned henne. Hon var i en fortsatt blandning av sömn och koma, och Mikail var glad att hon slapp höra deras konversation.

-Ni behöver en striktare deadline. Här har ni den.

Både Mikail och Roberto var i ett chockliknande tillstånd och det skulle dröja tills Lazarus hade lämnat dem innan de fick tillbaka deras talförmåga..

-Ni har till slutet av veckan att leverera resultat. Annars…, sa han med en kyla som ingen hade förväntat sig av Lisas pappa. Lazarus vände sig om och stegade långsamt ut genom dörren, efterföljd av sina gorillor. Bröderna stod stilla, förstenade. Det var inte förrän de hörde ljudet av en bil som körde iväg som Mikail föll till sina knän och sänkte huvudet mot marken. Roberto sprang fram till honom och märkte de blöta dropparna på golvet. Hans broder grät. Genom tårar och med en skakig röst fick Mikail till sist ur sig orden som Roberto hade anat en stund tidigare.

- Han.. Det är han som har gjort det här mot henne..

Kapitel 14: En obekväm sanning, år 2020

Lisa var fortfarande i en djup sömn. Endast minuter hade passerat sedan hennes pappa hade lämnat dem med vad för Mikail hade låtit som ett erkännande av hans roll i hennes nuvarande tillstånd. Roberto iakttog sin bror som, efter att ha varit framme och kysst henne, rusat tillbaka till sina böcker, frenetiskt letande efter just den rätta kemiska formeln som skulle kunna bota henne. Han svor högt över sitt försummade arbete. Roberto blev påmind om vad hans bror sagt när de testade botemedlet på mannen för två år sedan. *"Vad är egentligen ett människoliv värt när hela befolkningens framtida liv står på spel?"*. Det klingade ironiskt nu när Lisa var den personen vars liv stod på spel. Han kunde självfallet inte påpeka detta för sin bror, det skulle inte tjäna någonting till. Och motvilligt erkände även Roberto för sig själv att han hade kommit att älska Lisa på sistone. Det var inte lika mycket kärlek för henne som kärlek för hur hon fick hans bror att känna, men det var ändå någon typ av kärlek som fanns där. Det krävdes att hon på sin dödsbädd för att han skulle inse vad hon betydde för honom.

Roberto fick plötsligt en stark känsla av överflödighet. Vad tillförde han för nytta där? Trots att han snappat upp andrahandskunskap om kemi från Mikail var han knappast något geni inom fältet. Inte som sin bror. Han hittade ämnen som aldrig tidigare troddes ha passat ihop men som tillsammans gav de mest underbara reaktionerna. Han mindes tillbaka till de stunder när de först började experimentera med deras botemedel och Mikail hade visat upp alla olika slags lågor och rök i färgglada nyanser som sipprade ut från toppen av bägarna. Det var en lyckligare tid. En tid där Lazarus inte fanns för dem. En tid det bara var de två. Roberto ryckte till och väcktes plötsligt från sin dagdröm. Han såg sin bror sitta vid det bord de använt för att föra en loggbok över sitt experiment. Det var ingen färgglad rök som reste sig, inget leende på hans brors läppar, ingen glad musik som de glatt nynnade på tillsammans. Mikails panna var full av svett som droppade ned på bokens sidor, och blandat med tårarna som föll från hans ögon var bokens vita sidor snabbt oanvändbara. Plötsligt slog han ned sina händer hårt i bordet så att boken hoppade upp.

-Hur?! vrålade Mikail.

Roberto ryggade tillbaka vid smällen innan han började gå mot sin bror.

-Hur gjorde han?! Hon svor att hon inte hade träffat honom.

-Mikail..

Roberto ansträngde sig för att låta så tröstande och förstående som möjligt, men han var rädd att hans ton skulle tolkas som nedlåtande. Han ville inte riskera att hans bror fick reda på att det var han som hade kontaktat Lazarus. Inte nu. Han visste att Mikail inte skulle förstå.

-Jag visste det.. Jag visste det.. Jag sa det till henne innan hon blev sjuk. Vi skulle ha flytt härifrån, bara hon och jag. Långt borta någonstans där han aldrig skulle hitta oss.

Mikail pratade högt för sig själv och ignorerade den kontakt hans bror försökt få med honom. Roberto var sårad över att hans bror hade velat fly, och att detta var det första han hörde om det, men bestämde sig för att detta varken var rätt plats eller tid för att påbörja det samtalet.

-Men nej, *"Han är för mäktig"*, *"Han finns överallt"*, *"Han kommer alltid att hitta oss"*. Och se var det ledde oss. Helvete! skrek han och slog ned sina händer i bordet så hårt att Roberto såg en tunn spricka forma sig längs bordets hårda, plastiga yta. Han gick fram och la en hand på sin brors axel, och samma stund såg han honom bryta ihop i en pöl av sorg. Mikail hulkade och grät som bara ett litet barn kunde göra. Snoret rann och tårarna sprutade medan Roberto höll om honom, hårdare än han någonsin hade kramat sin bror förut. Han grät med honom, sorgsen över den kärlek han riskerade att förlora. Sorgsen över sin brors eviga missöden i livet. Han önskade att han kunde byta plats med sin bror, om än bara för en kort stund, så att han fick vila från den smärta han måste känna. Roberto kände Mikails starka händer på hans armar, och han reste sig upp för att möta sin brors omfamning. De två bröderna höll om varandra i vad som kunde vara en evighet eller tio minuter, det varken brydde eller visste det någonting om.

Plötsligt hördes en hostning. Lisa. Mikail rusade fram till henne. Hennes ögon var fortfarande stängda medan hon viskade någonting till Mikail som stod lutad över hennes svaga kropp där hon låg stilla på britsen. Roberto hörde inte vad hon hade viskat till hans bror, men det var måste ha varit någonting som fyllde honom med hopp. Plötsligt hade han fått tillbaka sin forna energi. Med bestämda steg gick Mikail tillbaka till sitt bord, fyllde upp en spruta med botemedlet, plockade upp en stor råtta från dess bur och injicerade den. Råttan var en del av den tidigare leveransen de hade fått, där varje råtta led av cancer. De var födda nära ett kärnkraftverk, hade mannen som förde dem dit förklarat för Roberto. Råttan pep när Mikail hårdhänt hade fört in sprutan i dess mage. Från Lazarus hade de fått tillgång till en röntgenmaskin. Tanken var troligen att den skulle användas på människor, men bröderna insåg tidigt att den fungerade lika väl på råttorna. Han band fast råttan på maskinens ovansida och förde den tillhörande metallarmen ovanför råttans mage. På armens undersida var det små paneler som var installerade. Det var det senaste teknologiska underverket inom röntgen och kunde inte ha varit billigt att införskaffa. Inom sekunder fick de en klar bild av råttans mage. En svart massa sågs tydligt vid sidan av råttans hjärta. Mikail reste sig upp och upprepade proceduren med nästa råtta. Spruta, injicera, röntga. Och sen nästa råtta.

-Vi röntgar dem varje timme. Vid minsta förbättring går vi vidare därifrån, sa Mikail seriöst.

Roberto tyckte sig se en glimt av den entusiastiska och hängivna broder han en gång hade känt. Han blev varm inombords, och han insåg först nu hur mycket han hade saknat den riktiga Mikail. Innan han injicerade nästa råtta gick han över till britsen där Lisa låg och lyfte upp henne. Trots att han inte var i sitt livs bästa form var det inte svårt att lyfta sin flickvän. Det var svårt att urskilja ett gram fett på hennes beniga kropp. Han flyttade med enkelhet över henne till röntgenmaskinen och förde maskinens arm över hela hennes kropp, från huvud till tå. Ingen cancer, inga tumörer. De kunde åtminstone utesluta det. Plötsligt sken Mikail upp.

-Ett virus, sa han hoppfullt.

-Vad sa du?

-Det är så han har gjort det. Ett virus. Lazarus kunde enkelt ha anlitat någon till att smitta Lisas mat, eller injicerat henne utan hennes vetskap när hon gått på stan. Det är enkelt att göra, och en tanke jag själv haft.

Roberto var en smula oroad över hans broders intention att i smyg injicera människor med ett dödligt virus, men även detta fick begravas långt bak i hans medvetande till ett annat, mer lämpligt tillfälle.

-Så vad säger du?

-Det jag säger, min älskade Roberto, är att virus kan botas. Ingen läkare har varit till hjälp, så vi kan utesluta vanliga virus. Nej, det här måste vara någonting som traditionell medicin inte kan bota. Han hade inte velat att hon blev frisk utan att vi behövde utveckla vårt botemedel.

I Mikails värld hade detta varit goda nyheter för dem att få. För Roberto var läget lika dystert som tidigare.

De följande timmarna svävade Lisa ut och in ur medvetande. Roberto fann sig tidigt i sin roll som omhändertagande vän till henne. Han hade satt ett dropp på henne så att hon inte skulle dö av uttorkning innan hon omkom av viruset. Han räknade till 46 råttor som Mikail injicerat och röntgat. 46 råttor, varav 46 fortfarande var beräknade att dö inom en snar framtid med en gigantisk svart massa av cancer i deras små ludna kroppar. Mikail ändrade hela tiden på den kemiska formel som hans botemedel bestod av. Han testade alla slags kombinationer han kunde komma på, logiska såväl som ologiska. Lazarus hade varit noga med att de hade en deadline att hålla, och de båda bröderna visste att Lisas tid snart var räknad, såvida Mikail inte lyckades med sin forskning.

-Hennes feber..

Roberto pratade tyst för att inte skrämma sin bror. Mikail vände sig halvt om med örat mot honom för att visa att han lyssnade.

-40.3 grader, hon brinner upp, fortsatte han.

De visste att hon inte hade lång tid kvar. Mikail vände sig tillbaka och sjönk ned med huvudet samtidigt som han förberedde nästa dos, denna gång med ett medel som förhoppningsvis skulle rädda råtta nummer 47. Nummer 47 hade en tumör på sin vänstra tass, och det behövdes ingen röntgen för att se hur allvarligt läget var. Roberto var imponerad att råttan ens kunde stå upp med den gigantiska bölden som växte på råttans tass. Plötsligt hände någonting som ingen av dem hade kunnat förvänta sig. Det dröjde inte mer än fem minuter innan tumören hade krympt till halva dess ursprungliga storlek. Roberto trodde inte sina ögon. Botemedlet fungerade. Han bytte en blick med sin bror. Deras blick var hoppfull, för första gången på länge. Deras fokus skiftade till råtta nummer 47. Mikail antecknade noga ned exakt den formeln som han hade använt till den dos han injicerade nummer 47 med. Tio minuter passerade med råttan under strikt bevakning. Tumören hade inte minskat mer än den initiala halveringen.

-Igen? frågade Mikail utan att släppa blicken från råttan. Bröderna hade fortfarande en starkare koppling än någon annan, och Roberto behövde inte ens fundera på vad hans bror menade. Han förberedde en till dos med samma medel och injicerade nummer 47 med det. De väntade med mer spänning än de någonsin hade haft i detta laboratorium. Denna gång tog det inte mer än två minuter innan de såg en märkbar förminskning av tumören. Den var praktiskt taget försvunnen. De visste att det var dags. I ett idealt läge hade de fortsatt med samma medel på flera råttor än nummer 47, men nu fick det bära eller brista. Lisas tid var räknad och de hade inte råd med halvmesyrer. Det som kunde bota en tumör kunde bota vilket virus som helst, resonerade de. Mikail replikerade formeln som hans bror hade skrivit ned till punkt och pricka och drog in det ljusblåa medlet i en spruta. Med en försiktighet som inte hade varit lämpad för råttorna förde han in nålen i hennes lår. Det var viktigt att medlet skulle börja verka fort om de skulle ha en chans. Bröderna väntade med andan i halsgropen.

-Tempen? frågade Mikail.

-39.7. Den går nedåt, svarade Roberto.

Kunde det vara sant? Hade de lyckats? Mikail förbannade sig själv över att de varit så nära lösningen hela tiden, samtidigt som en glädje fyllde hans hjärta över att inte behöva förlora ännu en person i hans liv. Bröderna iakttog Lisa leendes, samtidigt som hennes andning blev lättare och mindre ansträngd. När Mikail gick fram och kysste henne medan hon fortfarande sov kunde Roberto inte undgå att fnissa och tänka tillbaka på berättelsen om Törnrosa som Sara berättat för dem. Deras saga fick dock ett abrupt slut. Det var Roberto som först lade märke till råttan. Tumören på dess tass var borta, förvisso. Men på dess svans, mage och rygg växte stora, röda bölder. Istället för att ta bort tumören hade de spridit ut den i råttans kropp. De plågade pip som kom från dess mun dränktes ut av Mikails panikslagna utrop.

- Nej, Nej, Nej, Nej. Varför - varför - varför! Vi hade lyckats! vrålade han.

Roberto rörde på munnen men kunde inte få ut något ljud.

-Det måste vara något fel på råttan, hon kommer att klara sig. Älskling, du kommer att må bra, oroa dig inte. Allt är bra snart, sa han och darrade på rösten medan han var hukad över Lisas bleka ansikte. Hon hade ännu inte vaknat, turligt nog. Mikails röst var fylld av osäkerhet och panik. Roberto kände sin bror och insåg att inte ens han själv trodde på sina egna försäkrande ord. Lika snabbt som febern hade gått ned var den på väg upp. 39.4 grader. 39.8 grader.

-Dosen var för liten, vi behöver mer, fort, fort! skrek Mikail och rusade till bordet och förberedde ännu en dos av det ljusblåa medlet. Han injicerade den djupt i hennes lår, den här gången utan någon större försiktighet. Flaskan tömdes och den plötsliga smärtan fick henne att flämta till, innan hon föll tillbaka i sin sömn. Bröderna kunde inte göra något annat än att vänta och titta på den arma flickan som låg framför dem. De diskuterade det aldrig, och Roberto skulle aldrig få veta om det var han själv som först märkte det, eller om Mikail hade sett det före honom. Efter en kort stund var det dock uppenbart för de båda bröderna. Lisa var borta.

Kapitel 15: Brödernas förbannelse, år 2020

Hans bror stod apatiskt över hennes stilla kropp. Ett stillsamt lugn la sig över britsen där hon låg. Den smala bröstkorgen, utmärglad och präglad av månaders sjukdom, rörde inte längre på sig. Hennes tidigare rosa läppar var flagnande och vita, lika tomma på liv som hon nu var. Roberto fann sig ännu en gång i en position där han inte fann de ord som kunde hjälpa dem och han föll i stället i tystnad, som han gjort så många gånger förut. En orkan av känslor formade sig istället inuti honom. Han kände sig som en börda. En idiot. En usel bror. Han var inte till hjälp med att rädda Lisa, och han hade aldrig varit till någon egentlig hjälp med deras botemedel. Om han endast hade varit smartare, lyssnat mer, varit mer aktiv, kunde de kanske ha löst det här tillsammans. Hans självömkande tankespiral avbröts av Mikails darrande röst.

-Det är mitt fel..

Roberto tittade frågande på honom, oförstående över hur hans bror kunde klandra sig själv i ett läge som detta.

-Hade vi inte.., fortsatte han, fortfarande skakig och darrande på sin röst innan han rättade sig själv.

-..hade jag inte lekt Gud hade ingenting av det här hänt. Hon skulle fortfarande vara vid liv och vi skulle vara fria. Hon hade aldrig behövt träffa en förlorare som jag.

Hur hemskt det än lät insåg Roberto att hans bror hade en poäng i det han sa. Medlet hade hela tiden varit hans dröm som han dragit med Roberto i. Kanske var det de ständiga förlusterna i hans liv som fått honom att tro att han kunde lyckas där så många andra hade misslyckats tidigare. Varför hade Mikail trott att just han kunde lösa gåtan om ett universellt botemedel? Den frågan spelade inte längre någon roll. Hans bror hade troligtvis förlorat mer än någon annan i den här världen, inklusive honom själv. Roberto visste att hans bror stod vid avgrundens kant, redo att hoppa. Han skulle göra vad som helst för att byta plats med honom, om han kunde. I den här stunden visste han dock precis vad han behövde göra.

Roberto bestämde sig för att ge honom utrymme efter det som precis hänt. Han kände sin bror bättre än någon annan och han visste precis vad han hade velat att han gjorde för honom. Han stängde den tunga dörren till laboratoriet efter sig och tog en snabb promenad nedför gatan på jakt efter en taxi. Han hoppade in i en gul taxibil som stod parkerad vid vägkanten. Föraren var en äldre herre med schweiziskt påbrå. Han hörde sig själv säga en adress till honom. Det var en adress han inte tidigare hade besökt, men han hade sett den nedskriven. Den schweiziska mannen kände till området och for snabbt iväg mot deras destination. Kallprat åsido var Roberto fokuserad på vad som väntade honom framme vid hans destination. Han behövde vara mer fokuserad än han hade varit tidigare för att hans plan skulle lyckas.

Efter vad som kändes som en evighet för honom var de framme vid det märkliga huset med den pyramidformade toppen. De höga väggarna omslöt huset och endast toppen syntes bakom muren. Föraren tittade bak mot honom. Roberto nickade tillbaka, de hade utan tvekan kommit fram till rätt ställe. Den schweiziska mannen körde fram till den stora grinden i svart metall. Utan att behöva ringa på den lilla dosan vid grinden öppnades dörrarna. Han bestämde sig för att betala för sig själv och gå ut ur taxin innan den hann köra igenom grindarna. Det fanns ingen nytta med att blanda in fler oskyldiga i en strid han själv inte ville vara inblandad i.

Roberto steg upp för trapporna mot dörren. Hans bror hade beskrivit den pyramidformade toppen och den bisarra, röda skriften på dörren, turligt nog. Det sista han behövde nu var fler överraskningar. Frontdörren öppnades och där stod en lång, äldre man som han hade sett en gång tidigare. Han liknade ett skelett mer än han liknade en man, om ett skelett hade haft ett tunt lager av hud på sig, tänkte Roberto.

-Du är väntad, sa Finneas med en släpande och allvarlig röst samtidigt som han pekade med hela handen på trappan mot ovanvåningen. Roberto nickade mot den gamla butlern och slingrade sig förbi den smala öppningen mellan honom och dörren. Han gick upp för trappan och möttes av tre dörrar. En av dörrarna stod på glänt och tack vare den mörka belysningen i huset såg han att det lyste ett starkt vitt sken från dörröppningen. Han samlade den sista biten av mod som han hade kvar, och just när han var utanför dörren hörde han den röst han hade kommit att hata med hela sitt hjärta.

-Kom in, min son, hörde han Lazarus säga med en pigg och glad röst. Hans röst var mycket annorlunda mot vad han hade förväntat sig av någon som just hade förgiftat sin egen dotter. Roberto steg in i rummet och såg honom sitta vid ett stort, mörkbrunt skrivbord i ek. Hans långa vita hår var uppknutet i en tofs, och trots att enstaka timmar hade passerat sedan de senast sågs hade han på sig en ny kostym. Den nya kostymen var vinröd och illasittande runt hans runda mage och allt för överdimensionerade armar.

-Nå? Du har kommit för att meddela att min dotter är död? sa Lazarus och log så brett att hans vita tandrad sken upp rummet.

Roberto ryggade tillbaka av chock. Han visste att hans dotter var död, och ändå hade han mage att sitta där och le. Han kände sig provocerad av insikten att Lazarus troligtvis aldrig hade brytt sig om sin egen dotter, men han fick påminna sig om att detta var ett spel för galleriet. Den vithårige mannen ville få honom att tro att han var i kontroll över situationen, att han hade vetat om att han skulle söka upp honom.

-Hur gjorde du? frågade Roberto, genuint nyfiken över hur han hade lyckats nå Lisa utan deras vetskap.

Robertos fråga fick Lazarus att höja på sina vita ögonbryn, märkbart förvånad över frågan.

-Hmm? Hur? Inte varför? Nåväl. Det var inte svårt. Ser du där? sa han och pekade på en krukväxt med ljusblå blad.

-*Caeruleum*. Den finns endast tillgänglig på en enda ö, långt ut i Stilla havet. Internationellt territorium, officiellt, men vår organisation har betalat rätt personer för att försäkra oss om att den tillhör oss. I fel dos har växten möjligheten att döda, både långsamt och snabbt, utan att någonsin lämna ett spår efter sig. I rätt dos är det ett universellt botemedel. Den har förmågan att bota allting, från brutna ben till tumörer. Borta. Bara sådär. Mina mest trogna forskare har försäkrat mig om att den är unik i sitt slag. 'En på miljarden', säger de om dess tillkomst. Som jag sa till din bror, vi har folk överallt på jorden. Folk ni aldrig hade kunnat ana tillhörde oss. Att förgifta Lisa var inte svårt. Allt som krävdes var en minimal dos, praktiskt taget osynlig för det mänskliga ögat, enkelt tillsatt i hennes morgonkaffe. Jag visste att det skulle ta flera månader innan sjukdomen tog henne, vilket gav oss precis tillräckligt med tid för vår plan.

Roberto stod stilla på sin plats, tyst. Denna gång var han inte lika chockad som han var rasande. Han kände sina kinder skifta till en röd nyans. Han bet ihop sina tänder så hårt att han kunde svära på att han kände små sprickor forma sig på utsidan av framtänderna.

-Varför? frågade han. Det var det enda han kunde få ur sig genom sina hopbitna tänder.

-Ah, nu kommer vi till det smaskiga, sa Lazarus och klappade ihop sina händer med ett hånfullt leende innan han fortsatte.

-För att vi kan, och för att vi måste.

Han lutade sig tillbaka i stolen med händerna knäppta på sin stora mage. Roberto förstod inte vad den ondskefulla mannens ord innebar och han förväntade sig att han skulle förklara sig vidare.

-Det är en mindre lögn. Det är mer att vi har ett måste, en slags plikt, och mindre för att vi kan. Men jag skulle vara oärlig om jag sa att jag inte fick ett slags nöje av det hela. Självfallet finns det annat som vi skulle kunna roa oss med. Vår organisation är ansvarig för att bygga, såväl som rasera, hela civilisationer. Mina mål var.. låt oss säga, på en mindre skala. Trodde du att din bror var den första som har haft den här fåniga drömmen? frågade Lazarus och skrattade med en lika hånfull ton som hans leende.

-Han var varken den första eller den sista. Han är inte ens den enda som vår organisation leker med just nu. Nåväl, mer än så varken förtjänar eller behöver du veta. Vi valde er två, det är det sista som du får höra i ärendet, sa han och skrattade. Hans skratt ökade i volym och ekade mot rummets höga väggar.

-Din jävel, din...

Roberto gnisslade fram orden mellan sina tänder. Hans hand var knuten så hårt mot hans sida att blodet hade slutat rinna ned till fingrarna och de hade istället blivit en porslinsvit färg. Lazarus lyfte upp sina händer från magen och gestikulerade ett lugnande tecken till Roberto.

-Så ja, lugn. Jag förstår dig. Ni förlorade, jag vet att det svider nu. Men jag har ett erbjudande till dig. Kom och arbeta för mig, min son. Jag ser en lovande framtid för dig hos oss. Vi kan ge dig vad ditt hjärta önskar mest. Här är jag Gud, djävulen och allting däremellan, och jag kan uppfylla alla dina önskningar. En plats.. En plats där din bror kan läka.

Roberto visste att han ljög, Lazarus ord lät för bra för att vara sanna.. Det han önskade sig mest var hans broders lycka, någonting som Lazarus hade berövat honom för evigt. Att bli hel efter så många förluster var ett omöjligt uppdrag, men om någon skulle kunna lyckas med det var det han.

-Nej.. Du kommer inte undan med det här. Du har förstört våra liv! vrålade Roberto. Hans röst hade höjts tills han gällt stod och skrek åt deras ondskefulla chef. Lazarus leende försvann.

-Kanske missbedömde jag dig, min son. Det var ju trots allt du som ringde mig idag, sa han besviket.

-Det var för att rädda henne, din dotter!

-Eller var det för att du hoppades på att vi skulle ta iväg henne från er utan att hon dog? Jag vet att du var avundsjuk på den tid hon spenderade med din bror.

Lazarus leende var tillbaka. Han visste att han hade trampat på en öm tå.

-Du har fel, jag älskar min bror, och han älskar.. älskade Lisa, svarade Roberto, märkbart ledsen över att behöva rätta sig själv.

-Precis. Älskade. Nu älskar han endast dig. Alla vinner. Vi fick leka vår lilla lek och du fick tillbaka din bror. Varsågod.

Roberto vågade inte erkänna det för sig själv, men någonstans i hans undermedvetna hade en en hemsk avundsjuka växt fram mot Lisa. Vad hade han inte offrat för att hon skulle få vara med Mikail? Alla sena nätterna, all förlorad sömn. För att inte tala om deras interna skämt som endast de förstod och som han blev utlämnad från. Det hade alltid varit Roberto och Mikail, men sen var det Lisa och Mikail, och som en eftertanke, Roberto. Det hade huggit till i hans hjärta när hon dött, visst. Men hade han inte ändå känt en viss lättnad? Inte för att han ville att hans bror skulle såras, nej. Men för att Mikail skulle vara hans igen, bara hans. Nej. Lazarus hade fel, han hade varit lycklig för sin brors skull. Han om någon visste vilka förluster hans bror hade gått igenom. Han om någon visste vad Mikail hade gjort för honom under deras uppväxt. Plötsligt slogs han av en rädsla. Botemedlet hade varit ett misslyckande. Lisa levde inte längre. Det var faktiskt bara han och hans bror. De hade varit ensamma tillsammans förut, visst, men då hade de haft ett mål att arbeta mot. Nu hade Lazarus inte bara nått deras mål, han hade även raserat allting de byggt upp för att nå dit.

Roberto närmade sig Lazarus med långsamma steg, ögonkontakten ständigt oavbruten. Hans tidigare plan som han som hastigast hade tänkt ut efter Lisas död hade krävt att han blev lämnad ensam i ett rum med honom. Han hade felaktigt räknat med att Lazarus skulle vara omringad av sina gorillor när de två var i det läskiga huset. Varför skulle han annars släppa in den person vars liv han lekt med förstod han inte vidden av hans handlingar? Sakta närmade han sig, Lazarus ovetande om det hotet han stod framför.

-Nå? Vad ska det vara? Ett liv hos oss där ni är omhändertagna för evigt, eller ett liv tillbaka till din bror, där vi aldrig kommer att släppa er fria? Ett liv där ni kommer att spendera all er vakna tid med att se er bakåt över axeln, rädda att vi dyker upp. För det kommer vi att göra, det garanterar jag dig. När ni minst anar det, eller när ni som mest anar det, sa han med en ondskefull blick i ögonen.

Roberto hade redan tagit sitt beslut, men försökte att upprätthålla en tveksam min i sitt ansikte. När han var tillräckligt nära för att Lazarus inte skulle kunna avvärja en attack slängde han sig framåt samtidigt som han tog ut den sylvassa skalpellen ur sin jackärm. Precis när skalpellen nuddade vid Lazarus vita, tunna hals så att en droppe blod formades, hörde han en familjär röst bakom dem.

-Vänta.

Han kände igen rösten. Det var hans bror.

-Vad gör du här?

Roberto vrålade ut frågan, fortfarande med skalpellen i handen. Bakom Mikail stod Finneas med samma obrydda ansiktsuttryck som alltid. Lazarus själv verkade föga imponerad över Robertos tilltag, och han hade inte ens ryckt till när skalpellen rörde vid honom.

-Döda honom och någon tar hans plats i morgon. Vad skulle det tjäna till för oss? sa Mikail. Hans röst var trött och ansträngd, men han hade, som så många gånger tidigare i deras liv, rätt. Att kapa huvudet av hydran skulle inte ha någon effekt.

-Dessutom, vad mer kan han göra? Vakna upp, Roberto, vi har ingenting kvar att förlora. Det här är inte du. Släpp skalpellen.

Han kände inte igen sin bror. När de var yngre hade han ofta känt honom som kallblodig och obrydd mot de som försökte såra deras familj, och kärleksfull mot de som han älskade. Nu fanns där inget kvar. Inget behov av hämnd, inga tankar på mord. Kvar fanns endast apati. Han visste där och då att hans bror var borta. Hans kropp bestod, men han hade förlorat det som gjorde honom till hans bror. Han visste det inte då, men Mikails sista handling var att än en gång rädda honom, den här gången från att ha ett mord på sitt samvete. Robertos hand darrade, udden på skalpellen fortfarande så nära att den snuddade vid Lazarus hals. Han ville inget hellre än att snitta upp hans hals och njuta av att byta ut hans hånfulla leende mot ett plågat skrik. Men han kunde inte. Han var svag. Han hade alltid varit svag, svagare än sin bror. Skalpellen gjorde ett svagt ljud när den föll till golvet. Roberto backade från Lazarus medan rummet runt honom svartnade framför hans ögon. Han såg små stjärnor i ögonvrån och hans andning blev plötsligt ansträngd och tung. Tyngre, tyngre och tyngre tills han kippade efter andan. Han flämtade till när hans bror lade sin hand på hans axel. Hans andning saktade ned och rummet blev ljust. Kvar stod Finneas vid dörröppningen. Hans roll till trots kände Roberto inget agg mot honom. Han var en kugge i hjulet. Han kände för honom som han kände för den bil där en rattfull förare hade suttit, ingenting.

-Är vi färdiga med er lilla show, mina söner?

Lazarus hånfulla leende hade inte lämnat hans läppar sedan Mikail kom in i rummet. Han spände fast sina små ögon och svarta pupiller i Mikail.

-Som jag sa till din bror så har jag ett uppdrag åt er.

Roberto kunde inte längre hålla sin mun.

-Varför skulle vi vilja arbeta åt en sjuk jävel som du?! Låt oss vara ifred! skrek Roberto.

Lazarus skrattade och svarade.

-Sjuk, det vet jag inte,

Lazarus reste på sig, gick bort till caeruleumblomman och smekte sina fingrar längs dess ljusblåa blad.

-Det jag föreslår är precis det ni alltid har velat ha. En egen värld, bara för er. Ni kommer aldrig att se mig igen, eller någon annan i vår organisation för den delen, så länge ni spelar era kort rätt.

Roberto lyssnade motvilligt. Fanns det en möjlighet att försvinna från allting skulle han ta den. Han visste att hans bror inte längre skulle klara sig i deras värld, men kanske skulle han kunna återhämta sig i en annan. Lazarus måste ha märkt hans intresse då han plötsligt sken upp och pratade fortare.

-Precis, min son. En utopi, just för er.

-Jag vet din typ, vad är hållhaken? frågade han, ovan vid att vara den som förde talan i den här typen av spända sammanhang, men han var så illa tvungen nu. Han tittade på sin bror som stod stilla med tunga ögonlock och han tvivlade på att han hade hört ett enda ord av vad som sades i rummet efter att skalpellen hade fallit till golvet. Lazarus min blev återigen allvarlig.

-Det finns ingen som jag, sa Lazarus kort och släppte blommans blad. Han satte sig återigen ned i sin fåtölj och fortsatte.

-Ingen hake min son, jag svär! Det jag lovar är egentligen mer av ett utbyte än ett uppdrag. Det finns inga förlorare i det här, vi alla vinner på det.

Roberto hade svårt att känna sig som någonting annat än en förlorare just nu, men han lyssnade vidare.

-Ni ser, ön där *caeruleum* växer är.. Ska vi säga, mycket långt borta. Personerna som bor på ön just nu är, på grund av avsaknaden av bättre ord, opålitliga. Vår organisation är där just nu och.. Rensar ut ogräset som växer där. Jag behöver ett par personer där som jag kan lita på, som kan axla rollen som ansvariga för blommans fortsatta export. Endast till vår organisation, självfallet. Problemet är att vi inte kan riskera att skicka dit människor som har en familj eller några sorts band till vår värld. De må försäkra oss innan deras avresa, men det finns alltid någonting som får dem att längta tillbaka hit. Men, skickar vi dit er, då försäkrar vi oss om öns överlevnad. Du förstår, om ni skulle få för er att någonsin återvända hit kommer vi att ha ihjäl hela städer. Platser som du knappt vet namnet på kommer att upphöra att finnas, poof, just sådär, sa han och knäppte med sina fingrar.

-Vi har byggt upp allting, och vi kan lika enkelt rasera det. Men nog med hot, käre Roberto. Det vi vill är att bygga upp ett nytt samhälle på ön, ett samhälle som om ett par hundra år inte vet någonting om omvärlden, ett samhälle som lyder blint till vår organisation, ett samhälle som kommer att vara i all evighet. Och ni mina söner, ska bli dess skapare.

Kapitel 16: Ett enhälligt beslut, år 2020

Han hade inte haft något annat val. Ville han rädda sin bror var det här hans enda alternativ. Med sänkt huvud hade han lämnat det märkliga huset med den pyramidliknande toppen. Vid sin sida stöttade han upp Mikail som inte längre förmådde sig att gå för egen maskin. De behövde ta sig via båt till ön. Den skulle gå denna kväll och de båda bröderna fick skjuts till hangaren av Finneas. När Roberto tittade tillbaka på huset stod Lazarus och vinkade av dem. Hans hånfulla leende som för evigt skulle förbli inpräntat i hans tankar. Åtminstone var deras mardröm över. De skulle till en plats där förluster var omöjliga, en plats där de kunde läka, där de kunde bygga upp på nytt.

Den båt de åkte med var ett stort hangarfartyg. Förutom båtens besättning var det en stor massa av folk som Finneas förklarade var medlemmar i organisationen, redo att ta sina order från Lazarus. Likt lydande får stod de och väntade vid kajen. Ståendes längs båtens reling räknade Roberto till över 300 individer innan han tappade räkningen. Människorna delade liknande öden till bröderna. Vissa hade förlorat familjemedlemmar, vissa hade aldrig haft en familj. En sorglig skara människor, tänkte han. Risken att någon ville tillbaka var minimal, och ifall det skulle ske visste han vad som behövde göras. Lazarus hade varit tydlig med vilka konsekvenserna skulle bli om någon lämnade ön.

Bröderna hade inte lyckats med deras universala botemedel, men Roberto svor på att de inte skulle misslyckas med att försvara den jord där goda människor levde. Människor som Sara och Gregor, människor som hans bror. Hans ögon fylldes med tårar när han vandrade runt på båtens däck. Han hade placerat Mikail i en hytt där han spenderade den veckolånga resan med att stirra ut mot havet från deras runda, lilla fönster, fortfarande förstummad av sorg. Hade Roberto inte matat och gett honom vatten hade hans bror inte överlevt länge.

Efter att en lång veckas tid, där Roberto för det mesta höll sin bror sällskap på rummet, hade passerat var båten äntligen framme vid ön. Han förstod tidigt varför de hade åkt dit i en så pass stor båt som de gjorde. Flera dagar hade passerat sedan de såg någon annan båt på havet, och sjön runt omkring ön var mer vild än något annat hav han skådat. Trots fartygets storlek och dess tyngd hade den svårigheter med att hålla sig helt upprätt. När Roberto hoppade av fartyget med sin bror i armkrok kände han en genuin lycka av att vara tillbaka på fast mark. Han hade aldrig tyckt om varken bilar eller tåg då han blev ständigt åksjuk av deras rörelse. Båtar verkade inte vara annorlunda, och han hade fått besöka toaletten vid fler än ett tillfälle under resans gång.

Ön var obebodd sedan nyligen, men han kunde se små röda fläckar i gräset från organisationens utrotning av dess tidigare befolkning. Han kände med dem, han som inkräktade och tog över deras plats. Roberto tröstade sig med att de hade dött oavsett hans handlingar, förr eller senare, tack vare Lazarus. Han roade sig med deras gamla tankesätt från brödernas experimentella dagar, *det som gynnar majoriteten kräver ofta uppoffringar från individen.*

Redan innan de hade åkt hade de bestämt att *caeruleum-*överlämningen skulle ske en gång per år. Det var ett av de två krav som hade kommit från Lazarus sida. Det andra kravet var att se till så att ingen lämnade ön, någonsin. Roberto bävade inför att behöva träffa sin ondskefulla arbetsgivare en gång per år, men han hade blivit försäkrad om att överlämningen skulle överses av Lazarus kollegor, och att han aldrig mer skulle behöva träffa honom.

Han tittade sig runt på ön med alla dess gröna kullar och ängar och kände sin tidigare klump i magen släppa. Här fanns det hopp. Hopp för ett nytt liv. Hopp för att bota sin bror

Kapitel 17: En ö som heter Sklero, år 2040

Åren passerade och Roberto tog sig an sin roll som öns beskyddare på ett sätt som ingen hade anat. Organisationen hade varit mycket noggranna och tydliga i vad som krävdes för att de nya på ön skulle kunna klara sig. På båten hade de skickat med läkare, lärare, rengöringsarbetare, byggarbetare, arkitekter, och folk från alla världens hörn. Innan de visste om det hade ett samhälle byggts och befolkningen tog sig an sina nya roller.

Tjugo år hade gått och den gamla världen de hade kommit från började försvinna ur deras minnen. De barn som växte upp på ön kunde ofta fråga varifrån de kom, och föräldrarna, som var väl medvetna om vad som väntade dem om de återvände, behövde komma på en berättelse som fick barnen att vilja stanna på ön. De började berätta historier om ett hemskt virus som spridits, om en värld som inte längre gick att bebo på grund av de galna och sjuka invånarna som än idag bodde där. Påhittade berättelser blev till sist en verklighet när barnen växte upp och berättade samma historier för sina egna barn. De äldre generationerna glömde, medan de nya visste inte varifrån de kom. De årliga *caeruleum-*

överlämningarna skedde inte längre via fartyg, det väckte för mycket frågor och hemligheter som behövde bevaras när barnen såg det enorma fartyget. Organisationen hade istället installerat ett grått, litet rör på Robertos kontor där han var instruerad att varsamt lämna över en stor mängd av de blommor som de hade skördat det året.

Kapitel 18: En gammal kärlek, År 2070

Femtio år hade gått sedan de anlänt till ön. Familjer hade etablerats, starka vänskapsband hade knutits, och på toppen av allt, Roberto. Han var en gammal man nu. Hans hud var rynkig och mörk av solens varma strålar, hans hår grått och skimrande. Överallt runt omkring sig såg han lyckliga ansikten. Det gjorde honom glad, men inte lycklig. Han hade aldrig någonsin känt sig riktigt lycklig på ön. Lycka var inte för honom, det hade han vetat sedan de anlände. Inte längre. Hans bror var vid liv, om det han levde var att kalla för ett liv. Böjer man metall kan man bara böja den så mycket innan den går i två bitar. Det var vad som hade hänt med Mikail efter Lisas död. Att bespara Roberto från att bli en mördare var hans sista kärleksförklaring till honom. Men istället för att Lazarus hade dött i hans rum var det istället Mikail som dog. Åtminstone det som gjorde hans bror till Mikail.

Bröderna bodde tillsammans på ön i det stora hus som var byggt speciellt för öns borgmästare, ett uppdrag som förvisso givits till honom av en mycket hemsk man, men ett uppdrag som befolkningen glädjande nog föredrog att han av alla på ön hade.

Det hade tagit all hans tid till att styra ön och bygga upp deras samhälle, men han hade aldrig försummat sin bror. Mikail följde med honom i en rullstol, var än Roberto gick. Nu när han var för gammal för att ha styrkan till att putta fram sin bror hade de yngre männen på ön gladeligen erbjudit sig att hjälpa till. De två bröderna var oskiljaktiga än en gång.

När barnen på ön såg Mikail visste de inte vad de skulle göra. En del blev nyfikna, en del fnittrade. Han var trots allt den enda på ön som använde en rullstol. Ingen av barnen hade någonsin hört honom prata. Inte Roberto heller, för den delen. Inte under de senaste 50 åren. Öns läkare hjälpte till med dropp så att han inte behövde matas för hand. Ingen förutom hans bror visste vad som var fel med honom. De hade testat olika mediciner, de hade även testat, i största hemlighet, att injicera honom med små doser av *caeruleum*. Ingenting hade fungerat. Roberto visste varför. Du kan inte bota det som inte längre lever. Hans brors kropp må leva, men det var inte den som var sjuk, det var hans själ som hade dött.

Kapitel 19: Ett smärtsamt farväl, År 2080

Sextio år hade gått sedan de anlände på ön, och Roberto hade inte längre ork till att arbeta som dess borgmästare. Åren hade tagit hårt på honom, hårdare än de andra i hans ålder. Han hade lärt upp sin efterträdare under de senaste åren, David. David skötte numera jobbet utmärkt, och Roberto var trygg med att ingen skulle lämna ön. Han funderade ofta över organisationens namn, Domedagens räddare. Det var ett ironiskt namn, tänkte han. Det var numera han och alla de som bodde på ön som räddade världen från dess domedag, varje dag de befann sig kvar på ön. Det visste de flesta förstås ingenting om. De som kommit med den stora båten hade generellt varit äldre än de två bröderna, och majoriteten av dem hade dött sedan länge. De som fortfarande var vid liv hade varken förmågan, eller orken, till att minnas deras gamla liv.

En särskilt varm dag kunde Roberto inte längre stoppa det oundvikliga. Han satte penna vid papper och skrev ett brev på en bit av det lilla papper som fanns kvar på ön. Han stoppade in det i sin rockärm, och rullade ut sin brors rullstol genom dörren. Han promenerade länge, längre än hans gamla kropp hade haft orken till, och han fick ta många pauser i den sällan funna skuggan. Målet hade han haft i tankarna ända sedan de anlände till ön. Han mindes att han hade sett den från fartyget. Någonting med den stora stenen hade talat till honom alla dessa år sedan. Vad kunde han inte säga, men han visste att han behövde bege sig dit. Trots att han hade levt en majoritet av sitt liv på ön var det inte hans hem. Han gick ofta vilse och hade svårigheter med att veta vem som bodde i vilket hus, men den stora stenen hade han hittat till utan problem. Väl framme vid stenen parkerade han sin brors rullstol. Med sin kvarvarande kraft lyfte han sin bror ur den slitna läderstolen och ned på gräset. Märkbart tagen av kraftansträngningen satte han sig ned på gräset bredvid Mikail. De första åren hade han ofta pratat med sin bror, envis om att få tillbaka honom och i tron om att han hörde honom. När det visade sig lönlöst började han snarare känna sig löjlig än som en god bror när han talade till honom, och hade en dag bestämt sig för att sluta med det. Nu när de satt i gräset kunde han inte rå för att än en gång prata med honom.

-Vacker dag, eller hur?

Mikails bruna ögon visade inga tecken på att ha hört honom.

Roberto drog in luft så djupt i sina gamla lungor som han kunde.

Andetaget var uppfriskande, men smärtsamt.

-Ahhh. Nog för att luften där hemma är frisk, men luften här på Sklero går inte att slå, eller hur kära broder? sa Roberto och log. Han hade saknat att prata med sin bror, även om han visste att han inte skulle svara.

-Vi har gjort någonting bra här, någonting nobelt. Du och jag. Vem kunde ha trott det. 60 år. Det är en lång tid, särskilt för skitungar som oss.

Han skrattade till, och i hans tankar var han som teleporterad till en plats där han var en tonåring, tillsammans med sin bror. Han kände sitt rynkiga ansikte bli blött och log tröttsamt.

-Det ser ut som att det ska regna idag.

Från sin ficka tog han fram två objekt. Det ena var brevet han skrev. Han la försiktigt ned det vid den stora stenens kant. För att inte vinden skulle ta brevet la han flera mindre stenar på det. Förbipasserande skulle inte kunna missa det lysande, vita brevet med röd text som löd "R.H". I det övre hörnet var Davids namn inristat. Det var viktigt för honom att hans efterträdare fick läsa vad han hade att säga.

Det andra objektet från hans ficka var den blanka skalpellen han hade hotat Lazarus med, för en mycket lång tid sedan. När han hade lämnat kontoret hade han plockat upp den, och den hade varit med honom alla dessa år på ön. Varför han hade fäst ett så pass stort sentimentalt värde vid den visste han själv inte, men han kunde inte förmå sig att slänga den. Han höll upp den mot solen och dess blanka, metalliska yta lyste upp när den träffades av solens strålar.

Ljudlöst och med en yngre mans kvickhet hade han snittat Mikails handleder. Hans bror gjorde varken ett ljud eller en grimas när han satt stilla på det rödstänkta gräset, samtidigt som hans blod forsade ut ur hans handleder. Det var en omöjlighet att se något liv försvinna ur Mikails kropp, något sådant fanns inte längre. Roberto tyckte sig se tårar bildas i utkanten av hans brors ögon, men det var endast en illusion, framhävd av hans egna tårar. Det tog inte mer än enstaka minuter tills Mikails puls var borta och hans hjärta hade stannat. Roberto höll sin brors hand hela tiden som han förblödde, äntligen lycklig över att få vara med honom i hans sista stund. Han slöt sin brors ögon och sänkte försiktigt ned hans lama överkropp på den röda gräsfläck som formats runt dem. När han var nöjd med hur hans brors kropp skulle finnas av öns invånare tog han upp skalpellen och genomförde samma snitt som han själv, bara minuter tidigare, givit sin bror. Han kände varken smärta eller ångest, endast frid och lugn. Han la sig ner i gräset bredvid sin bror och la sin hand ovanpå hans. Livet försvann ur honom. "*De måste hitta mitt brev*", tänkte han, innan han tog ett sista, tungt andetag. Syret kunde inte längre nå till hans hjärna och han förstod att hans tid var kommen. Med sitt slutgiltiga andetag viskade han sina sista ord till den person han alltid hade älskat.

-Jag älskar dig, Mikail.

Det var hans efterträdare, David, som först hade anat oro och skickat ut folk för att leta efter Roberto. Nästa dag möttes han av nyheten att öns forna borgmästare var död, och likaså hans rullstolsbundna bror. En dag av sorg, förvisso, men vem kunde egentligen sörja en 80-årig man? En av de frivilligt letande invånarna som hittat kropparna hade även funnit ett brev under ett par stenar. Brevet var lagt på ett sådant sätt att det ville bli funnet. Då de hade sett Davids namn hade de inte öppnat brevet.

David satt vid den förra borgmästarens skrivbord och läste det förseglade brevet, tyst för sig själv:

60 år sedan idag dog jag och min bror. Jag anförtror dig det här brevet i hopp om att du vet vad du ska göra med det. I alla dessa år har vi här på ön levt som vålnader, levande, men inte för omvärlden. Vi är blott ett kugghjul i någon annans maskineri. De som minns världen utanför Sklero är inte många. Jag vill att du en dag får se den, kära David. När du läser detta brev är de ansvariga för att placera oss här döda sedan länge. Exporten av vår blomma till dem har minskat till en gång vartannat år och det har gått längre än jag kan minnas sedan jag hörde dem tala. Ändå kommer hit inga båtar, inga flygplan, inga människor. Det leder mig till slutsatsen att deras organisation har försvagats, eller att världen har förändrats. Jag har länge funderat, och det är dags för er alla att lämna ön. Jag medger att det är riskabelt. En död man som jag borde inte be er om någonting sådant, men jag ser ingen annan utväg för att rädda er lycka. Jag valde den fega mannens väg i livet, och för det har jag betalat. Mer än ni på ön kan ana. Men jag ser ett nytt mod växa fram hos vår befolkning. Våra tonårspojkar är starka, starkare än jag någonsin varit. Våra tonårsflickor är minst lika starka, men de besitter även en stor mängd omtänksamhet, klokhet och modighet. Jag fann alltid en ironi i att någon så feg som jag var er borgmästare när den nya

255

generationen besatt en kraft jag aldrig har haft. Segla med detta mod, sätt segel mot den gamla världen. Överge ön, ta tillbaka den värld vi kom från. Havet må vara stormigt och farligt, men det kan inte kräva er alla på era liv. Jag har alltid trott att det som varit bäst för majoriteten var det klokaste valet, oavsett vilka konsekvenser det haft. Det har varit ett av mina livs största misstag. Min cyniska syn på livet kostade både mig och min bror våra liv. Låt det inte kosta era liv. Jag lämnar er som är kvar på ön, i hopp om att min gravsten är det enda som här kommer att finnas kvar efter att ni lämnat den.

Lycka till.

För evigt er,
Roberto Helheim

Del 3

Kapitel 1: En livstid av lögner, År 2373

Natt hade blivit till dag när Azalea hade blivit färdig med sin berättelse. Theo hade lyssnat och tagit in allting så gott han kunde. Att ändra sin världsbild över en natt hade inte varit en enkel sak. Stundtals hade han känt sig själv fyllas med tvivel, ängslan, sorg, förhoppning, alla känslor en människa hade i sitt arsenal. Han hade så många frågor, så många funderingar. Azaleas vita ansikte var präglat av sömnlöshet och de mörka ringarna under hennes ögon var ett faktum. Även om han skulle ha velat fråga henne mer om ön fanns det ingen tid kvar. I horisonten såg han en stor grupp människor gåendes mot dem. Det var hans mamma, Alex, några av herbalisterna från Azaleas arbete och ett dussin grannar till dem. Det som som förvånade honom mest var när han fick syn på deras borgmästare, Peter Helheim, i spetsen av gruppen. Synen av honom fick hans blod att stelna samtidigt som hans tankar började spinna. Hur hade Peter ärvt Robertos efternamn? Varför hade de inte lämnat ön ännu, som brevet uppmanat dem till? Hade David svikit Roberto? Mer än någonsin tidigare önskade Theo att han fick fortsätta att vara ensam med Azalea, om än just nu på grund av andra anledningar än hans yngre jag. Hans tankar avbröts av ett gällt skrik. Det var hans mamma som kom springandes mot honom med öppna armar och tårar rinnande nerför de rosiga kinderna.

-Jag har varit så orolig, var har du varit?! skrek hon. I hennes röst fanns inte ett uns av misstro eller ilska. Det var som att allting han misstänkte henne att vara var som bortblåst. Theo greps av skamsna tankar innan han påminde sig själv om allting som Azalea precis hade berättat. Efter påhittade ursäkter om att de gått vilse och använt stenen som en viloplats verkade det som att sökgruppens misstankar var hämmade, åtminstone för stunden. Med raska steg begav de sig hemåt, tätt omslutna av gruppen, in mot öns mitt. Theo slängde längtande blickar åt Azaleas håll när de gick, han i en tät armkrok med sin mamma, hon bredvid Peter Helheim, utbytandes artighetsfraser. Hon tittade inte åt hans håll. Han förstod henne. Om vad hon sagt stämde var de inte längre på en säker plats bland vänner och familj, och framförallt inte bland deras borgmästare.

Väl hemma hos sin mamma, då hon insisterade att han skulle bo där de närmsta dygnen, greps han av ett plötsligt hugg i bröstet.

Sittandes vid köksbordet insåg han att han saknade sin pappa. Hans död lät inte längre som någon slump, och han hade troligtvis varit närmare sanningen om ön än vad Theo tidigare hade misstänkt. Hade hans farfar vetat allt det Azalea berättat? Trots allt var han den person som levt närmast öns födelse av dem alla. Och i så fall, varför hade hans pappa inte berättat sanningen för honom tidigare? Hans tankar sipprade ut ur honom och han råkade svära så pass högt för sig själv så att Alex ryckte till.

-Oj, förlåt. Vad sa du, min kära son? frågade hon och stannade plötsligt upp, fortfarande upptagen med sin febrila städning.

Theos tidigare misstankar kring hennes inblandning i öns hemligheter hade minskat när de först sågs vid stenen, men desto mer distans mellan dem och den plats där sökgruppen hade hittat dem, växte misstankarna starkare. De hade slagit rot i hans undermedvetna, och han kunde inte fullständigt rensa bort dem. Stämde allt det Azalea hade berättat visste hans mamma troligtvis mycket mer än han kunde ha föreställt sig. Han visste att det skulle medföra en risk att gräva ned sig djupare i det kaninhål som han redan innan Azaleas berättelse hade börjat gräva, men någonting inombords honom, inuti hans DNA, tillät inte honom att släppa det. Han behövde veta mer, han behövde förstå hur allting gått till, vad som var öns sanna historia. Han visste inte hur lång tid han hade på sig innan organisationens medlemmar skulle försöka få bort honom från bilden, precis som de en gång hade gjort med Roberto och Mikail. Han behövde ta en stor risk, och det fort.

-Varför mördades pappa? frågade han plötsligt.

Alex frös till och stod som fastfrusen, tvättmoppen i ena handen och blicken ned mot golvet. I en annan situation hade han funnit hennes ställning rolig, nästan likt en fågel som beslutsamt letade efter mask, men stunden krävde sitt allvar. Hans mamma vred sakta på sitt huvud och mötte hans blick. Hennes ögon hade skiftat till en mörkare, nästan svart nyans och var fulla av någonting han inte kände igen i dem. Han hade aldrig sett henne så här. Det var inte en blick av ilska, nej. Det var någonting helt annat. Hans mamma var rädd. Hennes ögonlock darrade till innan hon rättade till sig och fortsatte det sedvanliga skådespeleriet.

-Vad menar du, min älskling? frågade hon med ett leende som han såg var påklistrat och genomskinligt.

-Pappa, din man. Jag vet vad som hände med honom. Hade du med det att göra?

-Hur kan du säga något sånt? Theo, han dog ju av..

-En plötslig sjukdom, jag vet. Från vad jag precis har fått veta låter det inte som att det var en vanlig sjukdom. Istället verkar vår älskade ö-blomma, vår *caeruleum*, förberedd på ett felaktigt sätt, vara inblandad i det hela. Du behöver inte förneka det. Jag vill bara veta varför, vilka fiender kunde han möjligtvis ha haft? Vem var han ett hot för? Betalade de dig för att få bort honom? Jag behöver.. som hans son har jag en skyldighet att få veta vad som hände med min pappa, sa Theo, stadig i sin övertygelse om att hans mamma hade något med Liams död att göra. Alex lade ner moppen samtidigt som lade ned sitt leende och satte sig ned bredvid Theo vid bordet, hennes händer ömt placerade ovanpå hans. De två, mor och son, tittade på varandra i en kort stund av tystnad och ömsesidig kärlek, om än något obalanserad från Theos håll. Hennes röst sänktes till en viskning innan hon till slut öppnade munnen.

-Sluta, snälla.

Han visste inte vad han förväntade sig för svar, men han hade förväntat sig mer än det här.

-Jag kan inte, det vet du. Jag kommer aldrig att sluta undra. Är du i fara? Jag kan hjälpa dig, du kan lita på mig, mamma.

Alex log. Den här gången var leendet mer genuint och bakom det kunde Theo se en moderlig kärlek och oro.

-Bara sluta, det är säkrast för oss alla, vädjade hon.

Jackpot. Hans mamma visste om allting. Men hur involverad var hon? Han var tvungen att få reda på mer.

-Mamma..

-Vet du.. Jag minns en konversation jag hade med din pappa för.. Det måste ha varit tio år sedan, vid just detta bord. På många sätt liknade den vår konversation som vi har nu. Av en ren slump hade han hittat tidningsartiklar från den gamla världen. Ingenting märkligt egentligen, saker och skräp från den gamla världen har flutit i land här förut. Men i dessa papper stod datum som inte hängde ihop med den berättelse som vi har vuxit upp med. *'Hur kan tidningen fortsätta publiceras om världen har gått under?'*, var hans första, mycket förståeliga fråga. Redan där visste jag att jag skulle förlora honom en dag, det var bara en tidsfråga. Du ser, ni är mycket lika du och han. Ni är inte ämnade för den här platsen, ni är äventyrare, det har er släkt alltid varit.

Theo kände en märklig stolthet över att bli jämförd med sin pappa.

-Men.. som du vet är äventyrlighet på vår ö lika med en dödsdom. Vår säkerhet och er äventyrslust kommer aldrig att gå ihop. Svåra beslut behövde tas för att vi skulle.., sa hans mamma innan hon stannade upp.

-För att vi ska vadå, mamma? frågade han.

-För att vårt folk skulle överleva.

Alex betonade ordet överleva medan hon rätade på sig.

-Hur din pappa dog, det kan jag inte svara på. Inte för att jag inte vill, jag vet bara inte. Kanske blev han förgiftad av *caeruleum*, det är mycket möjligt. Kanske var det slumpen som tog honom just den dagen. Det jag vet är att samma öde som föll honom kommer att falla på dig om du inte slutar söka vidare i det här. Därför ber jag dig för sista gången, min son. Snälla, vad du än gör, vad du än vet, glöm det.

-Är det ett hot? frågade han och möttes av sin mammas skratt.

-Det är en varning, men det är inte mig du behöver vara rädd för. Du är min son och det är mitt uppdrag att skydda dig. Men, det är även mitt uppdrag att hålla alla som bor här på ön säkra.

Hon tryckte sin hand hårt mot hans. Det var tydligt för Theo att hon faktiskt älskade honom, att hon alltid hade älskat honom, och att hon brydde sig huruvida han levde eller dog.

-Mamma, du har känt mig i hela mitt liv, du vet att jag inte kommer att sluta fråga förens jag har fått rätt svar.

Hennes blick blev glansig medan hon drömde sig bort, försjunken i en dröm han inte var delaktig i.

-Så lik honom, men ändå så olik.., sa hon med en dämpad röst.

Theo, ivrig att få svar på hans frågor, kämpade fram ett leende till följd av komplimangen. Han gillade att liknas vid sin pappa, det kändes tryggt mitt i allt kaos.

-Snälla, mamma. Vad är det som händer? Jag behöver få veta allt. Varför är Helheim-släktet fortfarande i kontroll över ön? Vilka är de? Varför flydde inte David?

Han nämnde inte mammans porträtt av Peter Helheim. Trots situationen ville han underligt nog inte att hon skulle veta att han rotat runt bland hennes saker. Alex spände fast sin blick i honom och drog bort sina händer från hans, samtidigt som hon skakade nekande på huvudet.

-Frågor.. sluta.. snälla.. farligt.., var det enda hon fick ut. Orden gick knappt att höra genom hennes läppar som var hårt pressade mot varandra.

-Mamma, snälla. Du är i fara, visst? Jag vet det, jag kan skydda di-, sa han innan han blev avbruten av sin mamma. Hon skakade på huvudet och svarade.

-Det är inte jag som är i fara, det kommer det aldrig att vara.

Hennes kryptiska ord lämnade honom med fler frågor än han hade gått in i samtalet med. Alex fortsatte att vädja till sin son.

-Glöm allting som har sagts ikväll. Glöm allting du har hört. Låt oss fortsätta leva våra liv tillsammans, du och jag. Det är vad din pappa hade velat.

-Vad har du för rätt att säga vad pappa vill, för allt jag vet hjälpte du till att mörda honom! skrek Theo högt, utan att bry sig om vem som kunde höra dem.

Hon tittade på sin son med blida ögon. I hennes ögon såg Theo en ödmjuk och sorgsen blick, samtidigt som hon sjönk tillbaka ned i stolen. När Theo såg på sin mamma, hennes kinder blöta av tårar, försvann hans tidigare ilska. Hon var inte den som var ansvarig för att hålla honom fast här på ön, det kunde hon inte vara, hon var hans mamma. Samma mamma som hade tagit hand om honom sedan han var liten. Samma mamma han hade sett älska sin pappa villkorslöst i alla deras år. Att hon skulle ha haft något att göra med Liams död var en tanke han inte längre kunde stå bakom.

-Mamma, förlåt, jag menade inte-

Innan Theo hann prata klart hade Alex rest sig upp. Med tunga steg gick hon till ytterdörren. Väl framme vid dörren sträckte hon på sig och yttrade de sista orden han någonsin skulle höra sin mamma säga.

-Allt jag har gjort, allt jag någonsin kommer att göra, har varit för din säkerhet, sa hon, hennes sista ord som för evigt skulle vara fastetsade i hans hjärta.

Alex gick ut ur dörren och stängde fort igen den. Theo satt stilla, kvar. Han visste det inte nu, men imorgon skulle han ångra att han inte hade sprungit efter henne. Hans hjärna var ett virrvarr av ilska, hat, sorg och kärlek som han inte kunde sortera.

Han visste inte hur lång tid som hade passerat när han hörde en lätt knackning på dörren. Han såg att det hade blivit mörkt ute när han öppnade dörren, åtminstone ett par timmar måste ha passerat. Det var ett ansikte han en gång trott att han aldrig skulle känna sorg över att se.

-Vad gör du hä-, frågade han men avbröt sig själv plötsligt. I Azaleas händer låg hans mammas turkosa armband. Det hade varit en gåva från hennes mormor och hon hade aldrig tagit av sig det. På hennes handled fanns det alltid en vit rand där solen inte nådde genom materialet. Theo förstod att någonting var fel.

-Var hände det?

Hans tonfall var kallt och obrytt, och vem som helst förutom Azalea hade säkerligen varit misstänksam för hans reaktion. Utan att ge honom ett svar tog hon hans hand i sin egen och förde honom bort längs en stig som gick bort mot en vik. Promenaden dit var kort och kylan var påtaglig, men ändå kände Theo svettpärlorna samlas på hans brunbrända panna. Väl framme vid viken stod en grupp människor samlade i ring. Azalea trängde sig genom dem, fortfarande med hans hand i sin. Gruppen av människor skingrades som ett stim av fiskar när fiskespöet slog i vattenytan. När den sista personen hade flyttat på sig såg han henne. Hans mamma låg fridfullt på sanden. Hon såg precis likadan ut som när han hade sett henne senast, bara timmar tidigare. För en kort stund kom han på sig själv med att undra varför ingen hjälpte henne upp, innan han insåg varför. Hans mamma var borta. Människorna som hade samlats runt omkring dem såg på honom med sorgsna ögon. Deras blickar var som tusen knivar i hans bröst. Han visste inte vem av dem han kunde lita på, eller om han ens kunde lita på någon här på ön förutom Azalea.

Han visste att ingen av hans föräldrars död hade varit en olycka. *'Hon måste ha halkat i och drunknat'*, hördes det från en viskning i klungan, men Theo visste bättre. Hans mamma var död, och det var på grund av honom. Han tog tag i Azalea och drog med henne bort från viken. Med hans mammas kropp fortfarande kvar på stranden gick de snabbt iväg utan att titta bakåt. För människorna som stod kvar vid viken måste det ha sett märkligt ut att en son lämnade sin döda mamma där, men han hade ingen tid att bry sig om det. De fick tro vad de ville, om de inte redan visste mer än vad han visste.

-Vad ska vi göra nu? frågade Azalea andfått. De hade gått i ett högre tempo än hon var van vid och hennes röst var ansträngd.

Theo stannade upp och var tyst för en stund. Han visste precis vad de behövde göra. Med ett brinnande hat som han aldrig tidigare hade känt vände han sig mot Azalea.

-Det är dags för ett besök hos vår kära borgmästare.

Kapitel 2: Borgmästaren, År 2373

Varför Helheim-släktet hade förblivit borgmästare år efter år hade Theo aldrig varken förstått eller ifrågasatt. Den allmänna förklaringen hade alltid varit att de kom från en rik och mäktig familj i den gamla världen, och saker fungerade med dem som ledare över ön, så varför skulle de ändra på ett vinnande koncept nu? Bortsett från det faktum att Helheim-släktet bodde i ett något större och, i vissa ögon, finare hus, fanns det egentligen inga större fördelar med att vara öns borgmästare. På ön hade alla sina arbetsuppgifter, och uppgiften som borgmästare var varken mer glamorös eller innehöll mer faktisk makt än säg, en trädfällare. Åtminstone var det vad han hade levt hela sitt liv i tron om. Allting hade varit ett spel för ridån och han hade ännu bara grävt på ytan av vad deras släkte hade för betydelse här på ön.

Att få till ett spontant möte med Peter Helheim hade inte tidigare varit svårt. Borgmästaren gick ofta omkring på ön, glatt pratandes med varje människa som givmilt ville bjuda på sin tid. När Theo nu ville träffa honom i ensamhet visade det sig vara svårare än de tidigare trott. De kunde inte riskera att knacka på hemma hos honom. De hade aldrig gjort det förut, och det skulle säkerligen väcka frågor från andra på ön. Ännu visste de inte vidden av vilka som var inblandade i organisationen, och deras ögon kunde finnas överallt. Dessutom visste de inte exakt vad de skulle fråga honom. Började de fråga om organisationen skulle han enkelt kunna spela dum och neka till alla anklagelser. De behövde bevis. De behövde bryta sig in i hans hem och leta efter bevis som bevisade att Azaleas historia stämde. Deras plan var i rörelse.

Det var morgonen efter hans mammas död och begravningen hade skett lika snabbt och fridfullt som hon hade försvunnit från honom. På begravningen var det endast ett dussin besökare, inklusive Theo och Azalea. Han var inte på humör för att sörja. Han hade bara hämnd i sitt hjärta. Han fantiserade ofta om hur han skulle tortera Peter Helheim för att få informationen han sökte. Han förtjänade svar på varför de var fast här på ön, det gjorde de allihopa.

Hans hat hade fått honom motvillig att ens gå på sin mammas begravning, men det var Azaleas vädjande som till sist hade fått honom dit. Han kände igen några av hans mammas vänner när de stod runt hennes bleka kropp medan den sakta fördes ned i jorden. Hade de vetat om hans mammas roll på ön? Kunde han lita på dem? Theo märkte att hans paranoida tankar övertog hans logiska tänkande. Han var vid sin bristningsgräns. Hade han inte haft Azaleas hand tryggt i sin egen hade han troligen konfronterat Alex vänner i paranoidstinn frustration.

När den sörjande skaran skingrade sig gick han, fortfarande hand i hand med Azalea, bort mot öns mitt där borgmästarens hus stod. På långt håll hade de sett honom lämna sitt hem med den stora, silvriga nyckeln i sin ficka. Det var enkelt att känna igen nyckeln på håll, då det var samma nyckel som låste upp borgmästarens hus vid en ceremoni varje nytt år för att bringa tur och lycka till öns invånare.

Peter Helheim gick med lugna steg bort mot en skara med äldre öbor som var ute på sin dagliga hälsopromenad. Att hinna ikapp honom var inte särskilt svårt då han höll samma tempo som gamlingarna. Lyckligtvis var Theo och Azalea skyddade från att dra till sig onödig uppmärksamhet då det var fler än bara de som sprang runt kring den äldre gruppen. En varning hade utfärdats om en storm som skulle blåsa upp senare samma kväll och öborna gjorde sina sista förberedelser för att skydda sina hem. Brädor lades mot deras slitna, gamla fönster och säckar fyllda med våt jord planterades utanför deras dörrar.

Att ta ned handen i Helheims ficka och fiska upp nyckeln hade varit enklare än de trott. Det hade uppstått ett tumult kring folkmassan då en tonåring, bärandes på plankor, hade krockat in i en av de äldre tanterna som irriterat hade läxat upp honom. Innan Theo och Azalea hade blivit igenkända, av de äldre eller av borgmästaren, hade paret snabbt smitit iväg mot det hus av modellen större som tillhört Helheims släkt i alla dessa år. De visste att de inte hade mycket tid på sig innan han skulle märka att hans nyckel saknas, eller att stormen närmade sig och han skulle behöva vända hemåt.

Innan de gick upp för trappan mot borgmästarens dörr tittade de noggrant runt omkring sig. Varken Theo eller Azalea visste vilken lyckosam Gud som var på deras sida idag, men oavsett vilken så var de tacksamma. Så långt de kunde åt vardera håll var ön praktiskt taget tom på folk, bortsett från enstaka främlingar. Det folk som var i närheten befann sig i djup fokusering, upptagna med att säkra sina egna hem. Att de skulle bry sig om ett kärlekspar var otänkbart i stunden. Theo stoppade in nyckeln och med ett klick vred sig dörrhandtaget och släppte in dem genom dörren. Hallen i borgmästarens hem var inte mycket mer märkvärdig än Theos egen hall. Väggarna pryddes av fler mörka och förvirrande målningar än i hans hem, men i övrigt fanns det en kuslig likhet mellan de två. När dörren stängdes bakom dem påbörjade de en febril jakt för att finna någonting. Ingen av dem visste egentligen vad de sökte efter. Kanske skulle de hitta någonting som tillhört Roberto, om än bara ett bevis på att han existerat. Theo öppnade garderober och byrålådor. Han letade under både säng och bord, men fann ingenting. De var medvetna om att de kämpade mot klockan samtidigt som det var av yttersta vikt att de inte lämnade några spår efter dem. Försiktigt lade de båda två tillbaka allting de hade rört, precis som det tidigare hade varit.

Plötsligt, efter att frustrationen över att inte hitta någonting var som värst, drogs Theos ögon till den stora eldplatsen som fanns längs vardagsrummets kortsida. Ovanför den hängde två stycken svärd, korsade över varandra. Det var inte ovanligt för Skleros befolkning att ha knivar, både av modellen mindre såväl som större, men det hade gått många år sedan han såg ett svärd som hans historielärare stolt hade visat upp. Theo lyfte försiktigt ned det ena svärdet och inspekterade det. I skolan hade de lärt sig att svärd var det vapen som hade varit mest fördelaktigt när befolkningen började dö ut i det sista kriget i den gamla världen, innan de hade flytt till ön via båt. Nuförtiden tvekade han på mycket av det han hade lärt sig, och accepterade istället Azaleas berättelse efter det han i så många år tidigare haft som sin sanning. Hans tvivel på skolans lärdomar ökade när han snurrade på svärdets skinande klinga. I små, nästan utsuddade bokstäver kunde han läsa orden han tidigare bara hört från hennes berättelse: "*Hic Finis*". Theo flämtade och drog efter andan så hårt att Azalea kom springandes mot honom. Hennes chock var lika stor som hans när hon såg vad som stod skrivet på svärdet.

-Du vet vad det här betyder, viskade han till Azalea. Han tittade på henne där hon stod. Trots situationens allvar blev han lika tagen som förut av hennes skönhet. Den tidigare tröttheten i hennes ansikte var som bortblåst, och hennes mjuka ansiktsdrag, hennes varma hår och hennes rosa läppar gjorde honom knäsvag. Hon mötte hans blick och nickade stumt som svar. Han kände sig själv drunkna i hennes ögon innan han skiftade fokus tillbaka på vad svärdets inskrift hade för betydelse för dem. Han vågade knappt tänka det, än mindre yttra de ord som han hade fruktat sedan allting Azalea hade berättat vid den stora stenen.

-De är här.

Tillfredsställda med vad de hittat, men skärrade, begav de sig ut från borgmästarens hus. De hade noggrant ställt tillbaka allting i sin ursprungliga ordning, försiktiga att inte lämna efter sig några fotspår eller felplacerade objekt. När de båda var nöjda med att huset såg ut som de gjort innan deras inbrott påbörjade de den något svårare delen av planen. De tittade ut genom ett fönster, och när kusten var klar öppnade de dörren försiktigt och gick ut. Den lyckogud som hade välsignat dem idag fortsatte att le mot dem och de var nu utanför huset, osedda och oskadda. Att hitta Helheim skulle inte heller visa sig vara en utmaning. Vindarna hade ökat i styrka medan de var inne i borgmästarens hus, och de såg honom ha en halvt gående, halvt joggande konversation med Jasmine, en av de personer som nyligen hade fött barn på ön. Hon bar på sin son i famnen och för ett otränat öga såg de ut som ett lyckligt par där de gick och skrattade tillsammans. För Theo som kände sig själv bli mer uppslukad av hat mot släkten Helheim och deras roll i att hålla fast dem på ön för var dag som gick, delade han inte den idylliska bild en kunde få från åsynen av dem. På grund av de hårda vindarna var det inte längre lika många människor som var ute ur sina hus, och möjligheten att de skulle bli uppmärksammade av borgmästaren var praktiskt taget garanterad. Azalea, som tidigare pratat med Helheim efter deras natt på klippan, tog nyckeln i sin hand och sa åt honom att gömma sig, samtidigt som hon gick med raska steg mot dem. Theo ställde sig bakom ett nedslitet staket, tillräckligt helt för att gömma honom, och tillräckligt trasigt för att han skulle kunna se igenom de små hålen i det. Han rös till av den paradoxala tanken att den han älskade mest här i världen promenerade rakt fram till den han, troligtvis, avskydde mest. När hon bara var några meter från det konverserande paret snubblade hon till, vilket drog till sig mer uppmärksamhet än Theo hade hoppats på. Peter och Jasmine var snabbt framme och hjälpte henne upp. Azalea ställde sig upp och dammade av smutsen från sina kläder. De var för långt borta för att han skulle höra vad som sades. När de två var nöjda med att hon var oskadd fortsatte de ivrigt sin konversation samtidigt som Azalea gick i motsatt riktning. Helheim hade sagt farväl till Jasmine och var nu bara meter från sin dörr och skulle snart upptäcka att han saknade sin nyckel. Och vem skulle han misstänka först, om inte Theo, han som organisationen säkerligen var medvetna om vid det här laget? Azalea hade rundat hörnet, sprungit tillbaka och anslutit sig till honom bakom det trasiga staketet.

- Vad hände?! skrek han med en dämpad röst.

-Titta, sa Azalea lugnt och pekade på Helheim. Han stod utanför sin dörr och letade igenom sina fickor. Han tömde dem ut och in utan att hitta nyckeln. Theos hjärta bultade fortare och fortare tills...

Helheim kände på sin vänstra bröstficka och log. Han plockade upp den silvriga nyckeln, vred om dörrhandtaget, steg in genom dörren och stängde den efter sig. Theo var mållös och hans hjärta bultade hårt av nervositet. Han tittade på Azalea som flinade mot honom.

-Tror du verkligen att jag skulle snubbla så där? Snälla, det fanns inte ens en sten för mig att ramla på, sa Azalea.

I sitt skådespeleri som en klumpig tjej i nöd hade hon kommit så pass nära borgmästaren att hon kunde lägga ned nyckeln i hans bröstficka utan att han märkte någonting. Hon var otrolig, och Theo fick påminna sig själv om att han, trots att han nu var utan en familj och under ett troligt hot av organisationen, var lycklig som levde samtidigt som Azalea.

Kapitel 3, Nästa steg, år 2373

I skydd från stormen kröp de ihop, tillsammans på Theos soffa. Temperaturen utanför sjönk hastigt och han var glad att ha henne där, både som sällskap och för den mänskliga värmen som hon bidrog med. Temperaturen på ön kunde svänga från svettig hetta till isande kyla inom loppet av timmar, och det var endast ett fåtal hus på ön som hade en öppen eldstad. För de som blev utan var det flera lager av kläder eller mänsklig närhet som gällde under de svåra tiderna.

Theo hade varit så fokuserad på allting som hänt de senaste dagarna att han inte hade beundrat Azalea på samma sätt som han tidigare gjort, särskilt nu när han hade henne så tätt intill sig. Nu hade de tid att pusta ut och andas, och han kunde inte längre slita blicken från henne. Hennes röda hår värmde honom mer än någon eld någonsin skulle kunna. Hennes ljusa, rosa läppar var oemotståndliga och det krävdes styrkan från hundra män för att inte kyssa henne. Trots att de delat en passionerad kyss tidigare, och att hon hade anförtrott honom med öns hemligheter, visste han inte om hans känslor för henne var fullt besvarade. Han var inte skicklig på att dölja vad han tyckte, och det var högst troligt att hon redan tidigt in i deras återupptagna vänskap hade listat ut vad han kände för henne. Och vem kunde egentligen klandra honom? En del människor möter aldrig sin själsfrände, en del träffar den mycket senare i livet, och för hans del hade han vetat att han hade träffat sin redan som ett litet barn. Det spelade ingen roll att det fanns ett begränsat antal kvinnor på ön, han var säker på att han endast hade älskat henne i varje värld.

Azalea var klädd i en grå kjol. Hennes nakna ben slingrade sig runt Theos i ett försök att mota bort kylan, och han svor för sig själv i sina långa byxor att han inte kunde känna hennes kropp, hud mot hud. Han var orolig att hon skulle tycka att han var för framfusig om han klädde av sig till strumplästen, trots att det säkerligen skulle hjälpa dem att övervinna kylan. Över sig var de dräpta i en tjock, brun päls som han hade ärvt av sin pappa. '*Din farfars far dödade en brunbjörn med sina bara händer för att vi ska få ha den här. Ta väl hand om den.*', hade Liam sagt när han gav över den till Theo på hans trettonde födelsedag. Pälsen höll dem varma, men inte tillräckligt varma för att sluta hacka tänder. Han mindes tillbaka till berättelserna de hört i skolan, om ett berg som hette Mount Everest och hur folk besteg det för nöjes skull, som en utmaning för dem själva. Nätterna på berget var tydligen så kalla att de ofta sov tätt tillsammans i sina tält. Till klassens högljudda fnitter hade läraren berättat hur bergsklättrarna, ofta manliga, sov nakna, tätt omfamnande varandra i samma sovsäck. Hur löjligt det än lät i stunden förstod han nu vad de hade lidit igenom. Visst, den måttliga kylan han upplevde nu var säkerligen inte någonting jämfört med deras kyla, men det behövde inte Azalea veta.

Trots hennes eldröda hår frös hon enkelt, och hon hade inte tvekat när Theo berättat om de nakna bergsklättrarna och föreslog att de klädde av sig nakna. Hon tog av sig sin gråa kjol i skydd av pälsen samtidigt som han tog av sig sina byxor. Hennes kinder var mer rosa än tidigare, och i ett ögonblick av narcissism tog han åt sig äran för hennes genans. De var vända mot varandra, kropp mot kropp, och han omfamnade henne. Det fanns inte längre något tyg som separerade dem. De var så nära varandra två personer kunde vara. I omfamningen andades han in doften av hennes hår. Det doftade som en nyklippt äng av *caeruleum* efter en regnig period. De senaste dagarna hade inte varit något annat än sorg och hat, men i stunden kunde han inte minnas en gång han varit lyckligare. När han kände hennes nakna kropp mot hans, hennes mjuka, varma bröst tätt tryckta mot hans skulpterade magmuskler, var alla hans bekymmer som bortblåsta. Det fanns inte någon Helheim, det fanns ingen organisation, det fanns inte ens någon ö. Allting som fanns var de två. Han drog bak sitt huvud från omfamningen, han behövde se henne för att påminna sig själv om att allt detta var verkligt. Han fasade för att någon skulle nypa honom och väcka upp honom från denna underbara dröm. Azalea tittade på honom med en hunger i sina ögon som han inte tidigare hade sett. Han var glad över att inte behöva ta det första steget och i ett ögonblick av tystnad kunde han förstå vad hon ville ha av honom. Han mötte sina läppar mot hennes. De två snurrade runt under pälsen, ivrigt utforskande varandras kroppar med en lust som han inte visste att han besatt. Den natten var den första gången de blev ett med varandra. Med Azalea var det inte pinsamt att vara oerfaren inom det området, allting hade känts lika naturligt som att dricka vatten. Lika självklart som att solen steg över ön varje dag var det att de två skulle vara med varandra.

Theo vaknade upp av solens varma strålar som sken in genom en glipa i fönstret. Tröttsamt gnuggade han bort morgonen från sina ögon och sträckte på sig. Efter att gårdagens passionerade affär var färdig hade de båda somnat, Azalea med sitt huvud på hans bröstkorg. Det var första gången sedan hans pappa dog som han vaknade upp och kände sig utvilad.

-Godmorgon, min modiga inbrottstjuv, flinade Azalea och petade honom i magen. Det enda han hade hört av vad hon sa var 'min', och plötsligt spelade ingenting annat någon roll. Han kände sina mungipor lyfta på sig.

-Godmorgon min klumpiga jungfru i nöd, svarade han lyckligt.

Azalea gömde sitt ansikte i kudden.

-Jag tror inte du kan kalla mig en jungfru längre efter vad vi gjorde igår.

De två skrattade tillsammans, och allting kändes enkelt. Det dröjde dock inte en längre tid innan situationens allvar tog sitt grepp om dem igen. Theo harklade och reste sig upp. Azalea förstod också att det var dags. När de kom hem igår hade ingen av dem diskuterat vad de hade hittat hemma hos Peter Helheim, det fanns andra, på många sätt viktigare, saker att göra. För all del hade deras inbrott varit en succé. De hade nu definitiva bevis på att deras borgmästare åtminstone var delaktig i eller visste om öns hemligheter. Det som var mindre lyckosamt var uppenbarelsen över att ön fortfarande, troligtvis, var fullspäckad av människor från samma organisation som var ansvariga över att hålla fast dem på ön för många, många år sedan. Hade de haft svårt att lita på någon annan än sig själva tidigare var det nu en omöjlighet. Efter att noggrant ha övervägt sina alternativ beslöt de sig för att ge det tid. De visste att deras fiende var på ön, och deras enda hopp var att någon från organisationen skulle göra ett misstag. Det var då de skulle slå till.

Veckorna flög förbi i en rasande fart. Azalea hade övertygat sin familj om att få bo hos Theo. Vanligtvis hade de säkerligen rynkat på näsan åt förslaget, men vem kunde egentligen säga någonting om deras dotter som var den enda tröst en föräldralös pojke hade. Han fick en inblick i hur deras liv kunde ha varit, hade de två varit ovetande om öns hemligheter. Varje morgon skildes de två åt och gick till sina respektive jobb. På kvällarna lagade de mat tillsammans, tog promenader, låg på gräset och tittade på molnen. Folket runt omkring dem lade inte mer märke till dem än något annat lyckligt par. På utsidan var de just det, ett lyckligt par. Men det var någonting som tyngde dem båda inombords. De visste aldrig vem som lyssnade och de enda samtalen kring vad Azalea berättat och vad de hade sett i borgmästarens hus kunde ske inomhus med hyssjade röster. Han hade frågat henne hur hon kunde veta om allting hon berättat den natten de satt vid klippan. Förvånande nog var det hennes farfar Mikos som hade berättat allting för henne på hennes 15-årsdag. Hon hade fått svära högt på att aldrig återberätta vad han sagt förrän det var till en person hon visste var godhjärtad och ärlig, och som kunde hjälpa henne med att lämna ön. Det chockade Theo när han fick veta att det var en hemlighet som hölls mellan Mikos och Azalea, och hennes föräldrar var totalt ovetande om det hela. Efter hennes farfars bortgång och hans mammas bortgång var det möjligt att paret var de enda, bortsett från organisationen, som visste om hela historien. Men varför hade hans egen farfar och hans far mördats för vad de visste, och varför hade Mikos liv blivit besparat under en så lång tid? Det var ämnen som de diskuterade varje natt tills de oftast slutade med fler frågor än de började med. Även frågan om hur han kunde ha sett Azalea segla iväg från honom den natten på ön blev besvarad med deras nya, mest använda ord: *"Jag vet inte."*. Hon svor att hon aldrig hade lämnat ön eller varit medveten om varför någon som liknade henne lämnade ön den kvällen, och han trodde på henne. Vad hade han annars för val? Han behövde kunna känna tillit till någon här på ön, och hade det inte varit för henne hade han varit ensam. De diskuterade aldrig deras framtid. När de inte kunde njuta av nuet såg de ingen anledning att blicka så långt framåt. Det enda de såg fram emot och visste att de behövde göra var att få reda på varför de fortfarande befann sig på ön. Så vitt de visste var den blåa blomman som Azalea plockade som arbete anledningen till deras flytt hit, men nu när leveranserna säkerligen hade stannat upp sedan flera år tillbaka fanns det egentligen ingen anledning för dem att inte återförenas med världen.

En morgon när han vaknade upp beslöt sig Theo för att det fick vara nog med deras passiva vardag. Allt de visste, vad de var riktigt säkra på, var att deras liv och allas liv på ön var i större och större fara för varje dag som gick utan att de fick svar på deras frågor.

Deras plan var enkel, de skulle bygga en båt för att lämna ön tillsammans. När han först hade beskrivit planen för henne möttes den med ett stort tvivel, men efter att ha försäkrat henne om att de aldrig skulle sätta sig på hans hemgjorda båt, var hon bättre införstådd i vad som faktiskt skulle hända. De skulle bygga en båt i största hemlighet, i skydd av mörkret och tillräckligt hemlighetsfullt för att ingen vanlig invånare på ön skulle bli varse om deras plan, men tillräckligt tydligt för den som var medlem i organisationen för att lägga märke till dem. Precis i ögonblicket som den personen samlade in bevis för att konfrontera dem skulle de ha sin möjlighet att slå tillbaka och tillfångata en av deras fiender. Allting skulle handla om deras tajming. De behövde vara snabba nog med att locka in och fånga personen för att denne inte skulle rapportera sina misstankar till Helheim eller någon annan i organisationen. Tog de för lång tid på sig skulle de troligen bli påkomna och mördas av dem i tystnad, utan att någonsin få svar på deras livs viktigaste frågor.

Arbetet med båten påbörjades och löpte på snabbare än vad de trodde. På bara några enstaka nätter hade de hunnit en god bit in på deras bygge. Fortsatte de i samma takt behövde de snart oroa sig över att ge sig iväg med båten, snarare än att endast använda den som ett lockbete. Den var inte mycket för världen, men båten bestod av åtta långa, tjocka stockar som var fastbundna i varandra. Längst bak stack en lång, smalare stock upp. De planerade att fästa ett segel gjort av hans mammas gamla klänningar, nu när hon inte längre skulle behöva dem. De flesta på ön var duktiga med nål och tråd, en skicklighet som var nödvändig då det alltid fanns någonting som var i behov av reparation.

Deras oro över att behöva segla iväg med båten i förtid visade sig vara onödig. Den sjätte natten, när de var i full fart med att knyta fast seglet vid den smala masten, hörde de en gren som knäcktes bakom dem. I tystnad tittade de runt omkring sig utan att stanna upp med sitt arbete för att inte väcka misstankar. Ljudet kom från bakom en stor stenbumling. Till slut tittade de på varandra och nickade. De båda förstod vad de skulle göra. Månens ljus lyste tillräckligt starkt för att de skulle kunna se varandras ögonvitor, men inte mycket mer än så. Paret rörde sig framåt, sakta och så tyst som de kunde. De förstod att den tjuvtittande personen snart skulle bli ivägskrämd efter att inte ha hört deras rörelser på en längre tid. När de var inom tillräckligt kort räckvidd för att nå ut till stenen hoppade de båda runt den på vardera sida och rakt in i spionens rygg. Den mörka figuren stod tryckt med magen in mot stenen i ett tappert, men löjligt, försök till att göra sig själv osynlig för dem. Kanske hade han hoppats att mörkret skulle skydda honom från att bli sedd, men Theo tyckte mest att det påminde om en dålig runda av kurragömma som han lekte som barn, och inte som en ondskefull person från organisationen som gömde sig. När mannen till sist insåg att han var påkommen försökte han att springa iväg från dem, men han sprang istället rakt över Azaleas smalben och ramlade omkull. Mannen låg medvetslös på marken framför dem. Varken Theo eller Azalea var förvånade över vem som spionerade på dem. Det var en person de oftare hade sett vid

Peter Helheims sida än ensam. William. Officiellt sett var hans yrkesroll på ön medlare. Hade man en konflikt med någon annan på ön var det William man skulle besöka för att medla i ens bråk. Inofficiellt var han en första gradens rövslickare som baktalade dig den ena stunden till att den andra stunden låtsas vara din bästa vän. Det var ingen hemlighet att han var mycket illa omtyckt på ön, och mer överflödig än nyttig. Det var sällan som konflikter behövde en medlare innan de löste sig själva. För övrigt var han känd för att medla i fördel till den part med störst byst. Hans brist på förvåning var utbytt mot glädje. För en gångs skull verkade saker gå deras väg. William skulle inte vara svår att få information ur, och de behövde knappast tveka på om en av öns avskum verkligen var med i den onda organisationen eller inte. Williams korta, om än något överviktiga kropp gjorde det enkelt för dem att flytta honom hem till Theo. Efter hans fall hade han varit rejält omskakad och var fortfarande inte talbar. Med vardera av hans armar på deras axlar släpade de på den, för tillfället, harmlösa William. Nu började deras sanna kamp mot klockan.

Kapitel 4: Anledningen, År 2373

Theo stängde dörren efter sig och satte ned William i en av hans köksstolar. Azalea arbetade snabbt. Hon tog tag i hans händer och band fast dem bakom stolsryggen med en bit av det rep som var tänkt att hålla båtens flagga. Nöjd med att han inte skulle vara kapabel till att fly slängde hon en hink med iskallt vatten i hans ansikte. Theo märkte snabbt att William tydligen inte var hennes favoritperson på ön. Det kalla vattnet väckte honom från sitt omtöcknade stadie. William flämtade till och skakade på sina händer innan han märkte att det var lönlöst att försöka fria sig själv.

-Släpp mig, genast! Vet ni inte vem jag är?! skrek William. Hans första ord osade av självgodhet och fick dem att ogilla honom ännu mer än tidigare, om ens möjligt.

-Det ska vi. Om du samarbetar, svarade Theo. Han kände knappt igen sin egen kyliga ton, men han visste att han behövde visa ett tufft yttre för att de skulle få vad de var ute efter.

-Varför ska jag hjälpa er två galningar? Tar män som gisslan.. goda män.. vi som vill öns bästa.. ni är galningar.. idioter.. vet inte vad de har gett sig in på.., mumlade William för sig själv, tydligen obrydd över vilka som hörde vad han sade.

-Vi hoppas att ni kan berätta det för oss, herr William. Vad exakt är det vi har gett oss in på? Har det någonting med vår älskade borgmästare Peter Helheim att göra? frågade Theo och log. Konversationen hade gått mycket fortare än han hade förväntat sig. Till hans stora förvåning möttes hans leende av ett hånskratt från William.

-Hmpf, ni tror att ni vet så mycket. Ni är inte de första som har gått denna väg, och ni kommer inte heller vara de sista. Ni är ännu bara barn, dumma och naiva. Ovissa om vad uppoffringar är, vad vi har behövt utstå för att rädda oss själva och vårt liv här på ön. Vad var egentligen er plan? Att fånga mig, och sen då? Jag berättar allting jag vet? Jag hatar att göra er besvikna, men det kommer inte att hända. Er bästa chans för förlåtelse är att släppa mig och fortsätta leva era små, meningslösa liv på ön, och så kanske vi kommer att lämna er ifred, sa William och slängde med sitt svarta, långa och svettiga hår. Theo tyckte sig känna igen Williams ord. Även hans mamma hade bett honom att släppa allting och gå vidare med sitt liv på ön. Även om William inte hade lindat in det riktigt lika fint som hans mor så var det samma meddelande som de båda förmedlade.

-Både du och vi vet att vi inte kommer att släppa dig innan vi vet vad som händer på ön, och alla vi här vet att ni inte kommer att låta oss leva vidare i frid, med allting vi vet om er, sa Azalea. Hon hade tagit över samtalet, vilket fick Theo att backa bak ett steg från deras fånge. Smack. Hennes handflata mötte Williams runda kind och han släppte ur sig ett ljud som var lika mjäkigt som hans personlighet.

-Er bästa chans, herr William, är att berätta allting ni vet för oss. Det finns saker vi kan göra med dig som är värre än vilket annat öde än väntar dig hos din chef, fortsatte hon. Hennes fot rörde sig upp för insidan av hans lår. Han tittade på henne med skräckslagna ögon. Det var tydligt att den maktposition han trott sig inneha hade skiftat. När hennes fot närmade sig hans penis började han skifta runt obekvämt i stolen. Den tidigare flinande mannen i stolen såg nu skräckslagen ut, han hade tappat kontrollen över situationen.

-Jag berättar, snälla…, vädjade han till paret.

Azalea sänkte ned sin nakna fot mot golvet. William pustade ut och hans axlar sjönk. Hon gick bort mot ytterdörren och öppnade en låda. Ur lådan tog hon fram ett par sandaler gjorda av hårt trä.

-Ska du ut? frågade Theo. Hans naivitet fick Azalea att le. Det var inte hennes vanliga leende, det leendet som gjorde honom varm inombords. Hennes läppar var formade i ett leende, men i hennes ögon såg han bara hat. Han ville inte medge det för sig själv, men han hade tvivlat på sin egen plan efter att de fångat in William. Vad skulle de göra med honom efteråt? De var inga mördare, och de kunde inte släppa honom lös. Kanske skulle de faktiskt behöva ge sig iväg med sin båt. Tanken gjorde honom nervös, men inte lika nervös som deras fånge var. Medan han stod försjunken i sina tankar hade Azalea gått tillbaka till deras fånge. Ett högljutt skrik hördes från William som låg böjd över sig själv i den stol han var fastbunden i. Azalea stod stadigt framför honom med fötterna brett isär. Från scenen som syntes framför honom förstod Theo att hon hade stampat honom i hans skrev med de hårda träsandalerna. Trots hans plågade röst fortsatte Azalea att fråga ut honom, fast besluten att få de svar hon sökte.

-Varför är vi kvar på ön?

William kämpade mot smärtan av en krossad pung och fick bara ur sig ett enstaka, andfått ord.

-Snälla.., vädjade han igen, ännu ynkligare än tidigare.

Hennes fot for återigen rakt in i hans skrev, denna gång framför Theos ögon. Han rös av tanken på den extrema smärtan och kunde inte undgå att släppa ur sig ett dämpat skrik när han tänkte på den smärta deras fånge genomled. Williams skrik var lika högljutt denna gång, och Theo blev rädd att någon skulle höra hans tortyr utifrån. Azalea hade samma tanke och stoppade in en smutsig trasa i hans mun. Ett droppande ljud hördes. Theo såg en blöt pöl samlas vid Williams fötter. Han visste inte om det var en reaktion på smärtan eller den rädsla han kände, men deras fånge hade kissat på sig. I ett svagt ögonblick lutade han sig in mot Azalea och viskade till henne.

-Vi borde sluta innan det går för långt..

-För långt? Vi är fångar här, Theo. Hörde du inte någonting av vad jag berättade för dig? Vi har alltid varit fångar här, det är de som har gått för långt. Du har levt med vetskapen om att vi är fångar här i enstaka veckor. Jag har levt med det i flera år. Vår smärta är inte densamma.

Hennes hatiska blick var nu riktad mot honom och han kände den bränna ett hål inombords. Det här var inte den Azalea han hade blivit förälskad i. Hon hade varit som förbytt sedan de hade kidnappat William. Han ville finnas där för henne och visa att han skulle göra vad som helst för henne, om än det skulle bryta mot hans moraliska kompass.

-Du.. du har rätt. Förlåt, fick han skamset ur sig.

Ett plågat skratt hördes från William som hunnit återhämta sig efter den senaste smällen.

-Lika svag som sin mor, ser jag, sa han plågat. Han var fortfarande vikt över sig själv och hans svarta hår täckte hans ansikte. Genom de små gliporna i det svettiga håret såg Theo hans mun. Han log. Det var ett uppenbart försök till att provocera honom, och det fungerade.

-Håll käften, du kände inte henne, röt Theo tillbaka som svar.

-Ha ha, ni vet verkligen ingenting visar det sig..

William skakade på huvudet och suckade.

-Jag som trodde att ni hade kommit längre än de förra stackarna som försökte sig på det här.

Kunde det stämma? Var det fortfarande så mycket de inte visste, trots allting som Azalea hade berättat för honom? Han fick kämpa för att hålla sitt lugn. Han var glad när hon tog tillbaka kontrollen över förhöret.

-Så ni kände henne? Då får vi anta att ni arbetade ihop i organisationen, sa Theo glatt.

Williams leende försvann. Rädd för att ta emot vidare misshandel om han fortsatte vara tyst, mumlade han endast som svar. Hans försök till provokation hade lett honom till att ge upp information som han säkerligen önskat att han hållit för sig själv. William nickade uppgivet.

-Då börjar vi enkelt. Vad var Alex roll i organisationen?

Han försökte sig på tystnad som ett svar tills Azalea lyfte upp sin fot.

-Vänta, vänta, vänta! Okej, okej. Hon var predikant.

-Och vad gör en sån?

-Hon rekryterar folk. Har kontakt med de som blev kvar, sprider vårt ord, berättar sanningen, anordnar möten. Allting i största hemlighet förstås.

Det hade gått så fort när William pratat att Theo inte hunnit uppmärksamma hans ord. Återigen var han tacksam över att Azalea var där med honom.

-De som blev kvar? Vilka är det?

William tittade förvånat på henne.

-Ja? Säg inte att.., sa han innan han stoppade sig själv och suckade.

-Ni är verkligen amatörer. De som blev kvar, de som lever på fastlandet. Vid det här laget måste ni åtminstone ha listat ut att sjukdomen var ett påhitt och att den gamla världen har fortsatt precis som den alltid har gjort där bortom horisonten.

Kärleksparet var tysta.

-Dåså. Vi kallar de som lever på fastlandet och är medvetna om vår existens för de andra. De har existerat lika länge som vi har levt på denna ö. Ni har båda två läst om flygplan, båtar och helikoptrar. Varför tror ni att ingen någonsin har åkt nära oss med en båt? Varför har inget flygplan passerat ovanför oss i himlen?

Precis, det är de andras görning. Jag vet inte hur de har gjort det alla dessa år. Mycket makt och mycket pengar, antar jag. Kanske någon slags vägg runt vår ö. Det svaret har jag inte att ge er, oavsett hur mycket ni än slår mig, för det vet jag ingenting om.

De trodde honom. Theo som bara hade hört om den andra världen från hans pappas tidning och Azaleas berättelse kände sig mer bekräftad nu än någonsin tidigare. William hade erkänt den gamla världens existens. Och inte bara det. Världen fortsatte där borta, fri från pandemi och katastrof. De hade en chans att ta sig tillbaka dit, till att skapa nya minnen för de kommande generationerna, för deras barn. En chans att leva, på riktigt. Han kände sina smilgropar dras åt.

-Ni ser, skulle folket på ön få reda på att det finns någonstans att återvända till skulle de flesta av dem försöka ta den chansen, oavsett de liv som skulle gå förlorade ute på havet. Våra arbetsgivare skulle misstycka å det grövsta, skulle det hända. Det finns.. personer.. och föremål, här på ön som aldrig får lämna den, oavsett omständigheter, sa han allvarligt.

William stirrade på Theo som var märkbart upprörd. Han knuffade Azalea åt sidan, tog tag om Williams axlar och skakade honom hårt.

-Vad är det som är så farligt med oss, varför låter ni inte oss leva våra liv och lämna den här ön? Låt de som vill stanna, stanna! Hur skulle organisationen ens veta om att ett fåtal av oss lämnat ön, särskilt om världen där utanför är så stor som vi hört?

William fortsatte att stirra på honom, tydligt orörd av Theos aggressivitet.

- Jag antar att ni har hört historien om vår käre Roberto?

Theo tittade åt Azaleas håll. Hon stod stilla, ovillig att ge William ett uns av svar. Han följde hennes exempel. Williams blick svepte över deras ansikten.

-Det har ni. Då vet ni om att han byggde upp samhället på denna ö. Han är ansvarig för hur vi lever idag. Mot slutet var han... Låt oss säga, inte sig själv. Det är en tung sak, vet ni. Att utstå så mycket förluster, att gå igenom allt det han gjorde.. Det är.. ofattbart. Men det finns någonting som historien om honom glömmer att förtälja.

Både Theo och Azalea spände hörseln nyfiket.

-Han blev en gammal man, Roberto. En ensam man, förvisso, men en gammal man. Män som lever upp till en viss ålder tenderar att... ha sått sina frön, om ni är bekanta med det uttrycket. En man som han kan inte vara ensam för alltid utan att reagera på sina mänskliga lustar.

-Menar du..?

Theo började förstå vad William var på väg att berätta.

-..och en man som har sått sina frön på många olika ställen, ja det säger sig ju självt..

Han kände svettpärlorna rinna ned för sin panna.

-..att Roberto till slut fick en son. En son han älskade tillräckligt mycket för att, om än i ett misslyckat försök, hålla hemlig för organisationen. En son som endast ett fåtal av oss vet om. En son som i sin tur fick en egen son, som sedan fick en son, som sedan fick en egen son, och så fortsatte det så långt att de inte ens själva visste om sitt eget släktträd.

Theo kände sina knän ge vika under hans blytunga överkropp.

William log mot honom, glad över att ha kunnat få sin kidnappare att komma ur balans, men ännu var han inte färdig.

-Förstår du nu? Anledningen till att vi fortfarande är här, anledningen till att vi fortfarande låter dig vara vid liv är att du är den sista levande person på denna ö som rättmätigt kan kalla sig för Helheim.

Kapitel 5: Williams förräderi, År 2373

Theo kom på sig själv med att ha spenderat den senaste minuten, försjunken i sina egna tankar, döv och oviss om vad som pågick runt omkring honom. Hans farfarsfar, längre bak än vad han kunde räkna, i flera generationer bakåt, hade varit Roberto Helheim. Han kunde knappt förstå det, och än mindre smälta informationen. Han vaknade till ljudet av Azaleas hand som återigen mötte Williams, vid det här laget, rosa kind.

-Tycker ni det här är kul? Era jävla as! Släpp oss från ön! skrek Azalea, tydligt obrydd över att de utanför kunde höra dem.

William satte sig upp rakt i stolen, hånflinandes.

-Min kära dam, jag tror bestämt att det är jag som är fången här? Hahah-

En till smäll träffade honom, den här gången var det Azaleas knutna näve som mötte hans vänstra tinning. Williams ögon stängdes och flinet försvann för en kort stund, tydligt i smärta av slagen, innan han öppnade dem och sträckte på sin fastbundna kropp, återigen leendes.

-Azalea, sa Theo dämpat och la sin hand på hennes axel i ett naivt försök att lugna ned henne. Han ville inte att hon skulle göra någonting som skulle sabotera deras plan, eller ännu värre, någonting hon skulle behöva leva med resten av sitt liv. Azalea slängde reflexivt bort Theos hand och stirrade på honom med en mer intensiv blick än han någonsin sett henne ha. Han förstod henne, bättre än hon kunde veta. Han var en Helheim, och i hans släkt fanns det mer förlust än för någon annan här på ön.

-Vad?! Det här aset är ansvarig för att vi är här på ön. Han är ansvarig för att vi har levt här, isolerade från ett normalt liv. Han är ansvarig för..

Hon pausade kort innan hon fortsatte, fundersam på om vad hon skulle säga kunde rättfärdiga hennes misshandel av deras fånge.

-Han är ansvarig för Alex död.

-Lyssna, jag vill se honom slagen lika mycket som du vill. Men du vet precis som jag att William inte är ansvarig för att vi är här. På många sätt och vis är han fångad här, precis som vi är.

-Just det, lilla tös, lyssna på din pojkvä-, var allt William hann få ut innan Azaleas fot mötte hans ömma skrev. Hon hade åtminstone slutat med att attackera hans ansikte, för tillfället.

-Käften! skrek hon så högt att spottdropparna flög ut från hennes rosa läppar och landade i Williams svarta, svettiga hår.

Theo steg in och drog iväg henne från deras fånge. De ställde sig tillräckligt långt borta för att han inte skulle höra dem prata.

-Vi kan använda oss av honom, lita på mig, sa Theo och tryckte sin panna mot hennes medan han slöt sina ögon. Genom deras närgångna kroppskontakt kände han hur hennes tidigare höga puls sjönk. Azalea blängde ilsket på den dubbelvikta William, fortfarande paralyserad av smärtan.

-Theo, vad föreslår du att vi gör med honom? När är det dags för vår plan?

De två hade diskuterat nästa steg i deras plan tidigare, och deras nuvarande konversation var inget mer än en teaterpjäs som de spelade upp för William för att han skulle förstå allvaret i att trotsa dem. Paret flyttade sig ljudlöst närmare till deras fånge, utan att han märkte deras förflyttning.

-Vem, om inte William, skulle kunna få med sig Peter Helheim till en avlägsen plats på ett diskret sätt utan att han ställde några frågor? Så länge vi har övervakat honom är han aldrig ensam mer än sekunder i sträck. Om vi vill ha en riktig chans att få svar på våra frågor om ön är William vårt bästa alternativ, sa Theo tillräckligt högt för att deras fånge skulle höra honom, men tillräckligt lågt för att han inte skulle misstänka att han hade hört dem.

-Hur vet vi att han inte lurar in oss i en fälla?

-Precis som Roberto så har vår käre William en son, Charlie, här på ön. En son som han älskar..

Azalea tittade tveksamt på honom. Hon var en utmärkt skådespelerska, det medgav han. De båda två visste att Williams son aldrig skulle befinna sig i någon riktig fara, åtminstone inte från dem.

-Han är sex år gammal, Theo. Vi kan inte kidnappa ett barn. Vi är inte dem, sa Azalea.

-Jag medger att det finns en del moraliska problem med vad vi behöver göra, men det är det enda sättet, tro mig. Det här är vår bästa, och kanske enda chans att möta Peter Helheim ensamma, ansikte mot ansikte.

Att kidnappa Charlie visade sig vara enklare än de hade trott. Varje morgon gick han ensam iväg till skolan prick klockan åtta. Theo hade stannat kvar med deras fånge, rädd för att Azalea skulle göra någonting som förhindrade deras plan om hon blev lämnad ensam med William. Dessutom visste de flesta på ön vem hon var, och det skulle väcka färre misstankar att se henne med någon annans unge, än om Theo hade gått runt med Williams son. Så vitt de visste, kunde hon lika gärna ha hjälpt honom till skolan. Charlie var naiv och hade enkelt följt med Azalea när hon förklarat att hans pappa ville att han skulle möta honom på en plats dit hon skulle ta dem.

När Charlie kom in genom dörren och hans pappa fick syn på honom försvann Williams påklistrade hånflin. Theo såg all färg lämna den runda, fastbundna mannens ansikte. Genom gnisslande tänder försökte han, så gott han kunde, att hålla uppe ett glatt humör för att inte skrämma livet ur sin son. Det hela hade varit en chansning. Deras plan krävde att William värderade sin sons liv över organisationen. Den krävde även att han skulle tro att de var desperata nog för att mörda hans son, vilket ingen av dem egentligen var. Så vitt de kunde se var de på rätt väg.

-Pappa? frågade Charlie när han fick syn på sin fastbundna pappa. Theo misstänkte att det hade krävt all Williams kvarvarande styrka, men han lyckades svara sin son med en lugn ton för att inte alarmera honom om att varken han eller hans pappa var i någon fara.

-Det är ingen fara, gubben. Azalea känner du redan, och det här är pappas andra kompis, Theo. De var snälla nog att hämta hit dig, jag ville så gärna träffa dig den här morgonen innan du gick till skolan.

- Men..., trots hans unga ålder såg både Theo och Azalea att Charlie var tveksam till den scen han såg framför sig.

-Inga men! Vrålade William, innan han fortsatte med en lugnare ton.

-Förlåt.. Inga men. Lyssna på vad pappas kompisar säger och gör vad de ber dig om så är vi hemma till middagen. Vad sägs om att vi äter lasagne ikväll?

Charlie sken upp. Det verkade som att nämnandet av hans favoriträtt fick honom att tänka på annat. Han nickade glatt till svar. Theos mage vände sig. Det var tillräckligt tufft för honom att se William bli misshandlad när han bara var en ond person som ville dem illa. Nu när han pratade med sin son blev han istället humaniserad, och Theo kom på sig själv med att känna ett oväntat starkt medlidande för honom. Han fick påminna sig själv om deras outhärdliga, 350 års långa isolation, för att återfinna sin ilska.

Azalea stod fortfarande kvar vid dörren med händerna på Charlies axlar medan Theo berättade vad som krävdes av William för att han skulle få tillbaka sin son, oskadd. Det var fortfarande dag ute och de behövde arbeta kvickt. Varje dag de förlorade var en till dag av risker att bli påkomna och avrättade.

Först skulle William övertyga Peter Helheim till att möta honom i sitt eget hus samma kväll, utan att någon annan från organisationen var i närheten av dem. Både Theo och Azalea var bekanta med hur borgmästarens hus såg ut inuti och det var en ypperlig plats för att konfrontera honom. Efter att ha blivit inbjuden i hemmet skulle han ursäkta sig för att gå på toaletten, och då öppna bakdörren till Helheims hus. När han återvände skulle han beklaga sig över magont och fort lämna huset innan Helheim hann ställa några frågor. Väl utanför huset skulle han gå tillbaka till Theos hus där han skulle hitta en lapp med direktioner för att hitta sin son. Om allting fungerade som de hade planerat skulle detta ge dem en timme, med några minuter marginal, för att konfrontera Peter Helheim, innan William hann fram till sin son och kunde varna de andra i organisationen.

De kände på bakdörrens handtag. Olåst. William hade uppfyllt sin del av avtalet. Det tog emot att säga, men kanske hade han haft mer moral än vad de ville erkänna. Endast åsynen av ett dolt hot mot sin son var det som hade krävts för att han skulle vända ryggen mot organisationen, om än troligtvis temporärt. Deras samvete skulle åtminstone vara rent. De hade inte behövt skada sonen, och den enda som farit illa var William. Och det var svårt att sörja den minimala fysiska skada han ådragit sig när den stod i kontrast till all smärta deras folk upplevt i alla dessa år.

Klockan hade just slagit efter middagen när de smög in genom den dunkla, bakre entrén. Utanför hade det börjat åska och vinden piskade husets alla fönster. Det var mörkt ute, men ljuset från de sporadiska blixtarna lyste upp vägen framför dem. Med försiktiga steg tog de sig förbi en stor matsal där bordet var uppdukat för två personer, ovetande om att William aldrig hade några planer på att stanna för middag.

Nästa rum de gick förbi var sovrummet. En stor, röd säng stod tryckt mot ena väggen. På sängen låg ett stort täcke och ett överflöd av sammetsklädda kuddar. En mjuk kudde var ett tecken på att ens familj hade haft det väl ställt under sin tid här på ön. Theo själv kunde inte minnas en enda gång han hade sovit med en kudde som inte fick hans nacke att yla av smärta. Lusten att lägga sig ned i sängen slog honom hårt, men de var under tidspress, tvungna att vara både försiktiga och snabba. Tuppluren fick vänta. De visste inte om Peter Helheim skulle ha en larmknapp i huset som han säkerligen skulle använda när han fick syn på dem, men det var inte en risk de var villiga att ta. Längst bort i den långa korridoren lös ett starkt ljus från husets sista rum. Det var samma rum som de tidigare snokat runt i, Helheims kontor. Med tysta steg rörde de sig försiktigt framåt, decimeter efter decimeter. De var precis vid dörröppningen när de hörde honom ropa.

-Ni kan komma in nu.

Kapitel 6, Konfrontation, år 2373

Theos hjärta slutade slå. De stannade upp. Hur kunde han veta att de var där?

-Jag har inte hela dagen på mig, ni har redan slösat min tid tillräckligt mycket. För att inte tala om hur ni har behandlat min stackars William. Jag är mycket besviken på er. Kom hit - nu, sa Peter Helheim med en strängare röst än de någonsin hört honom använda.

Som två olydiga barn som precis fått skäll av sina föräldrar gick de skamset fram till den vidöppna dörren och in i rummet. På en trästol i bakre delen av kontoret satt Helheim framför flera mindre skärmar. Skärmarna hade kommit ut från bokhyllan de tidigare letat igenom, vilket förvirrade Theo som inte hade märkt dem när de sökte igenom rummet tidigare. Ingen på ön hade sett varken en TV eller en skärm, men från de flertal beskrivningar över vad som var en populär syssla förr i tiden förstod de båda två vad de såg framför sig. På skärmarna såg de olika delar av ön, snabbt skiftande. I svartvitt färg såg de torget där flera människor gick förbi snabbt, bråttom hem till sina familjer. De såg små barn skrattandes springa efter varandra, trevande efter att nå kompisens rygg, medvetna om att de var ute allt för sent på kvällen utan deras föräldrars tillåtelse.

På en mindre skärm på sidan av de andra såg de sig själva från tidigare när de letade runt på Peter Helheims kontor. Åsynen fick Azalea att flämta till och ta ett försiktigt steg bakåt. Theo stod som förlamad, oförmögen att ta in det han såg.

-Ni får ursäkta den suddiga bilden, det var ett tag sen vi fick vår senaste leverans av övervakningskameror.

Helheim ställde sig upp och gick rakryggad bort mot en hylla längs rummets ena kortsida. Han tryckte på en knapp på undersidan av hyllan och innan Theo hann reagera hade hyllan försvunnit in i väggen och bytts ut mot ett skåp med ett dussin halvtomma flaskor. Helheim plockade ned tre stycken glas och en av flaskorna med ett vinrött innehåll. De förstod båda att det måste vara vin i flaskan, någonting de aldrig hade sett, men hört talas om i Mikos berättelser. Han hällde upp en generös mängd vätska i vardera glas innan han lugnt gick fram till de två och placerade varsitt glas i deras händer. Theo förstod inte varför, men både han och Azalea hade sträckt ut sina händer och accepterat Helheims gåva. Kanske hade det varit det absurda i deras situation. Kanske hade det varit ivern över att smaka på en relik från den gamla världen.

Helheim gick tillbaka till sitt skrivbord och satte sig ned. Hans rygg, upplyst av bakgrunden med skärmar där de omedvetna invånarna rörde omkring på ön.

-Ni kan vara lugna, det är inte förgiftat, sa Helheim och tog en girig klunk av vinet innan han fortsatte.

-Se? Passa på, smaka. Bordeaux år 2257, en fin årgång. Långt före både min och er tid, såklart. Så är det ofta, de bättre sakerna här i livet har redan hänt.

Theo förde glaset mot sina läppar och svalde en klunk av den röda vätskan. När vinet rörde den bakre delen av hans strupe hostade han till av den brännande känslan. Helheim skrattade glatt och tittade på Azalea som stod stilla med sitt glas i sin hand.

-Och nu du, min kära dam. Det är oförskämt, nej, det är rent ut sagt idiotiskt att tacka nej till ett sånt här tillfälle.

Lydigt tog hon en klunk av vinet och hostade till. Hennes reaktion på vinet var mycket mindre våldsam än hans egen, och han kände sig som den svagaste i rummet. Helheim skrattade glatt igen och log sitt bredaste leende som blottade de vita tänderna innan han svepte det resterande vinet i sitt glas.

-Duktiga barn! Så där är man respektabla gäster. Så här, sa han och pekade på skärmen som återigen spelade upp ögonblicket då de snokade runt på hans kontor.

-..är man inte tacksam över den gästfrihet man ges. Men det är väl passande med ert beteende på sistone, håller ni inte med?

Hans leende hårdnade till och Helheim såg plötsligt mer allvarlig ut. Theo, äntligen fri från den tidigare tunghäftan han upplevt, öppnade munnen för att tala, men just då blev han avbruten av Azalea som hann före honom.

-Tacksam?! Vad har vi att vara tacksamma för?! Ni har hållit oss här så långt tillbaka att världen glömt bort vårt folk! Ni har ljugit om allting, ni har snott hela vårt liv, vår existens! ropade Azalea.

-Pfft, snälla. De vet om oss, det är bara ni som inte vet någonting om dem, sa Helheim och viftade bort hennes anklagelse.

Azalea tystnade.

-Att hålla en ö i den här storleken hemlig för evigt är praktiskt taget omöjligt. Det är svårt nog att hålla er alla kvar här, men att samtidigt förhindra folk från att veta om er, det är en omöjlighet.

-Men..

-Men varför har ingen kommit för att rädda oss? Enkelt, vi behöver inte räddas. Vi stör inte omvärlden och de stör inte oss. Ni ser, kort efter att Roberto gått bort, uppfördes en stor, låt oss säga, kupol runt ön. Dess väggar och tak omfamnar oss. Väggarna sträcker sig långt bort, längre än någon skulle kunna simma, om nu vårt väder skulle tillåta det. Utanför väggarna patrullerar våra båtar, vilket gör det omöjligt för potentiella inkräktare utifrån att ta sig förbi väggen in till oss. Men med rätt verktyg är det inte en omöjlighet för er här på insidan att nå väggen. Såna olyckor måste vi undvika, men det har tyvärr hänt. Din farfar, till exempel, sa han och pekade på Theo.

-Han hade någon slags illusion, om än till stora delar sann, att han var en fånge här på ön och inte tillåten att lämna oss. Då han redan hade fått en son hade vi inget annat val än att avliva honom innan hans idéer fick rötter. Tyvärr verkar vi inte ha ryckt ut rötterna tillräckligt djupt. En tragedi med din pappa, sannerligen, men det var på tiden. Trots allt fick han dig många år sedan.

Theo reagerade knappt. Han hade redan varit säker på att hans pappa blivit mördad av Helheim.

-Var det ni? frågade Theo kyligt.

-Jag? Helheim skrattade och skakade på huvudet.

-Nej nej, sånt håller inte jag på med. Jag kan inte smutsa ned mina händer för vad som helst. Nej, det var din mammas last att dra. Hon var tillräckligt dum nog att falla för en i er släkt, hon fick stå sitt kast. Den som försåg henne med giftet har ni redan mött. Han var även vänlig nog att låtsas bryta sig in hos er och anfalla Alex. Naivt nog trodde vi att Williams inbrott skulle få dig på andra spår, men du fortsatte att gräva din egen grav, djupare för var dag som gick. Förstår du inte att allt det här är ditt eget fel?

Helheim spände fast blicken i Theo. Han märkte att Helheim trodde på sina egna ord. I deras sjuka värld var de dem goda, och att hjälpa organisationen var deras livs nobla verk. Plötsligt började Theo blinka. Svetten i hans panna hade runnit ned och blötte hans ögon. Han torkade ögonen med sin hand.

-Hett? sa Helheim och flinade hånfullt.

Theo stod stilla, stum. Han märkte att Azalea grät ljudlöst bakom honom, och han förstod varför. Det var samma inblick han själv precis hade anlänt vid.

-Du kommer aldrig att släppa iväg oss härifrån, sa Theo, säker på sin sak.

-Jag? Nej. Ni missförstår. Det är varken upp till mig eller till någon annan på den här ön att släppa er. Suck.. Ni är precis lika dumma som Roberto en gång i tiden var. Varför tror ni att hela hans liv kantades av missöden? Slumpen? Oturen? Nej, sa Helheim och skrattade.

-Vår organisation är, *speciell*. I er gamla värld, och vår egen värld här på ön, finns det en särskild balans som behöver bibehållas.

Från det onda kommer det goda. Utan smärta finns ingen glädje. Ni har båda hört ordspråken, slutet är nära, *hic finis*. Det finns en sanning i dem. För oss är de mer än ordspråk, de är vår sanning. Vår grundare, mycket äldre än detta samhälle, och äldre än de antika samhällen som funnits på detta jordklot, trodde så starkt på denna ordning att han gav ett löfte under hans tid som ledare över vår organisation. Han svor att för evigt bryta ned de utvalda människorna så att han kunde bygga upp dem, bit för bit, ge dem en smak av hopp, för att till sist, slutligen, krossa deras själar. Låter det löjligt? frågade Helheim utan att förvänta sig ett svar.

-Må så vara, men ni kan inte förneka att det fungerat. Jag medger att det än idag finns de i vår organisation som inte förstår varför vi gör vad vi gör, sa Helheim och vandrade med sin blick runt om i rummet.

-Mikails själ behövde dö för att Robertos skulle leva vidare. Och i sin tur skapade han det samhälle vi lever i än idag. Det är minimalt med brott, det finns ingen invånare på ön som går i säng med en tom mage, det är ingen som behöver gå uttråkad. Om ni visste vilket privilegium detta anses vara i den gamla världen där bortom väggen skulle ni häpna. Jag kan medge att våra tillvägagångssätt inte alltid varit optimala. Man skulle till och med stundtals kunna kalla dem för perversa. Jag förmodar att ni har hört talas om Lazarus? frågade Helheim och pausade för att invänta deras svar.

Theo och Azalea nickade försiktigt, osäkra på hur mycket information de ville dela med Helheim. Men de kunde inte förneka hans namn, de båda kom mycket väl ihåg honom vars namn för evigt förbannat dem till ön.

-Bakom mig hänger svärdet som högg av hans huvud, sa Helheim och gestikulerade mot ett av de två svärd som hängde korsade över varandra, och som de två tidigare hade hittat inskriften på.

Azalea kunde inte dölja sin chock och flämtade högljutt till.

-Ni ser, det finns gränser, även för oss. Lazarus trodde att han stod över våra ledare när han påbörjade pojkarnas tortyr vid en så ung ålder. För vår organisation är det viktigt att barn får vara barn, sa Helheim och log sitt vänligaste leende. Hade det varit i en annan situation hade leendet ingivit trygghet, men nu gav det istället rysningar som for igenom deras kroppar. Theo kunde inte undgå att förbryllas över deras till synes slumpmässiga och sjuka moraliska kod. Han insåg att det inte fanns något sätt att köpslå med dessa människor, ingen konversation som kunde ge dem deras frihet. Paniken satte sig i hans strupe som en bit bröd som fastnat.

Theo klarade inte av att hålla sig tyst under en så här lång tid, och han kände ett starkt behov av att göra sig hörd.

-Namnet.. efternamnet. Helheim. Det är.. mitt? frågade han förvirrat.

Peter Helheim klappade med händerna.

-Ah, jag väntade tills ni skulle komma på det. Ni förstår, att ta Robertos efternamn var ingenting mer än en sista hämnd mot honom av hans efterträdare, David. Det var hans sista hån mot den man som trodde att han styrde här på ön och som gjort honom till hans efterträdare. Även om David föddes här på ön anade Roberto aldrig att han var en högt uppsatt medlem i organisationen, och att göra honom till hans assistent och tillika efterträdare var en förolämpning utan dess like. Davids familj hade alltid varit viktiga i vår organisation, och det är de än idag. Således fick Robertos brev aldrig den effekt han hade hoppats på, och de av oss som har läst det kan än idag skratta åt hans optimism. Öns invånare hade alltid associerat efternamnet Helheim med att vara borgmästare på ön, och så fortsatte det i alla dessa år efter Robertos död, sa han och pausade för att låta orden sjunka in hos det unga kärleksparet som stod i hans rum.

-Men! sa Helheim högljutt, slog ned handflatan i bordet och fortsatte.

318

-Nog om oviktigheter. Lazarus. Inget ont utan gott. Tack vare hans brott mot Roberto och Mikails barndom beslutade våra dåvarande ledare att Roberto skulle få evigt liv, på sätt och vis.

Theo tittade oförstående på Helheim.

-Finner ni det inte märkligt att ingen har skadat er, trots er inbitna jakt på oss? Trots allt har vi alla känt till ert snokande sedan ni började det.

Motvilligt erkände han att tanken hade slagit honom. Han hade känt sig praktiskt taget odödlig nu när han tänkte tillbaka på den senaste tidens äventyr.

-Ingen av oss, inte ens våra ledare, får skada dig, Theo. Såvida inte.., sa Helheim och tystnade plötsligt. Theo ville ivrigt höra vad deras sjuka löfte innebar.

-Ja?

-..såvida det inte finns någon som kan fortsätta ditt arv. Förstår du nu? Du kan ha ihjäl halva befolkningen här på ön, men du kommer ändå att fortsätta leva vidare. Du kan till och med mörda mig, men vilken nytta skulle det tjäna? Blott en tillfällig känsla av hämnd innan näste Helheim kröntes till borgmästare, sa han och vände ryggen mot dem.

Han hade självklart rätt. Det fanns ingen utväg för dem förutom den självklara.

-..eller så kan ni stänga dörren bakom er när ni lämnar detta rum, och leva ut era liv på ön, medvetna om att ingen kommer att röra dig, Theo.

Helheim ställde sig upp och gick fram till honom, lade sina händer på hans axlar, och viskade tyst i hans öra.

-Jag medger att vårt löfte inte gäller Azalea, men mina chefer är inte oresonliga. Jag är säker på att vi kan få till en uppgörelse som gynnar oss all..

Rummet tystnade och för ett ögonblick stod tiden stilla. Lugnet i rummet var ostört och det enda som Theo kunde höra var hans egna hjärtslag. Helheim stirrade djupt in i Theos ögon samtidigt som hans huvud sakta föll åt sidan innan det till sist ramlade ned på golvet. Kvar stod hans huvudlösa kropp, fortfarande hållande i Theos axlar, innan den sjönk ihop i en pöl av röd vätska. Theos solbrända ansikte var färgat med stråk av blod, och det tog flera sekunder innan han förstod vad som hade hänt. Mitt emot honom, bakom Helheims huvudlösa kropp, stod Azalea andfådd. Medan de två hade varit försjunkna i konversationen hade hon ljudlöst rört sig bakom Helheim, bort mot skärmarna och hans stol. Hennes händer höll ett krampaktigt grepp om samma svärd som hade separerat Lazarus från hans huvud. Theo visste inte om han skulle springa, gråta, skrika eller attackera henne. Vad som kändes som timmar passerade tills han tog ett kliv över Helheims kropp och omfamnade henne. Det klingade högljutt när svärdets klinga slog mot golvet. Azalea hulkade mot hans axel. Tyget på hans tröja blev våtare i samma takt som han tryckte henne hårt mot sin kropp. Just nu behövde han inte veta varför hon hade mördat Helheim. Han visste att hon gjorde vad som var bäst för dem. Hon hade anförtrott sig till honom och han var inte beredd att svika henne. Inte när de behövde varandra som mest. Fick han bestämma skulle de vara i detta ögonblick för evigt. Men evigheten skulle aldrig komma. Azalea lyfte sitt huvud från hans axel och tittade på honom. I hans ögon var hon vackrare än någonsin. Hennes röda hår sken oförklarligt starkare än den röda pöl av blod de stod i. Hennes rosa läppar såg ut att vara mjukare än de vita moln som guppade omkring ovanför husets tak. Med tårarna rinnande nedför hennes fräkniga och ljusa kinder yttrade hon orden som för evigt skulle försegla deras öde.

-Theo, jag är gravid.

Kapitel 7, Allting jag har varit, år 2373

Innan Azaleas ord hade hunnit sjunka in de sig på deras flotte, med ön redan långt bakom dem. Theo var väl medveten om att den inte var tillräckligt sjöduglig för att besegra det ilskna havet bortom ön. De hade främst byggt den som ett lockbete, inte som en båt. Men en oviss framtid var bättre än den säkra död som väntade dem på ön. Peter Helheims ord skulle ringa sanna. Han var ingenting mer än en glorifierad vaktmästare i organisationen, och en ny person skulle snart komma för att ta hans plats. Kanske skulle det vara någon från den gamla världen, eller kanske skulle det vara William. Oavsett vad, när den nya personen fick reda på att Robertos släkte skulle kunna fortsätta genom deras barn fanns det inga tvivel om vilket öde både Theo och Azalea skulle gå till mötes. Lika snabbt som hon agerade med svärdet hade han agerat med deras flykt från ön. Efter att ha försäkrat sig om att hon var fullständigt säker på graviditeten hade han tagit hennes hand och lett henne till deras flotte. Tack vare avsaknaden av motvillighet till att följa med honom förstod han att även Azalea visste vad som skulle vänta dem om hon födde barnet här på ön.

Theo visste inte hur lång tid som passerat sedan de lämnat ön. De hade bara hunnit ta med sig en vattenflaska som redan lyste med sin tomhet när Azalea besviket vände den upp och ned . De utbytte en allvarlig blick. Allvaret i vad som väntade dem gick inte längre att undgå. Himlen hade tagit en ljusare nyans och dagen var på väg att börja. Han förbannade sig över att de inte var kvar på ön. Där hade de vaknat upp i en bekväm säng med all mat och dryck de kunde önska sig. Istället hade han inte sovit på hela natten. Hans strupe var torr och det salta havsvattnet frestade honom. Han kände sitt eget förstånd kämpa emot honom mindre och mindre när tanken på att ta en stor klunk av havsvattnet kom till honom. Innerst inne visste han att det skulle torka ut honom ännu mer och lämna honom i ett värre tillstånd än innan. Samtidigt som han brottades med sina egna tankar satt Azalea tyst på ena kanten av flotten med knäna upptryckta mot bröstet. Hennes tidigare fylliga och mjuka, rosa läppar hade redan hunnit bli torra, spruckna och täckta med vita hudflikar som lossnade. Theo kunde inte låta bli att roas av tanken på att de just hade genomlidit allting på ön endast för att dö ute till havs. Det hade alltid varit en dröm han hade haft att ta sig ut till havs. Äventyret låg i hans blod, mer nu än vad han någonsin insett.

Han hade alltid trott att havet skulle ställa upp med mer strid än vad det hade gjort i deras flykt. Det hade varit ett ovanligt lugnt hav som mötte dem. Även nu, när morgonen nalkades och havet brukade vara som mest argsint, var det ett lugnt, skvalpande ljud som fyllde deras öron. Han hade nästan föredragit de höga vågor han var van vid. Då hade de åtminstone haft någonting annat att tänka på än deras osläckbara törst.

Ön var ännu längre bakom dem nu. Havet var öppet och de kunde inte längre se den lilla prick på horisonten där ön varit för en stund sedan. Varje meter bort de rörde sig var längre bort än de någonsin befunnit sig. Varje meter en ny, outforskad plats för dem. De var långt bort från paniken över deras situation. Paniken hade redan hunnit komma och gå. Kvar fanns endast ångest. Ångest över den situation han hade försatt Azalea i. Hade han inte trånat efter henne hade hon fortsatt att leva på ön, lika oskyldigt som alla år innan de hade funnit varandra. Han förbannade sig själv över sin idioti. Just när hans självömkande var som värst såg han det. Bara meter framför dem. Det var litet, så litet att det var praktiskt taget osynligt för det blotta ögat. Just där den blåa horisonten mötte havets kant såg han en svart, rak spricka sträcka sig från havet hela vägen upp till himlen. Väggen. Ett öronbedövande ljud av stål som slog mot stål hördes när den svarta sprickan blev större och större. Den tre meter tjocka vägg som separerade dem från omvärlden öppnades upp. Med sin flotte flöt de sakta genom den öppna delen av väggen, båda två för trötta och törstiga för att ta in den storslagna synen framför dem.

När de var halvvägs igenom den öppna väggen såg de ett virrvarr av kablar och trådar som sträckte sig längs insidan av det gigantiska bygget som aldrig verkade ta slut. Den andra sidan av väggen öppnade upp sig och visade ett hav som var identiskt med det hav de sett i hela sina liv.

Plötsligt uppstod ett tumult. De hörde rop och skrik på ett språk deras öron inte kände igen. Två gigantiska skepp uppenbarade sig bredvid vardera sida om den öppning de precis tagit sig igenom. Skeppets räcken var överfulla av människor med utseenden främmande för dem. Alla var klädda i samma svarta overall med en röd fågel längs magen. Det krävdes inte ett geni för att Theo skulle förstå vilka båtarna tillhörde.

På toppen av båtarna såg han små kullar med avlånga metallbitar som stack ut från dem. Vapen, antog han korrekt. Mikos berättelser, om än uppenbarligen falska, hade innehållit vapen, och dessa vapen var omisstagligen riktade rakt mot dem. De svartklädda männen skrek hetsigt till varandra. En del av dem pratade via små apparater som de höll i händerna. Efter ett kort brus och en stunds väntan hördes en lika hetsig röst tillbaka genom apparaten. Theo och Azalea var som fastfrusna till flottens segel. De hade knappt bytt ett enda enstaka ord under deras färd, och nu var inte längre tiden för samtal. Plötsligt såg de ett skimrande objekt flyga genom luften och landa i vattnet bredvid deras flotte. Männen gestikulerade åt dem att plocka upp objektet. Det var en låda i glittrande metall, så blank att Theo såg sin egen spegelbild i den. Han undersökte lådan och märkte ett litet handtag på ena sidan av den. När han öppnade upp den såg han att den innehöll bröd och flaskor. Vatten. Ivrigt slet Theo upp två flaskor, en till sig själv och en till Azalea. Alla tankar på om det var säkert för dem att dricka någonting som organisationen hade gett dem försvann i samma stund som hans torra hals gjorde sig påmind. I brådskande fart hällde han ned vattnet för sin strupe, och varje droppe kändes bättre än någonsin förut i hans liv. Alla världens bekymmer försvann i samma takt som hans törst släcktes.

Han förstod inte varför, men de två skeppen skingrade på sig och de hetsiga männen viftade med sina händer samtidigt som deras vapen slutade att riktas mot dem, nästan som att de ville att deras flotte skulle segla förbi dem. Det kunde lika gärna vara en slug plan för att få dem att segla mot sin död. Men vad hade de egentligen för val? De fortsatte förbi skeppen. Ingen av dem vågade titta bakom sig förrän de var säkra på att de hade kommit en bit bort från skeppen. Bakom dem hörde de samma öronbedövande ljud som när väggen hade öppnat upp sig. Nu stängdes väggen igen och låste dem ute från allting de någonsin hade känt till. Alla deras gamla vänner var bakom dem, alla deras minnen. Framför dem var en okänd värld, en farlig värld, en värld där de skulle kunna skapa nya minnen. Tillsammans.

I lådan fanns tillräckligt med proviant för att de skulle kunna klara sig i flera dagar till havs, givet att de ransonerade det på ett klokt sätt. Theo visste att gravida kvinnor behövde mer mat än i vanliga fall och lade därför, utan att hon märkte det, extra stora bitar av bröd i Azaleas hög av ransoner.

Efter att de båda hade dränkt sina strupar med de två första vattenflaskorna piggnade de kvickt till. Havsvattnet lockade inte längre, och de återfick hoppet om att nå världen framför dem. Det hav som de nu seglade på var, olyckligt nog, en besvikelse jämfört med det hav han så länge hade fantiserat om. Så långt bak han kunde minnas hade han drömt om det här ögonblicket. På väg mot nya äventyr med kvinnan han älskade. Och hon väntade barn. Han skulle bli pappa, någonting han inte visste om att han hade längtat efter förrän nu. Men ändå var han plågad. Han hade haft uppe hoppet om att de skulle kunna blanda sig in i det nya samhälle som väntade dem ute i den gamla världen, leva ett tyst och stillsamt liv utan att skaffa några nya fiender. Hoppet hade försvunnit samma stund som organisationens två skepp hade släppt förbi dem. Det som på ytan verkade vara en vänlig gest var snarare ett hot. Både han och Azalea förstod att de aldrig hade släppt förbi dem, om de inte var säkra på att kunna finna dem, var i världen de än befann sig. Och hitta dem skulle de säkerligen göra. Det ursprungliga Helheimsläktet skulle fortsätta deras arv med hans barn. Det var bara en fråga om när, inte om, de skulle hitta honom och göra saker mot honom och Azalea som var värre än döden.

Han var väl medveten om det lidande Mikail genomgått och vad hans öde var. Theo svor för sig själv att aldrig tillåta sig själv att vara i den sitsen. Men beslutet var inte hans. Så länge barnet i Azaleas mage levde skulle han vara dödsdömd. Lösningen var otänkbar. Flyktiga tankar om att putta ned sitt framtida barns mor i havet flöt genom hans huvud och verkade, för stunden, som en perfekt lösning. Kanske var det solens strålar som suddade ut hans vett, kanske var det traumat de gått igenom tillsammans. Han skakade snabbt bort tankarna. Han skulle hellre dö innan någon rörde henne, än mindre han själv.

Dag hann inte ens bli till natt innan Azalea till sist sa de ord han hade längtat efter sedan de lämnat ön.

-Land, där borta! skrek Azalea och pekade exalterat bort mot horisonten, bara några timmars färd med flotten återstående tills de skulle nå det hon sett. Det var lätt att förstå hennes exaltering. Så brett horisonten sträckte sig åt bägge hållen såg Theo en landmassa med höga, svarta torn som sträckte sig upp mot himlen. Ju närmare de kom till den stora massan, desto tydligare blev det. Det som hade sett ut som svarta torn var höghus. Han mindes dem från Mikos berättelser. Men berättelserna hade inte gjort dem rättvisa. Omöjligt högt upp, så högt att de såg ut att nudda molnen, sträckte sig en byggnad med fler fönster än det fanns invånare på ön. Längs landmassans kant låg ett dussintals båtar, allihopa minst hundra gånger större än deras flotte. Theo tittade på Azalea och tog hennes hand i sin. Hon besvarade hans blick med kärlek i sina ögon. Han kunde inte stoppa sig själv från att le, hon var allting han någonsin hade velat ha. Hennes rosa läppar hade återfått sin forna färg, och han lutade sig in mot henne för en kyss. Trots deras dystra minnen på ön och att de visste att deras liv för alltid skulle vara i fara, var han ändå lycklig. De skulle ta sig an den nya världen tillsammans, och hoppet började finna honom igen. Kanske skulle de lyckas undfly organisationen. Kanske skulle det finnas hjälp i den gamla världen. De kunde inte veta någonting, men vad de visste var att det var bättre att försöka än att ge upp. Var än de var på väg visste Theo att han behövde våga chansa på lyckan som kunde finnas där. Tillsammans lade de sina händer på Azaleas mage och vände blicken framåt mot deras nya hem. En låga som han hade haft sen barnsben tändes på nytt inuti honom. Oavsett vad som väntade dem i den nya världen, hade han äntligen funnit det äventyr han alltid hade längtat efter.